Es gibt ein Sterben nach dem Tod

滞留人间 72 小时

[德]塔佳娜·克鲁泽 著

胡若宇 译

北京联合出版公司
Beijing United Publishing Co.,Ltd.

献给劳拉·德弗里斯·丁达尔，
感谢你日复一日地分享你的那些"励志故事"。

想象一下，你已经死了，没有人听得见你说话，因为他们根本听不到你的声音！市场营销主管伯尔妮不久前被谋杀了，作为灵魂存在的她，对于死后生活的唯一感受就是无聊。因此，她更有理由去找出谋杀她的凶手。凶手难道是她的未婚夫雅尼克，那个和同事比娜一起骗了她的男人？还是阴险狡诈的哈格多恩？不管怎么说，查案的时候伯尔妮还需要帮手，但她其实没什么能选的人。因为她只能和两个人说话交流，一位是最近才被朔恩彩妆公司裁掉的清洁工耶妮，另一位则是通灵者[1]凯－乌韦。

　　她必须得承认，要让活人和刚刚被永远踢出活人队伍的人合作，这里面的障碍可不小。因为通灵者虽然有着超自然的感知能力，但与此同时他也得有处理信息的天赋，这样才能一并整理来自灵魂和现实两个不同世界的线索。

　　面对职场阴谋、商业间谍案和感情纠葛，凯－乌韦要做的，远不止是和灵魂沟通。这个非同寻常的探案三人组，究竟能否找到谋杀伯尔妮的凶手？还是说，朔恩彩妆公司的全体员工注定要迎来他们的悲惨结局？

---

[1] 通灵者，Medium 即媒介，在德语中也指能够沟通灵魂世界与现实世界的人。——译者注。

保持冷静,

切勿走入那束光!

3

-009-

氰化物中毒

死神肮脏的笑容

1

-001-

噩梦派对

喝还是不喝，
这是一个问题
——"喝！"

2

-006-

确认死亡

只有微笑着死去的人，
才能算真正的含笑九泉

4

-019-

有两个脊背的动物

这里的等待无穷无尽，
连一张能消磨时间的
旧报纸都没有……

目

catalogue

录

5

-026-

见习灵魂

戴上耳机，
并不代表世界从此万籁俱寂

6

-039-

灵魂生活入门指南

嘀，嗒，嘀，时间跑得飞快，
但灵魂毫不在乎

7

-044-

通灵者登场

请勿按响门铃
——阿卡那女士已感应到您的光临！

8

-055-

不速之客

擅闯民宅的人，
没有立场对我家挑三拣四

10

-073-

变身诡计

从现在开始，
你就叫罗杰
——罗杰明白！

9

-064-

情杀疑云

"三分之二的谋杀案都是情杀。"
——因怕死而坚持单身的
凯-乌韦如是说

11

-082-

凶案再起

维纳斯不是诞生在海上，
而是诞生在浴缸的
泡沫之中……

目
录

catalogue

12

-088-

瞬间移动

哪里有希望，哪里就有绝望
——即使身在谋杀案件侦查组

13

-097-

虞美人大街

彩虹的尽头可能没有宝藏，
等待你的只是一锅牛下水
和番茄意大利面……

14

-105-

神秘梨形瓶

如果尸体在被谋杀后不翼而飞,
那究竟算盗窃案,还是失踪案?

16

-125-

二度谋杀

你需要明白的是:
既然有人选择合作共赢,
那必定也会有人选择鹬蚌相争

15

-112-

谁偷了我的尸体?!

生命之上, 必有伤痕

17

-131-

冰箱里的头颅

深夜, 毫无"头"绪

目

catalogue

录

18

-136-

第一重真相

酒精拥有一种魔力
—— 它能映出人们真正的模样

19

-145-

金钱大道231号

一次平等博爱、轻松愉快的交谈

20

-150-

千喜宫

巧克力如同人的性欲
——幸运的是，人不必为了
巧克力去刮掉自己的腿毛！

22

-179-

关键证物

生活就是魔法和食物

21

-169-

死亡循环

烤肉使人"美丽"

23

-190-

"误会"害死猫

在鼹鼠的巢穴里

24

-195-

好戏登台

死亡之后还是死亡

25

-205-

最后一位死者

若想老练智慧，必先年少轻狂

致谢

-217-

在白天，我从不相信灵魂的存在——
但在夜晚，我似乎更愿意接受新鲜的事物

目

catalogue

录

1 噩梦派对

▶ 喝还是不喝，这是一个问题
—— "喝！"

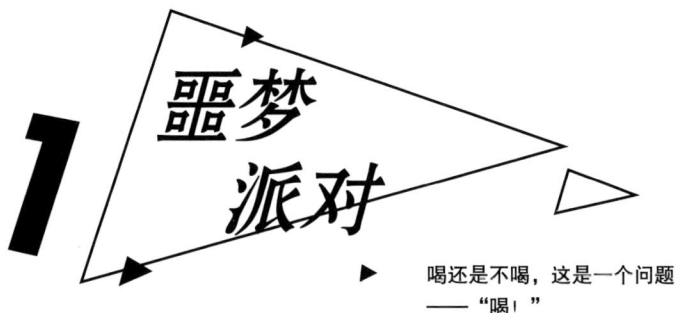

要是从下往上看，不管长得多帅的人都有鼻毛和双下巴。

伯尔妮睁开眼睛的时候，就是这么想的。

她躺在地上，身边跪着一个相貌英俊的男人。他弯下腰凑近她，像是在闻她身上的香气。

这是那个新来的财务吗？

这个男人和她年龄相仿，一头乌黑的卷发（可能太短了，倒也不是不能接受），天鹅绒般棕色的眼睛，小麦色的肌肤，下颌上留着一些胡楂，穿着黑色的皮夹克和黑色 T 恤，显露出明显的健身痕迹 —— 这基本上就是伯尔妮的理想型。

她想哼哼几声，但她的声带搞不定这事儿。

*我以后可不能在公司的派对上乱喝了！*伯尔妮心想。

其实就算她今天在这里喝得烂醉吐在了老板的定制西装上，就算需要同事扛着她才走得出去，统统无所谓了。因为今天是她的欢送会，从明天开始，她就再也不是朔恩彩妆的员工了。

"根据我的推断……"这位一夜情的有力候选人如是说。他的嗓音十分性感，至少配得上他的长相。

可能他也不是什么新来的财务，而是比娜帮她叫的出租车司机。比娜是这个部门里为数不多的善良人。不管怎么说，伯尔妮决定要把今晚变成眼前这个男人的幸运之夜。

伯尔妮舒服地叹了一口气。周围的世界终于不再旋转，她也不觉得头晕了。她醒来时没有那么难受，看来人们去投资高端酒类还是有点道理的。

这时候她突然意识到，她的连衣裙已经从身上滑下来了。这是一条极为性感又贵得离谱的小礼裙，领口开到了肚脐眼，所以得在胸部用定型胶带把领子的两侧都粘住。显然这个胶带已经没用了，她整个左胸都露在了外面。嘿，伯尔妮虽然已经三十多岁了，身上松松垮垮的，跟冰激凌快化了似的。但另一方面，她的胸倒也不像哈格多恩的那样糟糕。哈格多恩是老板的得力助手，她的胸像两片抹布似的，一甩就能甩到肩膀上。当然了，这只是伯尔妮的猜测，她从来没见过。因为幸运的是，她从没有和哈格多恩这个阴险的女人站得这么近过。

好吧，尽管裸露在外的胸部让伯尔妮感到有些尴尬，但她至少让这个帅小伙儿知道了，她有什么好东西。

该死，克兰茨这个油腻男也看到了。

伯尔妮别过了头。她因为醉酒断片了一会儿，但是她知道，在突然昏迷之前，她正站在市场部的雅尼克·博尔曼、总化学师托比亚斯·克兰茨和安保部门的姆哈特·不知道姓什么的面前。他们是三人帮，三个人挡在波列酒[1]前面，像是想要盯着它们，不让这些酒被别人喝完似的。

不过克兰茨现在也不再站在波列酒旁边了。其实伯尔妮根本没看到什么她认识的人。

等等……什么？

她想矜持地把裙子拉回胸前，手却不听使唤。

我瘫痪了！ 伯尔妮心里有个声音叫了起来。难道她在醉得一塌糊涂

1　波列酒，一种用水果、果汁同葡萄酒、香槟等酒类调制的含酒精饮料。

的时候还爬上了办公椅，然后摔下来磕到后颈了吗？难道她的余生就要拖着一个颈部以下都动不了的身体度过了吗？

伯尔妮感觉前途一片黑暗，她觉得自己肯定是得了什么病了。

她周围的这些人都在干什么？因为她摔断脖子所以赶来抢救她的？还是说她"微醺"着从夹层的洗手间里晃晃悠悠出来的时候不小心走错了楼层，闯进了别人办公室的派对？

肯定不是。天花板上还飘着印有"欢送伯尔妮"的彩色气球，办公桌上方的墙上挂着画有公司创始人梅西特希尔特·朔恩肖像的油画。这幅画何止是用来溜须拍马这么简单，已经涉嫌瞎编乱造了。

这位肌肉健壮，又与她萍水相逢的美少年[1]弯腰凑得更近了。他又闻了闻，说道："没错，这个气味的指向已经很明确了！"

*他这是什么意思！*伯尔妮有点生气了，*我身上没有什么奇怪的气味，那明明是香味。*不过那确实是公司自营的香水"随想曲5号"的味道。说起来这款香水一直因为版权问题在和香奈儿打官司，因为他们觉得它非法使用了他们产品的名称。其实他们根本不用担心，随想曲5号对他们的5号香水根本构不成威胁，反正随想曲5号的销量是远远比不上的。

"她一共吐了两回。"

说这话的那个嘶哑女声好像是从很远的地方传来的，更准确地说，是从走廊传来的。这是老板助理哈格多恩女士的声音。她瘦得皮包骨头，又正值更年期，总是板着个脸。另外，她的面色有些潮红，看起来像是在开水里泡了很久，快要淹死了一样。她永远都穿着那套马卡龙色的套装，戴着一条双排珍珠项链。尽管旁人没法一眼看出来她是什么样的人，但她的确还有很多令人不适的癖好。就比如她是个职场阴谋家，喜欢片刻不离地盯着伯尔妮的一举一动，所以当她毫不掩饰地用一种扬扬得意的语气说出这句话时，也就没什么稀奇的了。她还颇为享受似的

1　美少年，即阿多尼斯，希腊神话中爱神阿芙洛狄忒所爱的美少年。

又重复了一遍："两回呢！"

伯尔妮又想起来，她不管自己有没有不耐受的食材，只要是自助餐有的东西就通通往嘴里塞，一直从鱼肉吃到肉桂卷再吃到鸡蛋沙拉。因此产生的不幸接二连三，显然她现在得自食恶果了。对于近在眼前的暧昧机会，没有什么比一身呕吐物的味道更加碍事的了。

"她第一回吐在女厕所的时候还是我亲自拖干净的，但是这边的呕吐物就得叫清洁工来打扫了。"哈格多恩以一种谴责的姿态指着房间中央的呕吐物。那确实是好大一摊呕吐物。

恶心女人，我再也忍不了了！

哈格多恩不配说这些话，因为伯尔妮其实可以感觉到，她根本不愿意参加这个派对。今天晚上她一脸苦相地站在自助餐吧前，搞得好像她刚开始为了清肠而禁食，伯尔妮就故意用欢送会破坏她的伟大计划似的。现在看来，她可能自己就喜欢那个帅小伙儿。有传言说这位脸颊早就松弛下垂了的哈格多恩偏爱这种皮肤紧致的"小鲜肉"，这简直难以想象。不过据说年过半百的人里确实有这样的。

我居然喝断片了，真该死，伯尔妮想，*要是能想起来什么就好了。*她集中剩下的全部精力想要站起身来。这比她想象得更容易一些。她感觉自己有点轻，也一直没有眩晕的感觉。也许这就是醉酒之乐的一大秘密吧：不理会那些小杯的烈酒，绕过潘趣酒[1]，只倒一点点那些给高层领导喝的琼浆玉液。但是……等等……

什么……？

伯尔妮感觉到，自己不仅站起来了，而且还在往上飘，越飘越高，一直朝着那些银色的吸顶灯飘去了。

奇怪，我好像变成肥皂泡了。

好吧，她肯定是还没醒过来。正当她感觉自己好像被夹在了气球当

1　潘趣酒，一种由葡萄酒、朗姆酒混合香料调制的含酒精饮料。

中，顶到天花板的时候，她转过身来，看到了……

……她自己。

她的身体躺在铺了地毯的地板上，那地毯还是公司的主题色。

那个穿着皮夹克跪在她身旁的卷发帅小伙儿，头顶的头发还很茂密，没什么稀疏的地方。当然了，从上往下看，这些都能看得一清二楚。

但不幸的是，从这个位置看下去，裸露在外的胸部已经算不上是最尴尬的了。伯尔妮的脸 —— 对，就是那个躺着的伯尔妮的脸，不是那个飘着的 —— 已经变形了，像个无比讨人厌的野孩子在做着鬼脸。她口吐白沫，嘴上还挂着呕吐物，而且……老天啊，就在现在吗?! 她失禁了！别人都能看到，因为她的裙子滑到了一边，露出的内裤上有一摊污渍。尽管这是她上次从巴黎旅行时带回来的高档内裤。

什么……? 伯尔妮又想，我现在是因为一直昏迷不醒所以灵魂出窍了吗?

她发誓，以后在喝酒这件事上一定会有所节制。这次绝对不是什么因为酒后疲乏而随口许下的诺言，这次她发的是真正意义上的血誓：她酗酒放荡的日子从今天开始就一去不复返了！绝对不喝酒了！

就在这时，那个帅小伙儿站了起来，他宣布说："她的皮肤已经变青，身上带有苦杏仁的气味。我很确定，死因是氰化物中毒。"

他说的是谁? 好像是我?

伯尔妮环顾四周。除了她之外，公司主题色的地毯上没有别的什么躺在地上口吐白沫的人了。

现在?

中毒?

还死了?

不是吧!

伯尔妮感觉周围一片漆黑。

2 确认死亡

▶ 只有微笑着死去的人，才能算真正的含笑九泉[1]

伯尔妮再醒过来的时候，还飘浮在那些气球之间。她在通风口的正下方，发现罩在上面的网格亟待清理。她在上面看得一清二楚。这是霉菌吗？好恶心！

伯尔妮朝下看 ——

那个躺在地上的伯尔妮身旁站着一个看不出性别的人，对方穿着一件皱巴巴的白色大褂，像是套着一件巨大的香肠肠衣。这个人说道："我已经处理完了，你们可以把她拉走了。"

什么？拉走？不行！等等！

伯尔妮飞快地向下飘。她感觉自己就像一只俯冲下来捉老鼠的鹰，她完全没想过要怎么停下来。其实这也无所谓怎么停下来，因为她根本没在俯冲，而是像慢动作镜头一样慢慢地飘了下来。她对速度的感知和真实的时间流速并不相同，可能是因为她血液里的酒精含量，也有可能是因为她刚刚才"成功"离世。

*我还没死！*她一边叫喊着，一边飞得还没有蜗牛快。*没人听得到我在说话吗？我还活着！*

---

1 Wer lächelnd stirbt, ist glücklicher tot. 这是一句德语谚语，直译为"含笑而终的人，死得更加幸福"，表达了一种对现实生活满足、死而无憾的理想。

伯尔妮好不容易飘到了地面上，想把手伸向那件丑陋的白色大褂，抓住那个保护现场的人，但是这根本不可能。不管怎么尝试，她都碰不到那个人的手臂。她的手一滑，直接滑过了那个人的身体。

但她没时间搞清楚这到底是怎么一回事。因为又来了两个穿着防护服的人，他们在她的身体旁边铺了一个长长的深蓝色裹尸袋。

你们听不到吗？我还在这儿！给我做人工呼吸！心肺复苏！给我洗胃！把茶水间的除颤仪拿过来给我除颤！

伯尔妮绝望地环顾四周。尽管她吼得撕心裂肺，但似乎没人听到她的声音。法医没有，保护现场的人没有，便衣警察没有，那个穿着皮夹克的帅小伙儿也没有。他站在落地窗前，耳朵贴着手机，望着夜色，用钢琴家般纤长的手指摩挲着自己的胡楂。

伯尔妮急忙朝他走过去。

你明明碰过我。你肯定感觉到，我还有体温。我！还！活！着！

"不，我刚到的时候她就已经死了。是的，穆勒和克拉伍德克正在记录当时所有在场的人员信息。现场很明显是他们在给她办欢送会。不不不，是小范围的，人不多，很快就能搞定。"

伯尔妮想抓住他使劲摇，但是有点像抓果冻似的，根本就抓不牢。

如果说刚开始的时候她还觉得这种情况有点搞笑，那么现在她的心里只剩下恐慌。她仿佛看到自己躺在解剖台上，法医已经划开了她的胸腔。有一点是肯定的：一旦她的胸腔被打开，内脏暴露在空气中，她就必死无疑了。她怎么才能引起大家的注意呢？她一定要阻止这一切发生！

这一切都不可能是真的。

两个来保护现场的人"唰"的一下撑开了那个裹尸袋。

伯尔妮又急急忙忙地跑回自己的身边。*不行！没人能碰我！*

她跪在地上，想像母鸡保护小鸡一样盖住她的身体。这时，她第一次近距离地看到了自己的身体，然后她顿住了。在这个位置，某种意义上来说是脸对着脸，眼睛对着眼睛，她终于理解了那个穿着皮夹克的帅小伙儿早就查清楚的事情。

这里的人都已经知道了的事情。

伯尔妮把嘴边的话咽回去了。她身体的情况就连刚上大一的医学新生也能从受损的口腔、翻开的眼皮和无神的眼睛中判断出她的死亡，就算是像伯尔妮这样彻头彻尾的门外汉，也能在一番检查下得出这个唯一的结论——她面前躺着的这具身体，已经毫无疑问地死透了。

像死去的老鼠一样，惨烈且无声无息。

3 氰化物中毒

▶ 死神肮脏的笑容

　　显然，如果视力不太好的话，作为灵魂存在也还是需要眼镜的。就和她的近视一样，伯尔妮也不得不承认，她现在只是个灵魂了。她的"自我"，那个还能思考、感知，似乎还能呼吸的"自我"，再也没有躯壳了。反正是没有活着的身体了。

　　伯尔妮无助地起身，站在办公室的中央。她看向那个穿着皮夹克的帅小伙儿，显然他是这里最有话语权的人。他还在窗前打电话。这时伯尔妮才发现，玻璃上没有自己的影像，和吸血鬼一样。玻璃窗反射出所有人和东西的形象，从那个穿着皮夹克的帅小伙儿到那些保护现场的人，再到那个装着她尸体的裹尸袋，却唯独看不到她的影像。

　　可恶。

　　她从来没想过死亡会是这个样子。人如果死了，一切就都结束了，思维也是。人是生物化学变化构成的混合物，要是这些变化都停下来了，那也就再也没有人了，只剩下一个腐坏的躯壳，到某时某刻就变得和一堆尘土没什么两样了。

　　其实她一直以来都是这么想的。在她还是个孩子的时候，她也相信天使，相信他们会牵起人们的手，把他们引上天堂。但是死了就是死了。死亡是生命要面对的现实，不是什么多愁善感。

小时候的某个早上，在她的仓鼠施努贝尔僵硬地躺在跑轮上时，她的父母想要给它在花园里办一个盛大的仪式，把它安葬。但伯尔妮没有这么做，她毫不犹豫地把它包在了厨房纸巾里，扔进了垃圾桶。又比如说，在她读大学的时候，合租室友布里特养的一棵两米高的橡树枯死了。伯尔妮本来应该在布里特在国外实习的时候给它浇水的，但是她把这事儿给忘了。于是伯尔妮让邻居把这棵干瘪的树砍了，又赔了布里特钱，让她重新买一棵橡树，栽在原来种着赫尔穆特的空地上。是的，布里特还给她的橡树起了名字，叫赫尔穆特。从那时起，布里特就再也没和她说过赫尔穆特的事情，虽然伯尔妮觉得自己赔得还蛮多的，很大面额的一张钞票，估计都够买三棵橡树了，还要加上精神损失费。说真的，这么一棵树又不是什么宠物，有的人是不是有点太脆弱了？

突然伯尔妮心中闪过一个念头。呃，某种意义上她可能不算是个好人？

这时，一个有点秃头的男人走到那个穿着皮夹克的帅小伙儿面前，说道："嘿，亚历山大，有些人还是很担心，因为他们和死者一样，不仅喝了潘趣酒，还喝了香槟。他们想问，他们是不是也得做个检查？"

听到这话，那个法医笑了："要是他们也氰化物中毒，那他们早就死了。他们死了吗，哈索？"

那个秃头男人竟然用了一个宠物狗的名字。

他愣了一会儿，好像他在认真思考似的："没有。"

"那他们就不用担心了。"

伯尔妮有点生气，那些香槟不是所有人都能接触到的，这些"叫花子"里面竟然有人投毒？是谁？而且关键是，什么时候？是在她去洗手间的时候吗？

"死者身边并没有酒杯。它在哪里？"那个帅小伙儿问道。从大家的表现就能看出他是他们的长官，他叫作亚历山大。

"嗯……我们在这儿找到的所有酒杯，都有对应使用它们的人。唯独少了她的那个。"

伯尔妮在认识到自己已经去世的过程中精神恍惚，以至于除了站在那里听他们说话以外，她做不了别的什么。本来做什么也都只是徒劳，她没法让别人注意到她，她抓不住任何东西，她只是……一个灵魂。

"好的哈索，谢谢。所以这要么是一桩蓄谋已久的谋杀案，而且嫌疑人已经清理掉了所有证据……"他犹豫了一下，"要么就是自杀，有人把空的酒杯收拾掉了，不小心销毁了证据。"

法医用一种带点调侃的语气高兴地喊道："钾盐和氢氰酸——也就是这些氰化物——也可以用于化妆品工业，而我们现在就在一家化妆品公司。"

"所以这也可能是个意外事故？"哈索不禁喜形于色。他现在就像是一条在花园里挖到一块猪耳朵的宠物狗。

法医笑了："这里是负责管理的办公室，茶水间的胡椒粉边上肯定不会有装着钾盐的瓶子。不过这里的人倒是可以搞到去生产车间的权限。"

"另外……可能和死者的香槟杯也有关系……你们有检查过茶水间的洗碗机吗？"亚历山大提出了反对意见，他脸上的肌肉动都没有动一下。很可能这并不是他第一次和哈索以及那个法医做搭档，所以他已经习惯了这种苦恼——一个人有点过分积极，另一个人又有点不太敬业。

"呃……"那个头发稀疏、梳着对他而言有点过于老成的背头男人，看上去被他俩呛得有点尴尬了。为了缓解尴尬，他开始抚摸头顶为数不多的、像是被洗劫过的头发，当然仅有的头发还被他扯下来了一些。如果他经常这么做的话，那么他那稀少的发量就不仅仅是基因的罪过了。

*要是一个人长得不怎么样，还有点蠢，那这人实在是让人讨厌。*伯尔妮心里禁不住这样想。

至少她现在得承认，仅仅是因为这个想法，就没有天使会来接她上天堂。更不用说什么在那儿等着她的竖琴[1]，弹奏空灵的乐曲之类的了。因为她应该直接下地狱，在有着净化能力的炼狱之火[2]中用强碱清洗自己这张充满罪孽的嘴。

"茶水间？"秃头哈索喃喃自语道，"没呢，我还没去过。我马上去看看。"

亚历山大看向伯尔妮——是那具尸体，不是那个灵魂——嘴里嘟囔着什么。他就像是哈姆莱特，说着"自杀还是他杀，这是否是个值得考虑的问题"之类的话。

*我肯定没有自杀！*伯尔妮想向这个俊俏的男人解释，因为他掌握着全部的线索。*我完全不是那种会自杀的人。再说了，我根本没有自杀的动机——我的事业正在走上坡路呢！*

可他仍然无动于衷，伯尔妮用尽全力地吼道：*我！没有！自杀！*

但这一切都是徒劳的——对他而言，"她"根本不存在。他走到走廊去了，伯尔妮想要跟着他，不顾一切地抓住他、摇晃他，但是到了门口，她像是撞到了一层看不见的玻璃罩一样被弹了回来。她跟哑剧演员似的，沿着它摸索着走，还不停地敲打着它。是的，好像有什么东西把她和她过去的现实分开了，像盖着奶酪的钟形玻璃罩。只是它不是用玻璃做的，而是用……好吧，就是一种看不见的东西。

这也太搞笑了，我得做些什么让别人能注意到我！

伯尔妮绝不会轻易容忍这样的失败，她是一个斗士。突然，她的眼角闪过一个光点，它出现在办公室的左上角。一开始伯尔妮以为，是有人打开了对着她办公桌的灯，但是那个光点其实比灯光小很多。一开始是很小的光点，不过它变得越来越大了。

1　在传统基督教中，竖琴象征着安宁、纯净和对神的赞美，因而也与灵魂的安息、对逝者的纪念有关。

2　基督教认为，有罪孽的人死后不会直接得到救赎，而需要经历炼狱之火的考验，在此过程中，灵魂经历痛苦与磨难，最终得到净化，升入天堂。

不可以！伯尔妮在心里喊道。

她知道，这个光点意味着什么。那是隧道尽头的光，人们常常念叨的光。在那束光里，逝去的亲人会立即出现——她爱着的人，那些愿意在彼岸迎接她的人，或者，凭伯尔妮的运气，可能是她讨厌的叔祖母古德伦，也可能是她曾经的传播学教授，他会傲慢地笑着，用他带着鼻音的腔调说："啊哈，伯尔妮来了呀，毕竟你没拿到博士学位，我懂的。"

我还没准备好呢，伯尔妮对着那束光喊道。我得想办法让那些人明白，这不是自杀。我还想知道，是谁杀了我！

她转过身去，背对着光，像在示威，就好像这样就能解决一切问题似的。但她能感觉到，她身后的那束光越来越亮，也越来越温暖。

"亚历山大，我们现在已经取得了当时在场所有人的信息。"一个穿着制服的人出现在调查组长官的身边，他没发现愣在一旁的伯尔妮，"他们正在大会议室里等你审问。"

亚历山大朝他点了点头。显然，他和所有人都以"你"[1] 相称。伯尔妮觉得，这让他更能激起别人的好感。她就喜欢这样又酷又潇洒的类型。

"不好意思，打搅一下。"那个哈格多恩像是在用约德尔唱法[2] 在走廊那一头喊着亚历山大。

他看向她，皱了皱眉头："什么事？"

"这儿还要折腾多久？我还得去喂我的猫呢。如果我没能在固定的喂食时间喂它的话，它会胃痉挛的。我这儿有兽医开的证明。"她把西装外套拍在桌上，像是那张证明就在里面一样。不过她确实会随身带着这些没什么用的东西。

---

1 在德语中，一般只有关系特别好的人或年轻同学之间才会以"你（du）"相称，陌生人、普通同事、普通朋友等一般称"您（Sie）"。
2 约德尔唱法，是起源于阿尔卑斯山区的一种歌唱形式，其最显著的特征在于频繁的真假声转换。

伯尔妮每每想起哈格多恩，都会把她当作一个警示，因为她不想和哈格多恩落得同样的下场：一个在工作中毫无晋升机会的大龄独居单身女子，被一群张牙舞爪的猫围着，很可能有十几只乃至几十只猫住在她家里。要是她看电视的时候，不幸坐在沙发上心肌梗死了，它们就会一下子把她的尸体吃干抹净。

伯尔妮长吁了一口气，不管怎么样她反正是幸免于难了。

伯尔妮很讨厌哈格多恩，而且也没有邀请她来参加自己的欢送会。不过哈格多恩肯定是把自己额外要加的班给推掉了，她是什么也不愿意错过的。*好一个不速之客。*

亚历山大朝哈格多恩走过去。

伯尔妮 —— 她依然选择无视她背后的光 —— 情不自禁地想要跟上去，但是又撞上了那堵看不见的墙。她带着点决绝的意味，试着用尽全力去顶那堵墙，甚至还用脚去踢，踢了好几下，越踢越快，越踢越用力，因为她意识到，作为灵魂是感觉不到疼的。但这都没什么用。

除了认命，也没有别的什么她能做的了。她有些丧气，额头贴在这个看不见的屏障上，一点点向下滑。

哈格多恩和亚历山大这位模特似的警察就站在走廊里，没有去老板的接待室，也就是伯尔妮眼中"地狱般"的前厅（不过老板并不是那儿的魔鬼，哈格多恩才是），所以伯尔妮也能听到他们的对话。那个屏障并不隔音。

"我们必须审问每个人，这点想必您也能理解。"亚历山大带着一种出人意料的优雅、耐心和冷静，缓缓解释道。

*真是对牛弹琴，*伯尔妮想。

哈格多恩根本感觉不到别人对她的友善。要是在歌剧或者音乐剧之外的现实生活里也有死敌或者大反派之类的人物，那么对于伯尔妮而言，哈格多恩完全可以胜任这个角色。

"我当然理解，"她阴阳怪气地说道，"但是您肯定也能理解，我对我的猫可是负有责任的。要不您看在这分儿上，先审我吧？反正我什么也没看见，对您的调查也没什么帮助。"

法医径直穿过伯尔妮，大步走到了走廊里。嘶……要不是她已经死了，这个行为带来的恐惧能让她中风发作。以后她必须得小心些，不能让别人再穿过自己。虽然她什么都感觉不到，但是想想那个画面，她就会难受得出一身冷汗。

法医用一种愉快的语调对亚历山大喊道："你明天上午就能拿到我的报告。祝你晚上一切顺利！"说着，他就走去了电梯。

刚才还算是晚上，现在外面已经是漆黑一片的深夜了。

"要不您先审我？"哈格多恩追着问道。

"怎么称呼您？"亚历山大开了口，审问开始了。

"贝阿特利克斯·哈格多恩。我是朔恩先生的私人助理。"她说这句话的语气，好像她是经历了层层筛选，才有幸能成为她英国女王陛下床前的暖脚炉里添加的那块炭。

不过对亚历山大而言，这种吹嘘完全不起作用："嗯嗯，那朔恩先生是谁？"

哈格多恩发现，亚历山大完全不了解化妆品行业，她有点愤愤不平。

"雷吉纳尔德·朔恩！我们创始人的孙子！朔恩彩妆公司现在的董事长！"

哈格多恩斜指着她的身后。就算伯尔妮看不见她站在哪里，她也知道，哈格多恩正指着两部电梯中间的那幅巨型油画。画上是梅西特希尔特·朔恩和她的儿孙。这位已经画过那张创始人单人画像的画师，将画像画得太过委婉，不论用什么现代的滤镜技术都不可能拍出这么好看的照片。其他的彩妆公司都挂着俊男靓女的图片，让客人对他们公司产品的效果信以为真。但在朔恩彩妆，所有的办公室和走廊里都塞满了朔恩家族的画像，有时候是单人的，有时候是全家福。而他们的名字和公司的产品其实没什么关系。

自创立之初起，朔恩彩妆就是一家家族企业，如今也依然是他们家族的财产。"依然"这个说法非常关键。现在的老板把公司的名字从德文改成了英文，就可以看出他想要介入全球市场的想法。不过他并不想征服世界市场，只是想让别人出个几百万收购了他这个家庭作坊，这样他就能躲到太平洋的小岛上幸福地度过余生了。这也是伯尔妮想要离开这家公司，跳槽去竞争对手公司的原因。因为在收购交接的过程中，她这个职位上的人，肯定会被赶走，她不想让别人来掌控自己的职业生涯。

"朔恩女士在第二次世界大战后建立了这家公司，是想帮助女性重拾对美好世界的希望。世界之美，始于自我。"哈格多恩说的后者是这家公司颇为成功的口号，多亏了电视和广播广告里好记的旋律，才让这句话深入人心。

"当然我们也有男士产品，虽然卖得不是很好。现在是海思女士负责策划这个系列产品的营销。"哈格多恩看向伯尔妮身后的裹尸袋，它刚刚被抬上了担架。

恶心女人。

"我不知道死者经历了什么不好的事，但是我觉得，在这家公司应该没什么人会怀念海思女士。她这个人有毒，充满了负能量，根本无益于公司的氛围。"

有毒？

伯尔妮立即想到了一些她现在可以大声说出来且带侮辱性的词尾，因为没有人听得到她在说什么。如果就"要不要当灵魂"这个辩题枚举一些论据的话，这一点绝对是对正方观点的有力支撑。*你这个造谣诽谤的混蛋！蠢货！荡妇！*

那个名字很像宠物狗的警察回来了——他叫什么来着？阿亚克斯？贝洛？雷克斯？

"我找到了一位叫博尔曼的先生，他见过死者用的酒杯，还能通过杯子边缘的口红印子认出它。他说，那个杯子在洗碗机里面。可惜洗碗机已经被别人启动了。"

亚历山大小声地骂了几句。

"是我开的。"哈格多恩以一副不知悔改的面容再次开了口，"我看见它满了，就启动它开始清洗了。其实只有主办办公室派对的人才应该负责这些，能尽量减少清洁工的工作量。但是海思女士太娇贵了，她总是不愿意打扫。"

"因为她更喜欢喝酒，而且在她喝醉的时候也不会去想这些事情吗？"那个叫哈索的警察推测说。

"不，就算她神志清醒，也不乐意做这样的事情。她生性就不是会考虑他人的那种人。"哈格多恩把薄得不行的嘴唇抿成了一条线。

*你个蠢猪！我给他们额外的工作付过钱了！我一直都是给钱的！我还一直给他们小费呢！*伯尔妮很愤怒，但是因为她在那个透明屏障里，不管做什么事都只有自己知道，所以她也无处发泄。于是，她就像是在安全阀坏了的高压锅里一样，每分每秒都有爆炸的风险。

她没有转身，但她感觉到身后的光变暗了些。那片光芒的范围明显变小了。

"哈索，那你是不是应该马上关停那个洗碗机呢？"亚历山大问道。他就像是哈索这只小狗的主人一样。

哈索什么也没说，急急忙忙地冲回茶水间。

哈格多恩支支吾吾地说："你说……如果那个带毒的酒杯真的在洗碗机里的话……那是不是得彻底清理掉机器里面的带毒物质啊？否则机器配件上还可能会有残留。你知道的……毒药的残留。"

至少现在对伯尔妮来说已经真相大白了，哈格多恩就是杀害她的凶手。不只是因为她是自己的死敌。从很早之前开始，哈格多恩都会在每次预算会议上提交 B22 号表格，用于置办新的高效洗碗机。可能她给伯尔妮下毒，又把下了毒的杯子塞进了那个旧的洗碗机，就是为了给她的洗碗机换新提供一个无懈可击的理由。伯尔妮觉得，这种说法有点牵强，但也不是完全没有可能。

"我会和我们的法医确认这件事的，但是我基本上可以肯定，您不用担心会出什么问题。"

哈格多恩看起来很失望的样子。

"您有没有印象，"亚历山大继续追问道，"是谁把酒杯递给死者的？"

"没有，她一直都是自己给自己倒酒的。我记得是这样。有时候她还会直接对瓶吹。"

伯尔妮把双臂甩到空中。*谁才是有毒的那个人，现在很清楚了吧？你这个愚蠢的下毒分子！*

"好吧。行，要是您之后还能想起来什么的话，记得告诉我。"他把名片递给哈格多恩。

"借过一下。"伯尔妮身后响起一个低沉的男声。两个男人正抬着那个放着深蓝色裹尸袋的担架走出办公室。因为伯尔妮没有及时地让开，现在这两个人又直接从她灵体里穿过了。

伯尔妮难受地咽了口气，做着深呼吸。

不要恐慌。我知道这是怎么回事，我就是在做梦！

但是就算她狠狠地掐自己的胳膊，她依然没有醒过来。

人生隧道尽头的光芒好像在微弱地颤动。正当她转回身去的时候，那束光消失了。

伯尔妮被困在了此岸。

4 有两个脊背的动物

> ▶ 这里的等待无穷无尽，连一张能消磨时间的旧报纸都没有……

无聊。

如果有人问伯尔妮，让她简单说说她作为灵魂的生活，她会说——*无聊死了。*

很长一段时间里，一直有保护现场的人在她的办公室里穿行，但是伯尔妮对时间的感知好像和她肉体的躯壳一起死了一样。不知道什么时候百叶窗合上了，办公室里就照不到日光了。之前伯尔妮去找过她的手机，但是它插在她的夹克衫口袋里，而她的夹克衫却被装在法医的某一个塑料证物袋里。

然后所有人都离开了这间办公室，把门锁上，还贴了封条。

之后伯尔妮就闲坐在那里面。

一开始她坐在自己的办公桌上，然后又坐到了角落里，坐在地上，边上放着她的碎纸机。过了一会儿，她从办公桌上穿到房间的另一头，坐到了沙发上，又回来坐到那个办公桌上。反正从没有坐到她的办公椅上，因为已经有人把它推走了。伯尔妮没有发现是谁推走的，因为她满脑子都是"可恶，我已经死了"的念头。她的办公椅可能是会计部门的盖尔克推走的——哈格多恩有多想要一个全新的洗碗机，他就有多想要从领导办公的楼层顺走一个人体工学椅——而且肯定没人想要一个死人的椅子。

为什么呢？ 伯尔妮不停地问自己。

除了哈格多恩之外，她也没什么敌人，而且就算是哈格多恩 —— 伯尔妮在长久的自我反省之后不得不承认 —— 自己平时最多也就是对哈格多恩打打嘴炮，应该不足以令她下毒谋杀自己的。

伯尔妮也不是什么家财万贯的富婆，没有人能从她的死中获得什么经济上的利益。她已经没有亲戚了。在世的时候她是个工作狂，因此也没有朋友。后者导致伯尔妮一直以来都在面临的问题：她什么事情都做不了，她快疯了。

有没有搞错啊！

在无数次陷入思维旋涡[1]后，伯尔妮得出了这样一个结论：肯定是有什么搞错了。

紧接着她又陷入了沉思，谁才是凶手真正想要杀害的那个人呢？她邀请了董事会成员，但是没有人赴约 —— 不过顶头上司朔恩还是过来看了一小会儿，虽然他显然心不在焉，忙着想别的事，可能是他一直在等的公司收购吧。告别的时候，他用手搂着她的腰，和她拍了张自拍 —— 可能只是一张她领口的照片吧，但这就是他在这儿做的所有事情了。

她的同事们都是人畜无害的普通人，不会有人愿意冒险去谋杀她的。好吧，思绪又回到哈格多恩这个人身上了，她就是公司这锅粥里的老鼠屎，但是这足以成为谋杀她的理由吗？就算有人认为确实应该谋杀她，伯尔妮自己也很想试试这么做，但是仔细想想的话，那毒显然不是下在香槟瓶里的，很多人都喝了香槟，但都没有中毒，所以毒是下在她的杯子里的。谁能接触到她的酒杯呢？谁和她靠得这么近，近到能悄无声息地往她的酒杯里滴毒药呢？

伯尔妮接着想，但是一想到她断片时候的记忆，脑海里只有一片

1　思维旋涡，指一个人因反复地思考同一个问题而陷入担忧焦虑的状态。

漆黑。

时间过得像嚼烂了的口香糖似的。百无聊赖的伯尔妮用各种活动来分散自己的注意力，现在的她在想那些她搞砸的、错过的、忽视的东西：她总是对工作极其投入，没什么兴趣爱好，除了每周七天虔诚地在她卧室的瑜伽垫上跟着油管视频里的美国女教练做早晨的力量体操训练。她其实还订婚了，因为单单是运动和工作还不能为她带来激情的满足。

她应该多旅旅游的，多读点书，多做做各种各样的事。但是现在已经太晚了。

伯尔妮长叹一口气。在这无穷无尽的等待循环之中，她已经叹了很多次气了。

在那个想象的关于灵魂的辩题之下，反方一定得提到，作为灵魂，是不会累的。一点都不累，以至于想打个小盹儿都做不到。这太折磨人了。

伯尔妮开始在办公室里到处闲逛。但不管怎么说，这种等待就像是在地狱里一样煎熬。

等等，可能这就是地狱？

难道说炼狱之火只是别人用来营销的谎言？坏人告别自己生命的时候，就得去一个只能无尽等待的平行宇宙？这个惩罚已经足够地狱了。绝望在伯尔妮的心中蔓延。

但正当她在考虑灵魂能不能自杀，要是能自杀，怎么自杀的时候，她在无尽的等待中迎来了转机。因为突然——可能是几天之后，还是几周之后？——有人推动了办公室的门，靠近了这个官方说是"犯罪现场，闲人免进"的地方。封条嘶啦一下被扯掉了，一把钥匙插进锁里，把锁扭开。

坐在沙发上的伯尔妮抬起了头。

办公室里随即进来了两个人。

"嗯嗯嗯嗯，哦，嗯嗯，亲我一下！"一个刺耳的女高音响起。

"你真是让我想乖乖地听你的话！"一个男高音，又像是沙哑的耳语。

尽管他们陶醉在荷尔蒙之中，这两位依然记得，远远地绕开地毯上的污渍。伯尔妮就是在那片污渍上被夺走了生命。他们这样绕过去，就好像警察在这里描了死者身体的轮廓一样。但其实并没有。

两个人亲吻着、摸索着，撞到了办公桌上。

"撕警方的封条，肯定是违法的。"女人喘着气说。

"就是因为这样，现在才这么刺激。"男人一边呻吟着，一边说。

充满激情的曲折婉转的嗓音，像吸盘一样叠在一起的两张面庞上，还有那纠缠在一起的四肢。要一下就认出他们是不太可能的。

莎士比亚说的"有两个脊背的动物"[1]果然不假。两个人在做爱的过程中（或者更准确地说，是在性高潮来临前夕），实际上就是一个难以分开的、雌雄共生的动物。

第一眼看到他们的时候，伯尔妮说不出他们是谁。再看一眼，她也认不出。但是看到第三眼，她气得不得不大口喘起气来。

这个二重奏的女声部分，正是她的部门秘书比娜。她身上的衬衫和胸罩刚刚被撕下来——她看起来不仅同意这么做，还积极地、甚至是有些急不可耐地帮着那个男人这么做。

而那个男人就是雅尼克·博尔曼，这家公司的代理市场总监。

他不只是伯尔妮的下属，还是她的未婚夫！

这就能解释，为什么他有她办公室的钥匙了——是伯尔妮给他的。就是为了从事一些类似于现在正在这里发生的活动，不过是和她伯尔妮，而不是这个部门秘书。

其实比娜是个好女孩，伯尔妮一直很喜欢比娜。这家公司里没人

1　有两个脊背的动物，出自莎士比亚剧作《奥赛罗》，用以表述不道德的行为，也暗指性行为。

知道伯尔妮和雅尼克订婚的事，所以这可能是她同意和雅尼克偷情的原因。比娜当然也没订过婚，员工之间的风流韵事并不是那么喜闻乐见，还会阻碍个人的事业前程。毫无疑问，年仅 22 岁的比娜并不明白，永远不能问一个男人他是不是单身。因为在这个问题上，从来没有人能得到一个客观真实的答案。相反，你应该这么问："在我们上床之前，你给我听好了——外面还有没有别人觉得，她自己在和你谈恋爱呢？"

但是伯尔妮又想起来，她现在已经死了，所以雅尼克其实是个鳏夫。或者还是和以前一样管他叫未婚夫。不管怎么样，他可以自由地做任何他想做的事。

"给我！"比娜要求道。

雅尼克把比娜翻转过来，按在办公桌上，露出了他的小东西。

当然他自己不会这么说，这只是伯尔妮给他起的昵称。因为它实在太小太秀气了，就算是像现在运作的时候也是一样。如果物理学家想要证明这个小东西的存在，可能需要欧洲核子研究组织[1]的特殊粒子加速器出场才行。但如果有人像伯尔妮一样就是喜欢小小的东西（她喜欢收集 PEZ 公司推出的糖果分发器[2]，每个分发器上面都有一个卡通人物形象），那这当然就是加分项了。

正当两人颠鸾倒凤，呻吟尖叫之时，伯尔妮就坐在沙发上，浑身发抖地看着。她不觉得受伤，也不觉得难过。雅尼克和她都是爱情的实用主义者，从来不相信伟大且专一的感情存在。但是和部门秘书在她伯尔妮的办公桌上偷情？而且是在她还没入土之前！这个男人真是没品！

要是我还活着，我得去看看眼科医生，因为眼前的一切实在是令人难以置信。

1　欧洲核子研究组织，位于瑞士日内瓦西部接壤法国的边境，是世界上最大型的粒子物理学实验室。
2　糖果分发器，是由澳大利亚糖果品牌 PEZ 推出的一款产品，上面有各种各样的卡通人物形象。该公司生产的糖果多为单颗糖果排列而成的条状包装，使用者将糖果装入该工具，按动背部的按钮即可推出糖果。

伯尔妮双手交叉在胸前，冷冷地想。这个时间不会太长，她知道雅尼克做不到的。他没有坚持下去的天赋，但是有反复尝试的热情，而且不知疲倦，让人想到电池广告……

"哦，再用力点，再用力点！"

"哟呼！"

伯尔妮对这些话语完全不感兴趣。在这个主题下，她总是沉默寡言而专注于现实。此外她觉得这此起彼伏的喘气声实在是过于夸张了，只有缺乏锻炼的人才会累成这样。

恰如伯尔妮所料，两人很快就结束了。雅尼克喘着粗气，从比娜的背上滑下来。

这时比娜从伯尔妮办公桌上的笔筒里抽出了什么东西："这个我能拿走吗？我好喜欢这个！"

从沙发那里，伯尔妮看不到比娜想偷的东西，但是因为她极为细心地整理过了桌面，那它就只能是其中一支昂贵的钢笔了。伯尔妮不喜欢毫无秩序的感觉，她本来想在派对过后的那个早上再把她为数不多的东西扔到箱子里带走的。比娜想带走的应该是刻有"深深地爱着你，你的雅尼克"的那支笔，那是雅尼克给伯尔妮的订婚礼物。

伯尔妮从来不用墨水笔写字，但是不知道谁在她入职这家公司的时候送了她一支钢笔，可能是老板朔恩吧。从此之后别人一直送她钢笔来表示祝福：在她三十岁生日的时候，她的同事们一起送了她一支钢笔；每年圣诞节的时候，老板都会送她一支钢笔；还有这支雅尼克送给她的订婚礼物。不管怎么说钢笔还是比较高端、比较美观的礼物，因为如果不送钢笔的话，她可能会收到更糟糕的东西，比如印着自认为很幽默的话的咖啡杯，或者是女士腕表什么的。

尽管伯尔妮和那支钢笔没有什么感情，但是比娜大大方方地就要拿走，让她很生气。

"当然可以，你想拿就拿！"雅尼克说着，一边吻着比娜的后颈，一边抚摸着她。

伯尔妮翻了翻白眼。人们低估了色情表演者的能力：他们哪怕能让这事儿变得有半点值得观看的地方，都是一项不小的成就。但就雅尼克和比娜而言，他们这一类就只有助眠功能。

"你还能再来一次不？"雅尼克说话跟鸽子似的。

没有望远镜，伯尔妮在沙发上看不到雅尼克的小东西，不过以她对雅尼克的了解，他肯定又准备好了。很快这两个喘着气的人又开始了第二轮运动。

伯尔妮闭上了眼睛，她从未如此渴望把自己的耳朵也给封上……

5 见习 灵魂

▶ 戴上耳机，并不代表世界从
此万籁俱寂

门再次被打开的时候，伯尔妮感觉像是过了一百万年。

可别再是他们了，伯尔妮心里想。从上次雅尼克和比娜重新穿上衣服、理顺头发、离开办公室的时候算起，又过去多久了？

作为灵魂存在，对时间的感知完全是错乱的——这可能就是到死亡世界旅行要倒的时差吧。不管怎么说，在之后无穷无尽的时间里，伯尔妮只能找个地方坐一会儿，发一会儿呆，然后再换个地方坐，她会坐在沙发上、坐在地板上、坐在角落里，就是不再坐在办公桌上了。只要没消过毒，没用喷火枪燎干净，她就再也不会坐在上面了。

要是她能操控那个藏在壁柜里面的电视机，她就能用它来分散自己的注意力，不用七想八想了。上司给她强制放假的时候，她就一直是这么做的。对伯尔妮来说，工作一直都是她最大的幸福源泉，但是人事部门坚持要放她假，说是会有过劳的风险，当然也可能法律就是这么规定的。伯尔妮每年都会坐飞机去某个热门的沙滩，拍些令人羡慕的照片发到她的 ins 账号上（它们不久之后就会和其他度假明信片一起挂在秘书处的墙上）……接着她就躺在酒店的床上度过剩下的时间，订购一些客房服务，不停地刷电视连续剧。有时候她甚至会带着工作去度假。什么都比度假好，伯尔妮讨厌阳光、讨厌沙滩、讨厌什么都不做。

所以就算是现在她坐在这里，被永恒的等候所吞噬，她也在问自己，为什么当时那么蠢，没有走进那束光里？只是因为自己一定要找到那个杀了自己的凶手吗？

对啊，凶手是谁呢？

不仅是时间，她的思维也进入了没有终点的循环。

伯尔妮皱了皱眉头。她总是虎视眈眈地追求着事业的成功，成了这家公司"狼群"中的一员。当然她身上也有和其他"饿狼"打斗留下的咬痕，但要因此杀了她？难以想象。

伯尔妮等待着，但是她并不知道在等什么。要是她能好好地睡一会儿就好了。但是什么"死亡就是长眠"之类的话都是骗人的，灵魂根本睡不了觉，她也根本不累。

时间，就这样流逝着。

宇宙存在了 138 亿年，而她一不小心就已经等了这么久。伯尔妮对此深信不疑。

但是这时，如她所见，她办公室的门又被打开了。

伯尔妮并不觉得自己还能迎来什么希望，一切都是徒劳的，谁来都一样，反正没人能注意到她的存在。但是因为太过无聊，她还是朝门那边看去。不管怎么说，她可以借此消磨时间。

进来的是两位女清洁工，她们每天早上五点半到六点半都会来打扫办公室。通过她们青绿色的工作服，一眼就能认出她们。那是一件垂到大腿中部的罩衫，丑得像个麻袋，就算给超模穿，也难以掩盖它的丑陋，反而还有损超模的形象。

她们其中一个人身形娇小，但是精力旺盛。她戴着耳塞，像旋风一样冲进了办公室，扭着胯，晃着肩膀——仿佛听着萨尔萨舞曲[1]——她像个清洁仙子，在房间里有节奏地穿梭。

1　萨尔萨舞曲，萨尔萨舞是一种拉丁风格的舞蹈，舞风热情奔放，舞曲风格亦然。

"看看这像什么样子！"她在一边骂道，"他们早就应该让我们过来了。"

在那个伯尔妮流出生命最后一点血液的地方，她倒了半瓶清洁剂。血已经渗到地毯里，留下了一摊难以描述的颜色。正当清洁剂渗进地毯时，她已经把整个办公室从上到下都清理了一遍，打开了百叶窗，把沙发上的枕头都拍干净，倒了垃圾，还清空了碎纸机。碎纸机旁边就是沙袋一样瘫软地蹲坐在地上的伯尔妮。

另一个人只是在哼哼。她的样貌很特殊，给人一种大自然的原始质朴感——她特别高，肯定有一米九了，四肢粗壮，棱角分明。她皮肤黝黑，戴着一只笨重的男士腕表，穿着一双笨重的鞋。因为她头巾下扎着脏辫，还戴着硕大的耳环，所以伯尔妮猜测她来自加勒比海。这位巨人径直走到窗前，交叉着双臂，注视着窗外。其实窗外的景色并没有那么好看，除非有人狂热爱好现代高层建筑。

"这地方是越来越脏了，但是我们的人手越来越少。"

小个子清洁工有意地避免去看她的同事。她焦躁地看着地板上的地毯，就好像做错了什么事似的，念叨着："没关系，我们搞得定的。"

那个大个子在窗前嘟囔着："该死的，裁什么员！"

伯尔妮敏锐地察觉到，这两个人里面应该是有人在这一波裁员浪潮里被裁掉了。

小个子清洁工好像并不在意同事把活都留给她干。伯尔妮对此再熟悉不过了——每个有着勤劳员工的团队里都至少有一个懒汉，对于他们而言，能按照规定办事已经是他们能做出的最大贡献了。有时候他们干脆什么都不做，直到他们偷懒被发现。伯尔妮死之前不久还在她的部门开除了一个毛头小子，他要用整整一天的时间写一篇新品发布，结果在最后发布的新款身体乳的文章里面，放的是海藻焕肤[1]产品的图片。

1　海藻焕肤，一种使用海藻提取物进行的护肤疗程，通常用于深层清洁皮肤、去除死皮、改善肤质和肤色。

等等，难道是他想要报复，所以杀了她？伯尔妮一下子坐直了。但应该也不是。她又想起来，他参加了一个假期攀岩的活动，现在可能正挂在科罗拉多[1]的某个悬崖上。她失望地叹了口气。

这个精力旺盛的小个子清洁工此时已经把所有东西的表面都擦干净了。她从外面拿来了一个几乎和她自己一样高的吸尘器。伯尔妮从地上爬起来，收着腿躺到了沙发上。她可不想被这个巨大的工业吸气装置吸走。

"马丽娅，我们不能打扫这间办公室，这里被贴了封条！"走廊里传来了一个声音。

戴着耳塞的马丽娅只是继续一边欢快地用着吸尘器，一边愉悦地扭着胯。

"马丽娅!！"那边喊得震天响。

这个小个子清洁工停下来了，关掉了吸尘器，环顾四周，从耳朵里拿出一只耳塞。

"我们不能打扫这间办公室，这里被贴了封条！"走廊里的那个声音又重复道。

"但是这个封条已经被撕掉了，门也没锁。我感觉他们的意思就是要我来打扫。"马丽娅喊了回去，"我马上就好了，只要再吸一下角落里的灰尘，然后把这片污渍洗掉就行。"

"马丽娅，我们需要你上来帮个忙。要是所有人都能尽全力干活，这层楼我们早就打扫完了！"

后面那句话像是对着窗边的大个子清洁工说的，但是她站在那里纹丝不动。她盯着对面的高楼看，但其实已经走神，身边的一切对她来说，好像都没有发生似的。伯尔妮发现，她背部的肌肉线条分明，看起来像个大汉，一个如树干般挺拔魁梧的汉子。

---

1 科罗拉多，美国西部的一个州，以其独特的地貌景观而闻名。

"我马上就来。"马丽娅正要重新打开吸尘器。

"不不，马丽娅，出来！马上过来！门上的封条已经被扯坏了，我们得先上报。不然这事又要怪罪到我们的头上。"

马丽娅小声地说了些什么听不懂的话，又重新戴上了耳塞，拉着吸尘器开始了她的伟大事业。门还是就这样开着。

窗户那边传来了一阵噪声。是那个大个子清洁工正在擤鼻涕？还是说她在抽泣？或者她高大的躯体需要补充大量的能量，所以现在她的肚子就已经饿得直叫了？还是只是放了个屁？

*肠胃胀气是可以控制的，要么少吃点洋葱和卷心菜，要么提升自己对肌肉的控制能力，伯尔妮毫不客气地说。*在员工交流会上，她无数次被别人指责，说她"没情商"，只是因为她不愿意去控制她那张嘴。

而且你也没干什么活。

那个窗边的大个子清洁工又重复了一遍那个声音，好像是"噗"的一声。"他们把我炒了，没提前通知就把我炒了。是不是很难理解？但是他们就是这么干了。"说着这些话的时候，她还是望着窗外的风景，但是语速有点诡异。

她转过身来。从正面可以看到她的雀斑和杏仁一样的眼睛。她长着一张看起来非常东方的面孔，像是佛祖，只是肤色很深。要是她们都是身高一米九的女性，就更像了。

嗯……这是什么意思？伯尔妮脱口而出。

"在你觉得一切都烂透了的时候，难道没有想过，直接从窗户跳出去吗？"大个子清洁工朝伯尔妮看去，"跳楼肯定是个更好的选择。很快就结束了，也不会弄脏什么东西。"

伯尔妮惊讶地回头看了看自己的身后有没有人，但是并没有。她又重新看向那个大个子清洁工。这是……真的吗？

她太过惊讶，以至于她一时没办法解释清楚，其实她不是自杀的。她歪着头问道：*你能……看见……我？*

那个不愿意干活的清洁工也歪过头来，带着一种嘲讽的语气说道："你看得见我吗？"

*我的老天啊！她能看见我！*伯尔妮激动地从沙发上跳了起来。这实在是……*太好了！*她喜形于色。*这肯定和她的出身有关系！那里的人可能对灵魂之类的东西更敏感。*

"出身？你觉得，我是从哪里来的？"

伯尔妮在脑海里光速闪过一遍所有的可能性。*父亲来自布朗克斯[1]，母亲来自泰国？还是说父亲来自中国，母亲来自尼日利亚[2]？*最后她还是不由自主地问道：*加勒比海？*

"雷克林豪森[3]！"

这也解释了为什么她说话还带着鲁尔区的口音。

不好意思，因为你能看见灵魂，所以我以为你可能和伏都教[4]有点关系。

"我信天主教的，而且是坚定的天主教徒！"

这些都无所谓，反正终于有人能看见她了！对于伯尔妮来说，这是她最高兴的时刻，在她过去的一生中，她从未有这么高兴过。她把双手放在胸口（她猜她的心脏可能在这个位置），长舒了一口气。*我叫伯恩哈迪娜·海思[5]。这里是我的办公室。*

"我知道。我以前一直来这里打扫卫生。"大个子清洁工的喘息声变得沉重了起来，"但是后来我就变成多，多余，多余的了。"

*你不仅能看我，还能听我说话！*伯尔妮难以压抑自己的笑容。她

---

1 布朗克斯区，美国纽约北部的一个城区，居民主要以非洲和拉丁美洲后裔为主。

2 尼日利亚，处于西非东南部的国家。

3 雷克林豪森，是德国北莱茵 - 威斯特法伦州西北部的城市，位于鲁尔区的北部。

4 伏都教，也译作"巫毒教"，起源于非洲西部，流行于西非、加勒比海的一种原始宗教。

5 伯恩哈迪娜·海思是主人公的名字，前文哈格多恩提到的海思女士就是她，伯尔妮是她的昵称。

几乎要欢呼庆祝。

但是她面前的人五官依然僵硬得跟石头似的，伯尔妮的快乐显然并没有感染到她。

"我叫耶妮。确实，我外婆来自海地[1]。虽然她一直说自己不是伏都教的信徒，但是……"耶妮耸了耸肩，"我们小时候如果不听话的话，她就会警告我们，说巴隆·撒麦迪[2]会来带走我们的灵魂。"

要是你知道，你能看见我这件事对我来说有多大的意义就好了！ 伯尔妮并不觉得自己是一个多愁善感的人，她试图压抑着从自己内心涌出来的感动。但是这有点像有人要盖上装满了东西的箱子，但这箱子装得太满了，以至于跪在上面也合不上。毫无胜算地，汹涌的感动之情已经取得了胜利。

怎么……你是怎么看到我的呢？我的意思是……你具体看到的是什么呢？在你眼里我是什么样子的？我只是一个影子？一个模糊的形象？还是说你只能模糊地感觉到我的存在？又或者说你能看到各种细节？

耶妮从上到下地扫视了她一遍，然后对她说："你看起来就像一条白色的床单，脚踝上还戴着铁链。"

什么？ 伯尔妮瞪大了眼睛。

耶妮轻声地笑了起来，原来那张石头一样僵硬的脸已经不复存在了："开玩笑嘛！放轻松，你看起来和正常人没什么两样，穿着一条领口低得离谱的黑色礼裙，外面罩着一件短款的黑色西装外套，还穿着一双高跟鞋。看上去有点营养不良，不过你应该是故意要这样的。"

伯尔妮对她 34 英寸[3]的腰围极为骄傲（不过买收腰的衣服或者吃得比较饱的时候，就得看作 36 英寸了）。因此她对耶妮的揶揄毫不在意。

1　海地共和国，位于加勒比海北部。
2　巴隆·撒麦迪，是海地伏都教的死神，通常被描绘为一个戴着高顶礼帽、抽雪茄的骷髅形象，与墓地、生命与死亡之间的过渡有关。
3　1 英寸 =2.54 厘米。

她实在是太高兴了，终于——终于！她终于被别人察觉到了。

你一定要去上报！你一定要告诉警方我在这里！而且这绝对不是什么自杀！

耶妮大笑了起来："要我去报告？你要不还是在你心里找个动画片看看吧。"

这是什么意思？

"我的意思是，要是谁还会认真分辨你说的话是真是假，他也还是回去看动画片吧。虽然我不太愿意提醒你，但是……你已经死了！不管是谁说你还在这儿、还能说话、还有什么诉求之类的话，都会被警方送进精神病院的。"

伯尔妮失望地叹了口气。

"我知道，这对你来说肯定很痛苦。"耶妮想表达她的同情，"你是在欢送会上被谋杀的，对吧？这是大家这几天以来唯一的聊天话题。好吧，其实还会聊公司裁员的事。"耶妮的视线又重新在房间里巡视了一周，继续说道，"这里虽然办过派对了，但是看起来还是很整洁，只有一些气球还留在房顶。你应该看看会计部的派对结束之后房间成了什么样子——比罗马人的狂欢[1]还要混乱。"

警方已经把放饮料的推车带走了，它是证据之一。

耶妮又看向伯尔妮："人在死亡的时刻穿着什么，就意味着他要怎样度过永恒的时光，这显然是很重要的。这样看来你还是很幸运的。你这身衣服特别时尚，而且身上也看不到枪眼。"

为什么要有枪眼啊？我是被下毒毒死的啊！

"啊，是吗？我刚才还不知道。但是我现在对具体的细节其实并不感兴趣。"耶妮耸了耸肩，她的肩膀坚实有力。

好吧，大多数人肯定已经把我忘了，人们的注意力也集中不了太

1　罗马人的狂欢，可能由于古典文献较为夸张的描述，导致后世经常将罗马的宴会与奢侈、放纵甚至放荡联系在一起。

久，我也没那么受大家欢迎，我觉得。你说呢？伯尔妮期待着一个否定的回答。她得到的回答确实是否定的，但是和她心里所期待的还是不一样的。

"嗯，我不知道……但是三天前发生了什么事情，大多数人还是记得的。我们又不是只有五秒钟记忆的金鱼。"

我是三天前刚死的？

耶妮点了点头："你原来以为呢？像睡美人一样睡了一百年？那得要找一个王子来吻醒你了。我只是在这里打扫卫生的清洁工，很清楚我连碰都没有碰过你！"她一屁股坐进沙发里，把两条树干一样的腿搁到沙发前的茶几上。

"没有提前通知就把我解雇了！这太不公平了。理由还是什么'工作时间太长了'！这借口找得也太烂了——我从来没有超时工作过，但是这帮人单单就给我一个人加什么'额外的工作量'。我说过，我只干写在我劳动合同里面的事！我是作为清洁工被招进来的，不干下人干的事。"她失望地嘀咕着，"我告诉你们，我被当作服务人员的时代已经过去了——我再也不打扫了！绝不打扫，这是我神圣的誓言！血誓！要是再有人用手指指着我让我做什么事，我绝对不会理他。马上我就会是自己的主人，我要尝试一些新鲜事，探索我生活的边界。"

伯尔妮听着耶妮的话，但是一只耳朵进，一只耳朵出。什么解雇啊，什么不公平啊，什么重新开始之类的。

所以还是没有人知道，是谁杀了我吗？

耶妮盯着自己的腿，深深地吐了一口气，说道："据我所知，没有。"

伯尔妮心里直犯嘀咕。帅小伙儿亚历山大看来并不是一个聪明的警察。三天过去了，线索都断了，为什么他还出不了调查结果呢？伯尔妮有点生气，她一直致力于向世界证明，长得好看的人同时也很聪明，就像她自己一样。

那你得帮帮我！

"你说什么？"耶妮抬起头来。

你得活动起来，找到杀害我的凶手！

"我没听错吧。"

你刚刚不是说了，你被临时决定解雇了。那你肯定有大把大把的时间，而且你还需要钱，我可以付给你钱的！

"你怎么给我钱？用那些死了的钞票灵魂吗？"耶妮笑了起来。显然，她被自己绝妙的笑话逗乐了。

用真钞啊。我家里还有一些现金。如果你不觉得我在开玩笑的话，我会很感激你的。我被谋杀了，这一点也不好笑！我想知道是谁杀了我，不然我永远都得不到安宁！

耶妮还在笑："要是我不答应呢？难道你要威胁我，一直跟在我后面捣乱吗？"

伯尔妮哼哼了一下，她确实是这么想的。

"你听我说，我确实理解你的想法。如果有人杀了我的话，我也想知道是谁干的。但是你需要的是一位詹姆斯·邦德[1]，我顶多就是笨蛋克鲁索探长[2]！"

耶妮显然是个电影迷，这正中伯尔妮的下怀，她曾经也很喜欢看电影。当然，是在她被迫休假的时候。

"而且我是个门外汉。其实我们的时间也不够。"

伯尔妮用手撑着腰，*我不知道私人侦探的时薪是多少钱，但是我的积蓄肯定是够的，不管你要调查多久都行。*

"我不是在说钱的事情，我说的是你这个过渡状态。"耶妮把腿从茶几上放下来，坐直了身子——这是一个人马上要作长篇报告时会做的

1　詹姆斯·邦德，是"007"系列小说、电影的主角。在故事里，他是英国情报机构军情六处的特工，代号007，拥有矫健的身手和高超的侦查能力。
2　克鲁索探长，是《粉红豹》(The Pink Panther)系列电影中的人物。在影片中，他做事粗心愚蠢，常常闹出笑话，但是总能歪打正着。

经典动作 —— 她还像老师一样伸出了食指，"《西藏度亡经》¹里记载道，人死后还会在现实世界里徘徊几日，在脑海中回顾自己所经历的一切，为迎接新生做好准备。然后人们就会被卷入轮回之中，在某处坠落，重新投胎成为婴儿。因此你并没有无穷无尽的时间来调查你的谋杀案。"

有些西藏地区的人相信这个，又不意味着这是真的，伯尔妮不服气地说道。*真奇怪*，她心里想，*还活着的时候从来没觉得我这么讨人厌。不好意思，我不是有意冒犯你的宗教情结，只是这些对我来说有点太……超现实了。*

"没事。我知道这听起来有点疯狂。我也不信佛教，虽然我的爷爷来自中国，是藏族人。但是比起生命的轮回，他还是更愿意追随伟大的毛主席。我这里只有一张他的照片，照片里他骄傲地穿着和毛主席一样的外套。我不太理解他，但不管怎么说，我一直独自生活，有很多闲暇时间，喜欢看书。《战争与和平》《资本论》，还有全套的《哈利·波特》……这些都让我难以忘怀。"

在这位学识显然比她丰富的清洁工面前，伯尔妮尽力不让自己的脸上流露出惊讶的神色。她在认识耶妮的短暂的时光里已经失礼很多次了。

"我说这么多的意思是……"耶妮的上半身重新靠在了沙发背上，"你不需要我。你应该找一个专业人士。"

怎么找呢？我甚至都出不了这里的门！

"谁说的？你哪儿都可以去，整个世界的大门都会为你敞开，就像是电视剧《太空仙女恋》²里面一样。只要双手交叉抱在胸前，眨眨眼，你就到了你想要去的地方。"

---

1 《西藏度亡经》（*Tibetisches Totenbuch*），是一部西藏佛学名著，由八世纪印度高僧莲花生大士所著，并将其传入西藏。该书主要论述了死后世界以及人在死亡过后所面对的情况。

2 《太空仙女恋》（*Bezaubernde Jeannie*），原名为 I Dream of Jeannie，是由西德尼·谢尔顿执导的奇幻主题的电视剧。

*啊，是吗？你难道觉得我没尝试过吗？在你眼里我这么蠢吗？*伯尔妮双手交叉，眨了眨眼。她试了很多次，动作和喜剧演员一样夸张。*看，什么也没发生！*

耶妮站了起来："你还没有努力过呢。这就跟练体操一样，如果有人觉得他做不到，那么他当然只能跟湿麻袋一样挂在高低杠上了。你过来，我们再尝试一下。"

马丽娅没有把门锁上，耶妮朝门外张望着，她先朝左看看，又朝右看看。"这里没有别的人。我们可不想让你再变回人了。好了，看着我。"她走到了走廊中央，"闭上眼睛，想象我的样子，然后想象你就站在我面前的那个感觉。"

伯尔妮哼哼了一声。*但是这好蠢啊。*

耶妮示意伯尔妮不要出声："要我现在帮你吗，还是你自己能行？"她没有说出"你这个不知感恩的家伙"之类的话，但是她激光一样的眼神传达的就是这个意思。

于是伯尔妮闭上了眼睛。她想象着耶妮的样子，在肥皂旁的耶妮，在清洁工作中的耶妮……当伯尔妮再次睁开眼的时候——呼！她还是站在原来的地方。

"你到底在害怕什么？"耶妮在走廊里喊道。

*我知道要怎么弄！*伯尔妮心里固执地想，但是她没来得及说。

"你难道觉得，自己会不小心卡在墙壁中吗？而且是在你已经死了的时候？已经没有什么是比死更可怕的东西了！"

伯尔妮无法反驳这个理由。她又重新闭上眼睛，屏住呼吸，想象自己站在耶妮面前，然后……

……她还是一毫米都没动。

"你用力过猛了，"耶妮批评道，"要做成这件事的秘诀就在于，放轻松，就像运动时肌肉拉伸的过程一样。你必须得变得轻盈松弛起来。"

伯尔妮哼哼了一下。她活动活动肩膀，从一数到十，深呼了一口气，闭上了眼睛，想象着仙女的云雾和独角兽，因为这些是她所能想象出来的东西。她集中精力，想象着那个穿着工作罩衫、戴着头巾、扎着脏辫的巨人，然后……

……一下子就出现在了耶妮面前。这么近，以至于她们要是一样高的话，她们鼻头就碰到一起了。因为伯尔妮显然更矮一些，所以她的鼻子出现在耶妮的胸前。

伯尔妮条件反射似的往回跳了一步。

"你看，这是行得通的！"耶妮笑着欢呼道，"你做到了！死亡和其他事情一样，也需要一个学习的过程。"

6 灵魂生活入门指南

▶ 嘀，嗒，嘀，时间跑得飞快，
但灵魂毫不在乎

*太棒了！*伯尔妮欢呼道。此时她正站在最为"神圣"的地方——老板雷吉纳尔德·朔恩的办公室里。一般来说，没有老板的指示，没有人能私自进来，而且每次还不得不和看门的恶龙哈格多恩打照面。

从今往后，这一切对伯尔妮来说都将成为历史。她只要闭上眼睛，想象朔恩的样子（或者按照耶妮的说法，其实她根本就不用闭眼，因为眼皮不会影响传送），就能突然出现在这间奢华的办公室当中，欣赏河岸的林荫步道和日出的壮丽景象。

朔恩坐在他那张大得过分的办公桌前，正在用塑封机给一张名片大小的东西塑封。他聚精会神，舌尖从他饱满的、吹弹可破的嘴唇之间伸了出来。

要是朔恩在天蒙蒙亮的时候就已经在办公室了，那么前一晚他肯定是约了三两个女孩或者和酒友在外面通宵了，他经常这么干。现在他只是赶回办公室看看有什么需要他签字的文件，然后回家睡一整天。

*他在塑封的东西肯定和那些陪游的人有关系，不然他肯定会让哈格多恩帮他弄的，*伯尔妮想。她觉得朔恩恶心极了，就算朔恩能把全世界所有的财富都给她，她也绝不愿意和他发生关系。

于是她重新在脑海中想着耶妮的样子，一下子就回到了她的面前。

就像是《星际迷航》里的斯科提[1]一样，她可以迅速地在不同的地点之间传送。这真是她体验过的最好的旅行方式了！

*这也太太太牛了！*伯尔妮心里止不住地为自己拥有这项技能而感到高兴。

"欸？你刚刚去哪儿了？"

我去老板办公室了。他没有请我过去，但是我就是要去。因为我来去自由！哈哈！

伯尔妮说着打了个响指。

耶妮摇了摇头："你现在能移动得比光还快，能去地球上的任何地方，结果你决定去你老板的办公室？"

伯尔妮完全没在听她说话。她一直以来都是这样：只要她学了什么新的东西，就会完全沉浸在那种成就感之中。她追求尽善尽美，或者说，总是想让自己出类拔萃。

她自顾自地走到办公桌前说道：*我现在想把这个台灯拿起来。*

她试着去抓那盏台灯。但是搞不定！她的手直接穿过了那些金属和硬塑料。

好吧，那我还是先试试去拿小一点、轻一点的东西吧。

伯尔妮试着去拿一支钢笔，但还是做不到。她紧闭双眼，集中精力，鼓足勇气想要再试一次。

还是不行，什么也没有发生。看来她是没法用手拿东西了。

为什么呢？

伯尔妮的手一下子穿过了桌面。她是做不成一件事就想把所有东西都毁掉的那种人。可就算是想搞点破坏，现在对她来说也非常困难，她

1　斯科提，是《星际迷航》（*Star Trek*）中一位名叫蒙哥马利·斯科特的人物的昵称。他在剧中担任总工程师，负责操纵星舰上的传送装置。伴随着系列电影的推出，"斯科提，把我传送上去！"成了流行文化中广为人知的一句话，而斯科提也成为科幻作品中关于总工程师的刻板形象的代名词。

再也不能用拳头捶桌子来发泄自己的怒火了。

这设定有漏洞吧！我明明已经在认真地想自己手里拿着东西时的感觉了，但是什么也没有发生！

"你难得像这样傻兮兮的。"耶妮说道，她已经跟着伯尔妮进了办公室，"可能有的人心里面会觉得奇怪，为什么你能当上领导。聪明如我，却还只是一个清洁工。"

伯尔妮狠狠地瞪了她一眼，不过只是为了遵守自己的某些原则。其实她心里已经开始暗暗钦佩起眼前的这位强大的清洁工了。她们两个其实无比地相像，伯尔妮非常尊重强者。

"作为灵魂，你已经能够不管实物的阻碍到处穿行了，当然不能再指望拿得住什么东西。"耶妮像在讲课的老师，而这门课程的名称叫"蠢货灵魂的生活入门"。

*为什么不行呢？我还可以……*伯尔妮的眉头皱了起来。她想举一个类似的例子，但是她想不出来。*除了……我还是可以坐在椅子上的。如果你说得是真，那我只要摔一跤，就会一下子穿过好几层楼……*

"……然后栽倒在地上？"耶妮摇了摇头，"我也不知道为什么灵魂可以坐着，但是拿不住东西。可能你不是真的坐着，而是你的腿和臀部的肌肉记忆。你只是在椅子的上方飘着，就好像你坐在上面一样？"

*啊？这种说法是不是有点极端了……*伯尔妮感到有些气愤，不过她不是在生耶妮的气（虽然她会把气撒在耶妮身上），而是在生自己的气，因为她在活着的时候并没有这么丰富的知识。

"嘘！"耶妮把手指放到嘴唇前，"有人来了。"

两人下意识地躲到墙角。但伯尔妮意识到，公司里肯定没有别人能看到灵魂，于是她朝办公室的门外张望着。

外面那个大办公室已经坐满了，一个个方形的工位里都相应坐着早起来上班的人。

嗯，凶手就在外面的某个地方，我们现在可以开始侦查了。

“不行。”

好吧，那我们先去我的住处，我把预付款给你，然后我们再开始调查。

“不行。”耶妮双臂交叉抱在胸前，像是某个热门舞厅门口，挡着那些穿着格子衫的书呆子的保镖。

你总不能就把我这样晾在一边吧？

耶妮叹了一口气：“我也是好意。我绝对不是帮你找出凶手的正确人选，我刚刚只是和你随便聊聊而已，你还是需要找专业人士。”

*我怎么找呢？又没人看得见我！*伯尔妮泄了气，两手一摊。*只有你能帮我了。你得当我的翻译，帮我和活着的人交流。*

耶妮的倔脾气又上来了：“但是我就是不愿意去找什么杀人犯，我讨厌所有和暴力有关的东西！而且我从来都不看悬疑片。”她噘起了下嘴唇，继续说道，“你需要的是别人，像是《捉鬼敢死队》[1]电影里的那些人。你要在现实生活里找一个这样的人，一个敏锐机智的侦探。等一下……”耶妮挠了挠自己的左耳，耳朵上的大耳环晃了起来，“我想起来了。我最近才听说过，好像是有给死者做翻译的人！”她来来回回地踱着步。

“是哪里听说的来着？是广播里说的吧？不对，是电视里。不是，好像确实是在广播里。是的！”她突然站定，接着说，“是在本地的一个广播电台，叫作本土广播之声。我前不久才发现这个电台，觉得它的节目很有意思。他们做的是访谈节目，每天都有你我这样的人参加，在里面聊不同的话题。”

伯尔妮不耐烦地甩了甩手。*就事论事，你现在帮不帮我？*

“不干。”耶妮又抱起手来，“你看我虽然是个有大学文凭的卫生部

1　电影《捉鬼敢死队》（*Ghostbusters*），在影片中，三位大学教授致力于通过科学的手段研究鬼魂，但因此遭到学校开除。随后他们成立了“捉鬼”公司，利用科技的力量提供“捉鬼”服务。

门经理，但是在大家眼里我就是一个扫地的，而且还来自移民家庭。谁会对一个'扫地的'……"她手指弯曲，在空调吹出来的风中比了一对引号，"……认真地说事儿呢？而且大多数人都对服务人员视而不见，对我也是一样。我这么大的块头，他们都看不见我，这简直和黑魔法没什么区别。"

耶妮摇了摇头，强调道："是的，一个小小的清洁工没法帮你找到凶手。"

那要是你脱了工作服呢？ 尽管伯尔妮知道耶妮说的话是什么意思，但她还是耸了耸肩，装作无所谓的样子。*你听我说，我真的需要你的帮助。我一个人办不到这些事情，警方也帮不了我。求你了！*

耶妮叹了口气："我真的很想帮你，但是你要找的那个帮手，他既要会做侦探，同时又要有和活人以及死人交流的能力。"

如果真的能找到这种什么都会的人，那确实是会好办一些。

耶妮笑着说："我也不确定。不过我确实想到了一个人。你跟我来，我带你去见见那个可以和死者对话的人！"

7 通灵者登场

▶ 请勿按响门铃 —— 阿卡那女士已感应到您的光临！

伯尔妮对"灵魂驾驶员"这个词有了全新的认识。原来她以为这只是大家造出来的词语，用来形容开车时走神的人，但是现在她却真正地成了一位"灵魂乘客"。她从未想过自己还能从这个角度理解这个概念。

伯尔妮现在做着一些颠覆自己人设的事 —— 她逃了票，坐在公交车上。本来她想让耶妮开她停在公司地下车库的保时捷，但是耶妮没有驾照。要是没有这些长着轮子会跑的盒子，人怎么能活得下去呢？伯尔妮意识到，在自己的生活之外，还真真切切地存在着另一个平行宇宙，在那里，人们连考驾照的费用都负担不起，更不用说去租什么奢侈的敞篷跑车了。当然，她一直都知道这一点，只是她从来没有如此近距离地接触过来自"平行宇宙"的人。她有想过，让耶妮"继承"她的保时捷。但是要这么做的话，她就得伪造一份遗嘱，因为她自己从来没有写过类似的文件。这事儿就跟一个人只在马上要出门的时候才会买机票一样，没有人会提前三十年就知道自己这个时候会去旅游的。伯尔妮也从来没有想过，她会死得这么早。

所以死亡也是一件"不期而遇"的事情。

"前面就到了。"

从公交车站出来没走几步，就到了一户人家的私人花园，花园的门后是一座普通得不能再普通的城郊小房子。这里并不是那种银行家、政客、公司老总住的豪华别墅区，而是城市边缘地带，街道两边立着一排排建于20世纪60年代的亟待修缮的楼房，每间屋子里都挤着一大家子人，整天忙忙碌碌地在里面走来走去。这是城市管理者的错误，从他们决定实施"人以群分"政策的那一刻起就开始了：在这个贫民窟一样的街区里，不同的人形成了自己的社群，而不同社群之间根本没有交流。在隔壁邻居的花园里有一群老年人，他们穿着格子衬衫，静脉曲张的腿上套着五分裤，一撮撮灰白的头发像是从衬衫领子里流出来的一样。他们站在廉价的烧烤架旁，沉醉在香肠的焦香之中。不难看出，伯尔妮她们现在正在烧烤爱好者们的领地。

"你们好！"耶妮径直从烧烤的烟雾中穿过，礼貌地和他们打招呼，但那些人似乎没有盯着她看的兴致。显然，耶妮健壮的身材并没有使她成为这些大汉起哄的对象。可能在那些人的心里，耶妮只是一个所谓的"好斗的同性恋"罢了。

伯尔妮有点为耶妮感到遗憾。如果她自己还活着的话，这些人早就把眼睛瞪得大大的了。他们一看到她，准会吹着口哨欢呼起来，而这时的伯尔妮则会像走秀模特一样从他们面前走过——表面上看她冷漠极了，好像完全没有注意到那些男人似的，其实她心里早已充满了胜利的喜悦。不论她走到哪里，都会引起一阵轰动，一直以来都是这样。至于她作何反应，就取决于当天的心情了——有时她会感到生气，有时则十分享受这种掌控男人的快感。

不过显然这些人里面没有会通灵的人，所以没有人注意到她。只有一只乌鸫在鸣叫，它停在这里唯一一棵树的树杈上。

伯尔妮快步朝耶妮走去，而这时耶妮已经站在一栋房子门口了。门口靠着一把老式的扫帚，像是女巫的魔法道具。

"阿卡那女士——请勿按响门铃，我知道，您已到此地。"门口的黄铜牌子上写着这样一句话。这话看起来神神叨叨的，但确实给人一种充满希望的感觉。

耶妮站直了身子，交叉双臂，没有按门铃。显然她真的相信这个世界上有着无穷的可能性。

但是，伯尔妮发现了一个摄像头，它巧妙地藏在门口右上方的壁灯旁。既然有了现代监控技术的加持，那么超自然的能力似乎也没什么必要了。

*我们现在在做什么呀？你就摁一下门铃吧！*伯尔妮说道。她现在就是疑问和质疑的化身，因为她一直觉得所谓的超自然能力只不过是一种骗术罢了。不过她在死之前也不相信人真的会有灵魂，但是她现在正以灵魂的形式存在着。呃，既然灵魂存在的话，那是不是也有天使呢？有没有人重生？有没有地狱？

耶妮一动不动："她年纪比较大了，你再给她一些反应的时间吧。可能她现在正在泡茶。"

那帮烧烤的人中有人拉起了手风琴，拉的是一首年代比较久远的民歌，听起来像模像样的。有人开始配合旋律，用尖锐的假声唱了起来。香肠散发着烟熏的烟味，好像彻底烤焦了，他们得想办法把这些香肠解决掉。

伯尔妮环顾四周，想看看有没有什么别的和玄学有关的东西，比如说挂在绳子上的经幡、黄杨树下印度教神明的石像、致幻的蘑菇、巫师的药草、会占卜的植物之类的。但这排带着英式草坪的小房子却散发着一种中欧建筑特有的朴实无华的随和气质。好吧，估计这位阿卡那夫人肯定是考虑到了邻居的意见。房子里面肯定到处都摆着她的魔法道具，比如能够预知未来的水晶球之类的。

你以前来过阿卡那夫人这里吗？

"是阿卡那女士。我没来过这里，我只是通过本地广播电台的互动节目知道的她。节目是在每周六晚上八点开始，一直播到半夜，听众可以给她打电话问一些问题，她会根据这些问题进行塔罗牌占卜，然后给提问者一些建议。"

嗯。伯尔妮把她全部的怀疑和困惑都放在了这声"嗯"里面。伴随着这个声音，疑惑之情在她的心中爆发，就像是烤架上的香肠受热之后爆裂，发出滋滋的响声。

"你先想想你要问些什么问题吧。阿卡那女士干这行已经三十多年了，她一直都能给出很好的建议，让提问者心满意足。她有时候也会召唤一些死者，给他们出谋划策，告诉他们应该做些什么。"

*你是说在广播节目里和死者说话吗？还能用无线电直播？*伯尔妮咯咯地笑了起来，她带着嘲弄的口吻接着说，*那能听到什么声音？对着话筒吹气的声音？还是说动动嘴唇也会有声音？*

耶妮觉得自己没有必要回答她的问题，紧闭着双唇。

手风琴的声音闷闷的，而那个尖锐的假声还在唱。那声音听起来无比凄惨，简直让人怀疑，是不是有人正因为手被卷进绞肉机而疼得大喊大叫。

耶妮，我感觉再这样站下去，我脚上要长出根来了。求你按一下门铃吧！

"你听到了吗？"耶妮一边问着，一边竖起耳朵仔细听着，她的耳环随着她的动作晃了起来。

没有人能忽略掉那个难以描述的手风琴假声二重唱，就算是聋子也能通过腹腔的振动感受到这个声音——无比喧闹，而且走调，能让任何从来没有感受过这种声浪的耳朵一下子有了濒死的感受。现在还有一些人在跟着节拍鼓掌。

怎么可能听不见他们鬼哭狼嚎的声音呢？虽然我是个灵魂，但是已经感觉我的鼓膜在痛了。

"不是，我说的是，你有没有发现，歌声不是从那群烧烤的人那里传过来的，而是从房子后面传过来的？"耶妮从门前的阶梯下来，绕着房子走了一圈，"不要贬低其他文化的音乐传统。你的听觉没有受过他们音乐文化的训练，并不意味着他们的音乐就不好。只是你还没有习惯而已。"

伯尔妮跟在她身后，怨声载道。其实她确信，就算是那些在这种特别的音乐文化环境下成长起来的人，他们的耳道也会疼，因为没有作曲家会写出这种不成调还不和谐的音乐。但是她选择了沉默。有时候，什么都不说才是最大的成就。

房子后面是一个小小的菜园，里面是一排排传统农民耕种风格的菜畦。菜园里面站着一个穿着牛仔裤和彩色 T 恤的人，不过那 T 恤的颜色足以令观者致幻。这个人和伯尔妮想象中的通灵者形象大相径庭。他站在两排茂盛的番茄中间，正弯着腰除草。是的，这就是那个唱歌的人。歌声特别高还不在调上，相比于那些烧烤音乐家的民歌而言，他还有着自己的一套节奏体系。

耶妮和伯尔妮一直站在那里。

伯尔妮对一切都失望透顶。一个有着通灵天才的占卜大师，竟然五音不全，还穿着牛仔裤？法袍到哪里去了？这也太不神圣了吧。

"你好？"耶妮对他喊道。

那个人转过身来，他一看到她们就吓了一大跳。他不是那种想象中年事已高的会通灵的女性，而是一个又憨厚又瘦弱的小伙儿，看着才二十五六岁的样子。

"不用害怕！"耶妮举起双手，想让他放心。她像是一位健壮的骑士，正在示意自己并没有拔剑，无意于和他比武或者把他枭首示众。如果她不是一个身高接近两米、长着屠夫般大手的女人，或许他还会更安心一些。

这位年轻人的嘴唇上方和下巴上都蓄着红棕色的山羊胡。耶妮的举动显然并没有让他感到放心，他紧张地咽了一口口水，胡子跟着颤了颤。第一眼看上去，他面色惨白，像是患有白血病一样，他的身板比纸巾还要薄，是个瘦弱的男人。

如果有人在我唱歌跑调的时候突然出现在我面前，我也会吓成这

样。伯尔妮说道。

"你好呀。"耶妮朝他打招呼。

他肯定只吃素，伯尔妮又说。在她看来，合法合规生产的肉类能提供铁元素，所以吃肉对人的血液健康起到了极为重要的作用。

"嘘！"耶妮斥责道，她红着脸，撩了一下本就别在耳后的脏辫。

怎么啦？你难道觉得这个人很性感吗？

"嘘！！"耶妮狠狠地瞪了伯尔妮一眼。

显然，她们两个现在不可能因为个人品位的问题吵起来。不管怎么说，眼前的瘦弱男人还是有一双漂亮的蓝色眼睛，就像是发着光的蓝宝石。只是这双眼睛现在有些不知所措，眼神飘忽，游离不定。

伯尔妮在心里悄悄地道歉，嘴上却催促着，*你跟他说我们需要他的帮助，确实是这样。但是你让他害怕了，可能是因为你身上这件难看的工作服。你为什么不把它脱掉？*

"我可没有让人家害怕，"耶妮有些生气，小声地说，"你能不能收敛一点？我现在做的这些事情可都是为了你！"

好吧，我会试着控制好自己的。你问问他吧，阿卡那女士在哪里。

耶妮清了清嗓子。因为她的块头比较大，所以她的声音一直以来都像轮船汽笛一样低沉，可现在她说话却夹起来了，有了少女的娇柔之感："不好意思，我们想找阿卡那女士咨询一些关于生与死的问题。"

男人的喉结跳动了一下。他看着耶妮，眼神不再紧张，刚才还白里透青的脸一下子就恢复了血色。

他会不会也觉得你很有魅力？小个子男生似乎更喜欢高大的女生，比方说杰米·卡伦[1]和苏菲·达儿[2]，尼古拉·萨科齐[3]和卡拉·布鲁尼[4]，盖

1　杰米·卡伦（Jamie Callum），英国男歌手。

2　苏菲·达儿（Sophie Dahl），英国模特兼作家。

3　尼古拉·萨科齐（Nicolas Sarkozy），法兰西第五共和国第六位总统。

4　卡拉·布鲁尼（Carla Bruni），模特、歌手、演员、音乐人。

乌斯·西利乌斯和梅萨利娜[1]，约拿和鲸鱼[2]……

"你现在能闭嘴了吗?！"

*行。*伯尔妮夸张地把手放在嘴前，做了个拉拉链的手势。

"麻烦你了。"耶妮对那个瘦弱的男人说道。他的手抓着身边番茄的藤蔓，试图保持平衡，而他的脸也渐渐红了起来，像是要和那些番茄一较高下。"这对我们真的很重要，求你告诉我们阿卡那女士在哪儿。"

"我……"他试图用他尖锐的声音来解释，但是有点结巴。他的音调越来越高，但是声音却越来越轻："*我就是阿卡那。*"

*好家伙，这不就是个阉人骗子嘛。*伯尔妮把手臂往空中一甩。

"他可不是骗子。"

*但是他自己都承认了！*伯尔妮不满地说道，*他是个男的，却把自己包装成会魔法的老太太骗人。*

"但是你不觉得他真的会魔法吗？他能看见你这个灵魂啊。"

伯尔妮瞪了这个男人一眼，他也瞪了回去。

可恶，他真的会魔法！

"我当然会了，"他一边说，一边用那冰川蓝的眼睛盯着伯尔妮，像是在发射激光，"我不仅能看见你，还能听到你说话。另外，我不是阉人。"

现在伯尔妮真的感觉到尴尬了。

他重新看向耶妮，于是他的脸颊变得更红了。比番茄红还要深的颜色是什么来着？

"我真的是你们要找的'阿卡那女士'。好吧，其实'阿卡那女士'是我的姑姑，我在她去世之后继承了她的工作。不过我确实有超自然能力，而且这些能力都是真的，我有所有相关的证书和报告。"

"真是遗憾。"耶妮看上去很同情他。但是不管怎样，她的脸也越来

---

1 盖乌斯·西利乌斯和梅萨利娜，罗马历史人物。
2 约拿和鲸鱼，源自《圣经故事》。

越红，说话也有点结巴了："当然，我是指你姑姑去世这件事，不是说你会魔法这件事。"她的脸快变得和龙虾一样红了，"我的意思是你有这种天赋，不是说你有使用魔法的潜力，哎呀，这听起来好奇怪……不，不奇怪，我想说的是……"她突然不说话了。

伯尔妮疑惑地看着耶妮。这个又矮小又瘦弱的人怎么就让她这么兴奋呢？

虽说伯尔妮本来也不是那种以优雅克制的人设示人的人，但自从她死后，她就再也抑制不住自己说出内心刻薄想法的冲动，那些刻薄的话直接就从她的嘴里倾泻而出。难道说把想法留在心里，也是灵魂办不到的事儿吗？

耶妮飞快地转过头来："你别说话了！"

抱歉，我只是想到，你正好单身……

男人笑着看向耶妮："我也是单身。"

耶妮在绝望的沉默中闭上了眼睛。

伯尔妮努力不让"果然"两个字从自己嘴里漏出来，但是有的时候，越告诉自己不要去想某件事，自己就越想去细细琢磨。所有的努力还是敌不过自己这一身反骨。

*果然！*她马上就察觉到自己心里的想法发出了声音，于是赶忙补充道，*不过丘比特之箭迟早会射中我们所有人的。这位耶妮女士就爱上了你的广播节目，这是她自己对我说的。*

"哦，谢谢，但是广播电台的节目其实都是重播的。我姑姑是八周之前去世的，从那之后放的都是广播电台精选出来的往期节目。这个广播节目的主管说我干不了这行，没有当主播的经验。而且我听调音师说，我的声音太尖了，他没办法帮我调音。"他看向耶妮，耸了耸肩，"对了，我叫凯－乌韦。"

"我叫耶妮。"耶妮一边说，一边把她彩色头巾下露出的一小撮卷发撩到耳朵后面，"这位是伯尔妮。"

伯恩哈迪娜。她本来还想说"你得叫我海思女士",但是她立马把这句话咽了回去。不管怎么说,她需要眼前这位瘦弱的男人帮她找出杀人凶手。

凯 – 乌韦没有主动和她握手,这是明智之举,因为他的指甲缝里塞满了泥土。显然,他已经在花园里干了很久的农活。

"今天我能给你们特价,买一送一 —— 我可以给你们做塔罗牌占卜,帮你们看星座运势。现在特价,是因为那些寻求帮助的人其实不太愿意信任一个名叫凯 – 乌韦,且长得像我这样的人。就算是我姑姑的老客户也不愿意来找我。"他失望地叹了口气,"我也试过找别的工作,但是都坚持不下去,最后发现自己还是最适合从事玄学行业,就这样陷入了恶性循环。"

那是你没好好营销自己。你得给自己改个名字,比方说拉斯普京二世[1]之类的,或者其他叫起来响当当的名号。你得用你的名字激起人们的无穷想象。或者你穿件僧侣的长袍吧,让自己变成一个神出鬼没的人。伯尔妮又干回了她的营销工作。最重要的是 —— 你得把你下巴上的胡子刮了。

凯 – 乌韦抚摸着他掰着手指头就能数清楚的干枯胡须,说道:"这胡子是我特意留的,这样我看起来才更像成年人。"

如果你能留对胡子的话,那确实是这样的。

"我的胡子还在长呢!我还用了含有二氧化硅、生物素[2]和米诺地尔[3]的生发剂!还是很有效果的,你可以看见很多新的胡子长出来了。"他抬起下巴,指了指那些所谓的刚长出来的毛发,但其实根本看不出哪些

---

1 拉斯普京二世,这是伯尔妮创造的名号。历史上的拉斯普京,全名为格里高利·叶菲莫维奇·拉斯普京,他凭借所谓的超自然能力进入沙皇俄国的宫廷,成为沙皇尼古拉二世的宠臣。
2 生物素,B族维生素的一种,是生物体固定二氧化碳的重要因素。生物素缺乏可能导致脱毛、体重减轻、皮肤发炎等问题。
3 米诺地尔,主要用于降低血压、预防脱发等。

是新长出来的。

耶妮和伯尔妮下意识地弯腰凑近去看，动作比花样游泳运动员还整齐。这种整齐划一的协调感是可遇不可求的。

人们相信的东西并不全是真的，你应该试试贴假胡子。

"我对胶水过敏。不行，我还是得改行。你们懂的，就是重新去探索新的领域，开始一次新的冒险。我还是很会和植物打交道的，可能我会去当园艺师之类的。"

他看着他的菜园，陷入了沉思——不管他有多爱他的菜园，也得承认自己其实打理得并不好，有些植物看起来奄奄一息的。作为通灵者，或许他能和植物对话，但可以肯定的是，他没有什么园艺的天赋。"或者我去超市当收银员吧。"

"其实我也刚打算转行。我不想做清洁工了，想找点没做过的事情做。"

凯-乌韦和耶妮注视着彼此，他们感觉自己为对方所理解，互相之间有了共鸣。虽然此时在这座花园里，凯-乌韦既长不出胡子又种不出鲜花，但至少爱情的种子已经悄悄地发芽了。

我无意于打扰你们，但是我们还有事儿要做呢！ 伯尔妮冷冷地说道。

"啊对，在你转行之前，还是想请你帮帮我的一个……呃……才认识不久的人，"耶妮看向伯尔妮，接着说，"她想要找到杀害她的凶手。"

"她要找……谁？"凯-乌韦的眼睛瞪得大大的。

我被人谋杀了，我想知道是谁干的！

伯尔妮气得差点儿就要跺脚了，但是她不想让那双贵得要死的高跟鞋陷到污泥里去。等她想起来自己其实根本不用担心这种事情的时候，那种跺脚的冲动已经消失了。她很好奇自己究竟还要多久，才能像普通人一样有触觉、能抓握东西。毕竟比起当一个轻飘飘的灵魂，她更愿意承受高跟鞋给她带来的烦恼。

"让我帮你们找杀人犯？还是别了吧，别带上我。这太危险了。"凯－乌韦拼命地摇头。他那头稀疏的红棕色齐肩长发被甩了起来，好似在他嶙峋的头颅四周跳着旋转舞[1]。

你不愿意帮我这个身处困境的女人吗？伯尔妮有点生气。难道你真的连一点男子气概也没有吗？

"你能不能别对他这么刻薄了？"耶妮吼道。虽然她外表看起来像是一位让人心生敬畏的战神，但她自己一直以来都是畏畏缩缩的，心中充满了不安全感。不过眼前这位会魔法的矮小男人唤起了她心中的某些东西，一种野性的、亚马逊式[2]的能量。

尽管伯尔妮自己也是一位女战士，还是被吓得后退了几步。不好意思，凯－乌韦先生。但是……你不觉得这样的冒险很有吸引力吗？你不是说过，你想探索一下新的领域吗？

"是的，我是说过。但是当时我想的可不是抓杀人犯这种自杀式的探索。我最讨厌的就是肢体上的暴力了。"凯－乌韦还在摇头，一片头皮屑飘了出来，"另外，我的男子气概不需要通过这种事情来证明。"

"我们可以付钱！"耶妮诱惑道，她突然和伯尔妮站在同一条战线上了。可能是因为如果凯－乌韦同意加入她们一起探案的话，她就能长时间和这个矮小的男人在一起了。

很多钱！伯尔妮强调着。

那被甩得乱飞的头发终于停了下来。

"你说很多，是有多少？"

1　旋转舞，又称为苏菲舞，源自伊斯兰苏菲教派，他们通过不停地旋转进行冥想，从而达到天人合一的境界。苏菲舞舞者一般着鲜艳的圆蓬长裙，舞蹈时裙子会随着舞者的旋转飘起，从上向下看好似盛开的花朵，具有极高的观赏性。
2　亚马逊族是古希腊传说中的女战士族，她们身材高大，骁勇善战，一生的大部分时间都在训练与战争中度过。她们信仰战神阿瑞斯，认为自己是战神的后代。

8 不速之客

▶ 擅闯民宅的人，没有立场对我家挑三拣四

"你不能把钥匙放在门口的花盆下面，这样犯罪分子随随便便就能拿到。"凯-乌韦从花盆下面拿出钥匙，对伯尔妮进行了一番教育，"你为什么要在门口放塑料花？这么放风水不好。"

*这不是花盆，这只是无孔不入的病态的消费主义在现代社会的一个象征。*伯尔妮有些生气，她在一家画廊的开幕仪式上被当红艺术家的花言巧语说得飘飘欲仙，最后脑子一热订下了这件形状怪异的作品。*总而言之，这是个艺术品，你这个文盲！*

"这看着像是我奶奶买过的一束塑料花，"耶妮说，"只是这盆更大，*而且更丑。*"

伯尔妮哼哼了一声。她感觉有点烦，因为他们三个还是坐公交车去的她家。凯-乌韦虽然有驾照，但是他没有像样的代步工具。

第一次逃票时产生的那种兴奋感已经消失不见了，她要面对的只有拥挤的人群。一想到自己稍不注意，就会有人在司机急刹车的时候穿过自己的灵体，伯尔妮就觉得毛骨悚然。

而且他们三个中途还要换乘。这简直太难受了。伯尔妮磨磨蹭蹭地，一副不情愿的样子。耶妮还在一边小声嘀咕，把伯尔妮的行为斥为"白人优越感"的表现，这让伯尔妮更生气了。为了买她的保时捷，她

真的一直都在勤勤恳恳地工作，没有人会喜欢坐公交车的。

伯尔妮又开始哼哼了。她飘起来，直接穿过墙，站在她宽敞公寓的正中央。她从没有想过，自己重新回到家的时候心里会是怎样的感受，毕竟她已经死了三天了。在办公室里转悠的时候，她觉得自己不可能再会有悲伤的感觉，可是当她重新见到自己豪华的家时，却感觉自己正坐在一辆突然向下俯冲的过山车上。不同往日的是，她再也没有那种面对自家豪宅时的兴奋和快乐了。其实和坐过山车一样，人们只有在发现自己从惊险的旅程中幸存下来的时候，才会感受到内啡肽带来的快乐。但是她没有幸存下来，她已经死了。

凯－乌韦和耶妮走了进来。因为伯尔妮在她生命的最后一个早晨没有把窗帘拉开，所以屋子里面非常昏暗。

凯－乌韦打开了灯。

"你这里还不错呢。"他看着屋子里灰色调的极简装修，赞赏地点了点头。就和《五十度灰》的设定一样，一个人越有钱，他家里的家具就越少，装修用的颜色也越少。这是凯－乌韦从泌尿科医生候诊室的女性杂志上看到的，前阵子他一直因为前列腺的问题去看医生。其实候诊室里有各种各样的男性杂志，有关于体育的、关于汽车的，还有关于科技产品的，但是凯－乌韦只想看那本已经被翻烂了的杂志。可能这里的门诊助理是这本杂志的忠实读者。

"我感觉这里没有家的温馨感，"耶妮接过话说，"而且也不整洁。"

床上的被褥扭作一团，而床边的"椅子"上堆满了衣物。要把它们收拾进柜子里吧，还是感觉它们有点脏，但是又没有脏到要拿去洗的程度。餐桌上放着一只碗，里面还有伯尔妮上次早饭没吃完的麦片——过去三天的天气很暖和，碗里面好像已经有什么东西在扭动了。厨房的洗碗机里和台面上都摞着一堆又一堆没洗的餐具。

"你不太会打扫卫生，是吧？"耶妮挑着眉毛，用揶揄的语气问道。

事实就是如此。在装有超宽高清电视的墙角处，正有一只灰鼠盯着她。不过耶妮发过毒誓，再也不会帮别人打扫卫生了。所以她只是抱着双臂在公寓里走来走去，没有用手碰任何东西。

但是凯－乌韦就不一样了。在他那位有着超自然能力的监护人的教导下，他对做家务可谓是得心应手。他很快就把那碗孕育着生命的麦片倒进了垃圾桶，搞定了洗碗机里俄罗斯方块似的锅碗瓢盆，又用浸湿的厨房纸巾把台面都擦干净了。

伯尔妮一动不动地站在那里，像是电脑游戏卡住时的画面，只不过她是 3D 立体的。

"你没拍过合照吧，也没有什么个人照片……除了这边这张。"耶妮指向那个由两盏装饰灯照亮的玻璃柜。

我还是更喜欢这些糖果分发器。 伯尔妮看着她收集的女英雄们，这些都是她真心喜欢的角色，有不同版本的神奇女侠、哈莉·奎茵、猫女、黑寡妇、超级少女、女浩克、毒藤女、莫阿娜、霍勒大妈、暴风女、卡魔拉[1] 等。这还只是这些藏品中的一小部分亮点，她的下一个藏品将会是 PEZ 公司曾经推出的莫蒂西亚·亚当斯[2] 限定款 —— 她在糖果周边收藏展览会上开出了前所未有的高价。

"这是用来……滴薄荷精油的吗？"

这可都是我的最爱！世界上最贵的一个糖果分发器，价值三万多美元呢。

耶妮瞠目结舌，有些不知所措地望着她。

那个当然不是我买的！但是这些小东西都是绝佳的收藏品！

虽然伯尔妮忍住了没叹气，但是她打心里觉得遗憾。没能在有生之年完成她独一无二地展现女性力量的珍藏，让她着实感到心碎。可

1　除莫阿娜和霍勒大妈外，其余角色均为美国漫画两大巨头 DC 漫画公司与漫威漫画公司创作的拥有超能力的女性角色。莫阿娜是迪士尼动画电影《海洋奇缘》的主角；而霍勒大妈的故事则见于由格林兄弟编撰的《格林童话》。

2　莫蒂西亚·亚当斯，出自电影《亚当斯一家》（*The Addams Family*）。

能，死神是个厌女者吧。哼。

"你是在为你收集的这些不值钱的小东西哀号吗？"耶妮摇了摇头，问道。

*我可没有哭！*伯尔妮辩解道。尽管她完全可以哭出来，但是作为灵魂，眼泪并不会流出来，所以她也打消了哭的念头。*还有，对于你那个没情商的评价，我想说，干净整洁的房子只是无聊生活的写照，除了打扫卫生以外，我还有更好的事情可以做。*

耶妮已经习惯了，她从不把别人贬损自己的话放在心上。作为一个有着复杂移民背景的清洁工，要是像凯－乌韦一样一听到别人的负面评价就泄了气，那她一整天什么事儿也别做了。"那你为什么不雇个人帮你打扫卫生呢？你的收入肯定很高。对很多人来说，能打打扫扫卫生赚点外快已经算是一种福气了。"

伯尔妮刚准备反驳耶妮的话，脑海里却迅速闪过了另一个念头。

糟糕，我没有写遗嘱。谁会继承我的这些收藏？不会是我的表妹吧？千万不要，她很有可能会把我这些可爱的收藏品全都倒进垃圾桶的。

"这个事情你可以晚点再考虑。你得先告诉凯－乌韦，你的钱存在哪里。这样他就可以决定是要自己去找凶手，还是另外再为你雇一位专业的私家侦探了。当然，后者会更好一些。"

"一般来说，杀人凶手就是你的伴侣。"凯－乌韦推测道。他刚刚在厨房做完了最基本的清洁工作，擦干了手，趿拉着鞋子走出来，"处在恋爱关系中的人所遭受的风险比她在任何情况下遭受的风险都要大得多。"

这句话出自那位候诊室女性杂志的忠实读者。凯－乌韦无意间听到了这句话，一直记在心里。

"作为女性，你完全敢独自一人带着鼓鼓囊囊的钱包，裸着胸口，走在纽约或者里约热内卢最危险的街角，因为即便是在那里，你所受到的威胁也完全小于你和伴侣同住的情况。这是有科学依据的。"

我的未婚夫雅尼克确实是个笨蛋性缘脑，但是他也不至于杀人，伯尔妮对此深信不疑。是的，她非常肯定。他没有杀害我的动机——我们还没有结婚，杀了我对他根本没什么好处，不管是财产上的还是职业上的。

"我估计，你的独立办公室马上就要重新分配给别人了。博尔曼先生还坐在集体办公室的工位上，不是吗？"耶妮觉得自己有着如猎犬一般敏锐的嗅觉，她已经嗅到了博尔曼的犯罪动机，"在独立办公室的申请名单上，他排在第几位？"

没人会为了一间办公室而杀人吧！

耶妮耸了耸肩。清洁工之间曾经打过一架，就为了争夺更衣室里为数不多的衣柜，那些衣柜闻起来像发臭了的袜子。那一架很多人都打得流了血，所以为了一间独立的办公室（就算这间办公室在另一栋楼上，也不像老板的办公室那样能看到河景），的确会有人做出更过分的事情来。

"你有看到过他在你办公室里面量尺寸吗？"凯－乌韦问道，"如果有的话，那这也是一条线索。他办公桌抽屉里有放卷尺吗？"

他顶多会放一包避孕套。

伯尔妮觉得这种毫无意义的循环论证愚蠢极了。*我的保险箱在梅普尔索普[1]的后面，密码是15738110。*

"你说梅什么？"凯－乌韦扯了扯自己的胡子，他经常这么干。

伯尔妮看了不禁疑惑，这是他喜欢做的小动作吗？还是他下巴痒了？难道给下巴挠挠痒就能帮他解决胡子稀少的问题？

在伊姆斯休闲椅[2]的上方挂着一幅装裱精致的作品，耶妮快步走过去："哇，上面贴着的画廊贴纸说这是他的原作之一！"

1　罗伯特·梅普尔索普（Robert Mapplethorpe），美国艺术家、摄影师。
2　伊姆斯休闲椅，是一种带脚凳的躺椅。

从艺术评论家的角度来看，在那些幼稚的糖果分发器和罗伯特·梅普尔索普为数不多的摄影原始印刷品之间，存在着一条巨大的审美鸿沟。但伯尔妮始终坚持着这种破碎的品位。好吧，其实也没有。不论是这些糖果分发器还是她床上绣有名人名言的枕头，都不符合她一直以来苦心经营的职业精英形象。它们象征着她唯一的弱点，是她暗中允许自己存在的最后一丝人性的脆弱。

当然，她一直很小心不让别人知道这些。这对她来说也不是什么难事。自从她的父母意外去世后，她就独自一个人生活在这个世界上，只有市政府查煤气表和电表的人才能进到她的公寓里。至于性生活，她一直是在男方家里或者酒店房间里度过的。除此之外，天地可鉴，伯尔妮也没有什么愿意来喝下午茶、聊聊天或者找她哭诉的朋友。嗯，现在她似乎更有理由伤心了。

"哇，这也太酷了！我还没有碰到过家里有保险箱的人呢！"凯-乌韦的声音像是从牙缝里钻出来的。他把椅子推到一边，摘下画框，出现在他面前的就是一个令他印象深刻的壁挂式保险箱了。"这就像在电影里一样！"

伯尔妮点了点头。人总是要在家里备一点现金的。

"那我家里备的现金就只不过是压在茶碟下面的几枚硬币而已。有时候是五欧分，有时候是十欧分。"凯-乌韦说。耶妮点头附和。

我可不会道歉，这是我始终坚持着的职业规划带来的财富，伯尔妮开口说道。她还想接着说下去，说她每天十六小时的工作和她出色的投资……

但是突然传来了一阵金属配件摩擦发出的声响。

那是从门口传过来的。

有人把钥匙插到门锁里了！

凯-乌韦整个人都僵住了，他的手还放在保险箱的电子安全锁上。

耶妮朝门口望了一眼："你有什么客人吗？"

伯尔妮一脸怨气地看着她，*这是什么蠢问题。*

"对不起，我只是随口一问。你现在，肯定不会有客人。"耶妮自己回答了自己。

*你们赶紧藏起来！*伯尔妮一声令下。

耶妮窜到落地窗旁边的窗帘后面。凯－乌韦惊慌失措地四处张望。伯尔妮指了指她从外祖母那里继承来的大木箱。本来这个木箱是用来放床单被套之类的东西，但是伯尔妮什么也没放。

你到那里面去！

他抬起箱子的盖子，言语间透露出巨大的不安："这儿不行，我会在里面憋死的！"

*不可能的事情——这上面到处都是虫眼！你快进去！*伯尔妮命令道。

凯－乌韦妥协了，很快就爬了进去。他太瘦小了，以至于这个箱子对他来说十分宽敞。他把箱子的盖子合上。

分秒不差。就在此时，入户门被打开了。

"你好？有人在吗？"

该死，是隔壁的瓦提希。

"人呢？我听到你的声音了！"瓦提希大妈轻手轻脚地走了进来，她的手里拿着一根擀面杖。

"哈喽？有人在吗？"在她身后传出一个男人的声音。估计是瓦提希大爷。

瓦提希夫妻俩已经退休了，整天没什么事情可做，就去关心那些和他们完全没有关系的事情。瓦提希大爷像是个望风的人，而瓦提希大妈更喜欢到处管别人的闲事。

"我们知道你在这里！"瓦提希大妈威胁着，用擀面杖敲着自己右手的手掌心（她是个左撇子），"灯还亮着呢！"

"提娅，我们还是叫警察吧。"正当他的妻子甩着擀面杖在屋子里巡逻的时候，瓦提希大爷仍然警觉地站在门框处。任何事情都有主角和见证者，而他只能属于后者。

瓦提希大妈无视了他的提议。她并不满足于确认是否有人擅自闯了进来。她拉开抽屉，打开柜门，甚至还瞟了一眼装满了脏衣服的洗衣篮。

伯尔妮忽然玩心大起。她在瓦提希大妈面前蹦蹦跳跳，挤眉弄眼。她心里感到一种胜利后的荣耀。从今往后，她要经常这么干，反正瓦提希大妈什么也感觉不到。不过有一次伯尔妮没有及时躲到一边去，瓦提希大妈差点儿就从她灵体里穿过去了。

"这里没人，"瓦提希大妈用一种失望的语气对她丈夫说，"但是我们确实听到了水流的声音，灯也都亮着呢！"

"估计是老化的水管发出的噪音。"瓦提希大爷说，"肯定是海思走之前忘了关灯。这灯好像已经开了好几天了。"

瓦提希大妈最后又上上下下地巡视了一圈。

谢天谢地，她的眼神不太好。耶妮的鞋头已经很明显地从沉重的天鹅绒窗帘下面露出来了。

在回到入户门的途中，瓦提希大妈在木箱前站了一会儿，就在那一刻，伯尔妮感觉自己本就不存在的心跳突然停止了。不过瓦提希大妈看起来并不准备打开这个箱子，她也没有注意到，那幅梅普尔索普作品的一侧（可以从那边把这幅画翻开）和墙壁之间的距离，比另一侧的距离更宽一些。她只是把擀面杖夹在了左侧腋下，用食指蹭了一下木箱的盖子。她的手指在上面留下了一条印记。"咦。很难想象会有人待在这个箱子里。"

略略略。伯尔妮朝瓦提希大妈吐了吐舌头。就是因为你有变态一样的洁癖，天天在家用消毒水擦来擦去，你的儿子才一个个得了湿疹。灰尘能提高我们的免疫力！灰尘才是我们的朋友！

"我们回去吧，提娅。要是有人看见我们在海思家，我们该怎么说？走吧，我们还是把钥匙放回花盆下面。"

"要是邻里间都不能互相帮助的话，简直难以想象这个世界会变成什么样。你难道就眼睁睁地看着这个可怜女人的家里被别人洗劫一空吗？"

伯尔妮看了一眼瓦提希大爷。*没事，他现在不也什么事都没干吗？我无所谓的！*

瓦提希大爷把灯关上了。

瓦提希大妈的鞋头撞到了一只从角落里窜出来的老鼠，她摇了摇头："咦，恶心死了，但愿我没被老鼠传染上疱疹。"

9 情杀疑云

▶ "三分之二的谋杀案都是情杀。"——因怕死而坚持单身的凯－乌韦如是说

　　瓦提希夫妻离开了。他们刚把门关上，伯尔妮就开始抱怨——她不是在指责自己，这些话更像是对着那个箱子说的，*这个智力低下的家伙开了门之后又把钥匙放回花盆底下了！不然我的邻居怎么可能进得来！*

　　耶妮从窗帘后面探出头来，她急着帮凯－乌韦辩护："你别怪他！我们都没什么经验。而且他做得没错，看过悬疑电视剧的人都知道，人离开的时候就是要让一切恢复如常。我们不可以留下来过的痕迹！"

　　那个刚走的老太婆从我搬进来的那一天就一直想到我屋里来看看，现在她得逞了。该死的！

　　"可这跟你没什么关系了，你已经死了！"

　　你不要跟我说死了就可以什么都无所谓了！我虽然死了，但我还有情感，考虑一下我的感受，好吗？

　　两人听到了微弱的敲击声，是从箱子那里传来的。

　　"我快要断气了。"凯－乌韦还在求生。

　　耶妮还是没说过伯尔妮，她道了歉："对不起，我不是有意这样的。只是过去一段时间实在发生太多事情了。"

　　伯尔妮终于想起来耶妮前不久才被突然解雇的事儿，而且她在上次公司的管理层会议上，还积极支持公司通过裁减清洁部门的员工人数来

降低公司保洁的费用，她这么做只是因为连续两天没有人帮她倒碎纸机的垃圾，导致她一直怀恨在心。就这个理由来看，其实她应该提议增加清洁工岗位的，但是这样的话，她的年终奖就会变少。这件事再一次证明，伯尔妮自己也不是什么好人。她叹了一口气。

好吧，我现在回想起自己生前做的事情，越来越觉得自己有点……嗯，讨人厌。而且显然，我现在还是这样，这并不是我期待的。

"你期待的是什么呢？你是觉得，你的死会立刻奇迹般地赋予你圣人的地位吗？"

敲击的声音更响了："救命！"

怎么说呢，我一直以为，人死了之后一切就都过去了。就好像生死簿上的时间一到，所有的一切都会结束。或许有人会看到自己的人生走马灯，飞快地闪过自己所有的记忆，理解了这世界上发生的所有事情，顶多是这样，然后就像死老鼠一样……被这个世界抛弃。

"所以呢？你在濒死的时候看到自己的走马灯了吗？"

我也记不清了，当时我喝醉了。

"救命！！"

伯尔妮理了理衣领，把头直接探进了箱子，大声呵斥，*大哥，你直接用脚把盖子踹开不就行了吗！*说完她就把头收了回来。

"真的有必要这样吗？"耶妮问道。

*不用啊，只是这么干比较有意思。*伯尔妮咯咯地笑了起来。

突然一切都安静下来了。难道凯-乌韦吓得尿裤子了？过了一会儿，箱子盖吱呀一声打开了，凯-乌韦瘦弱的双腿颤颤巍巍地把它顶在空中。"抱歉……我以为箱子被锁上了。"

耶妮笑了，眼神里充满了怜爱，像是在看一条笨手笨脚的小狗被狗碗绊倒翻了个跟头，心想这年轻人还挺可爱的。耶妮觉得，真要道歉的话，应该是伯尔妮先开口。"没事的。在密闭空间里我也会很慌张的。所以我从来都不坐电梯。"她的语气特别温柔。

真的吗？在公司里你也是爬楼梯上的二十楼？ 伯尔妮感到震惊。

"我不是无缘无故这么健康的。爬楼梯是最好的有氧运动，而且对肌肉组织也有好处。"耶妮微微撩起她的工作服，展示着她大腿上完美的肌肉线条。

凯－乌韦的眼睛瞪得大大的。渐渐地，他浑身上下都没什么力气了，于是箱子盖又突然合上，发出了"砰"的一声巨响。

楼道里传来一个声音："赫尔曼，你有听到什么声音吗？刚刚那一声特别响！"

嘘。 伯尔妮把手指放在嘴唇前。

"让他去吧，提娅！"瓦提希大爷喊道。

"拜托，要是人与人之间不互相关心的话，我们又该何去何从呢？"这显然是她给自己爱管闲事找的借口，而且她屡试不爽。

"这事跟我们没关系。我觉得我们可以叫警察。"

伯尔妮和耶妮又偷听了一会儿，但是显然瓦提希夫妻已经走远了。他们的声音越来越轻。

"可能他们真的去报案了，我们得加快速度。"耶妮略显担忧地说道。她总是不愿意和公职人员打交道，也总是躲着有权有势的人，这可能是和她的出身有关系？她似乎已经在想自己被关在女子监狱里面喝凉水啃面包的场景了，因为她觉得，那些警察会把所有的罪名都放在自己头上，因为凯－乌韦是个白人。其实凯－乌韦的肤色也并不白，他的皮肤透着一点红色。相比之下，伯尔妮面不改色心不跳。像往常一样，在她感到羞愧或不安的时候，她会选择抢先冒犯他人。

凯－乌韦，你快点出来吧！时间不多了！

"别对他这么粗鲁。"即便此时，耶妮还是不忘维护她那可爱的双足直立小狗。

凯－乌韦从箱子里爬了出来，装作什么事都没有发生的样子："我得先去一下洗手间。"恐惧刺激着他的膀胱。

伯尔妮朝卫生间的方向点头示意了一下。

凯－乌韦一下子消失了，但是他立刻又折返回来："你应该不会再这么干了吧？"

伯尔妮装傻充愣地问他，*什么？*

"突然穿过墙把头伸出来。你这样我可不敢去上厕所。"

不会的，当然不会。你放放心心地去吧。

凯－乌韦刚刚走进厕所，伯尔妮就想跟上去。不知道她是被哪个魔鬼夺了舍，耶妮立刻像母狮子保护幼崽一样挡在了她面前："别胡闹了！"

伯尔妮想要恶作剧的心直犯痒痒，她想直接穿过耶妮冲进厕所，让凯－乌韦从此对上厕所产生心理阴影。但是她还需要他们的帮助，要是她真的这么做了，他们肯定就撂挑子不干了。

*好吧，我乖乖听话。我郑重承诺，不再干坏事了。*奇怪的是，在她活着的时候，她从来没有过这种轻浮的感觉和捣乱的冲动，至少她在清醒的时候没有。她总是希望别人能把她看作成熟稳重的职场精英，而不是把她当成傻子。某种意义上，死亡让她没了这种负担，反而感觉更加轻松了。

过了一会儿，凯－乌韦回来了。显然，他用冷水洗过脸了——因为他看上去更清爽、更精神，也更勇敢了。

"我们开工吧！"他说着，朝耶妮微笑，摸了摸自己的胡子。他把梅普尔索普的作品翻开，问道："你刚刚说密码是多少来着？"

15738110。

"2573，然后是 8，然后是两个 1，最后是 6。"

伯尔妮心里开始怀疑，这个人到底能不能帮她找到凶手了。

"不是，不是，是 1573，8110。"耶妮纠正道。

"啊，看来我猜得很接近了。"凯－乌韦高兴地说。

*要不是你非要请他来，我看我们根本不需要他。*伯尔妮小声地对耶

妮说。

没等耶妮回答，凯－乌韦那边就传来了他咋咋呼呼的惊叫声："天哪！这么多钱！"

面对着眼前一捆又一捆的钞票，他和耶妮都惊掉了下巴。

"这里面一共有多少钱？"凯－乌韦刚问出这个问题，就迫不及待地自己回答上了，"一百万！不，至少一千万！"

一百万？你见过钱吗？一百万的纸币都能堆成一座山了。这里一共就五万。还有一些外币，美元、英镑、迪拉姆[1]之类的——这都是我旅游时花剩下的。

"但这里看起来应该比五万多啊。"

因为都是小面额的纸币。

"不是从银行取的吗？你是怎么赚到这么多零钱的？去跳脱衣舞，让那些男的给你塞钱吗？"耶妮笑了起来。

当然不是，我还说是我抢银行抢来的呢。伯尔妮吐了吐舌头。

凯－乌韦撇了撇嘴："五万块钱！我还从来没见过这么多钱堆在一起的样子。有这么多钱我都能到太平洋某个岛上开个沙滩酒吧了。"

他伸手想要从保险柜里拿钱。

伯尔妮瞬移到他面前，摆出一副不好惹的样子。等——等！把手拿开！我们先说好，为了得到这些钱你要做的事情。而且我只许成功，不许失败！

耶妮弯下腰，在伯尔妮的耳边吐着热气："你应该对他好一点，是你在求他办事，他没有这么需要你。"

伯尔妮觉得很烦，她个子还是太小了，她的心里明明沉睡着一位高大的战士，可现在她只能小声嘀咕。

"凯－乌韦，我们当然不想让你去冒险，"耶妮说道，"但是在你带

1　迪拉姆，一些阿拉伯国家对本国货币的称呼，比较著名的有阿联酋迪拉姆、摩洛哥迪拉姆等。

着这些钱去太平洋之前，能不能帮我们打听打听凶手的下落？"

*那这钱也太好赚了一点，可能警方已经知道凶手是谁了。*伯尔妮喊道。

"不不，他们还不知道，什么头绪都没有。"凯－乌韦从他的牛仔裤口袋里拿出他的手机，打开了本地报纸的网页，给她们指了指当天的头条新闻，"喏，我今天吃早饭的时候看到的。"

*怎么会这样！*伯尔妮大叫起来。

她会叫起来，倒不是因为报纸标题上写着的"伯恩哈迪娜·海思谋杀案仍无线索"，而是因为下面配的照片。照片里面是她在谋杀现场的死状，黑色的遮挡条挡住了她的眼睛，却没挡住她裸露在外的胸和小便失禁的痕迹。

为什么？？！

她怒吼道，一种又羞又恼的感觉席卷了她。

"这拍得根本不能看。这种照片是允许登在报纸上的吗？"耶妮摇了摇头。

为什么这帮人不用我专门给媒体准备的职业照，要用这张照片？

"为什么不能用这张照片呢？这张照片里你身材很好看呀。"凯－乌韦没有理解伯尔妮生气的原因。说完这句话，他突然想起什么似的，对着耶妮说："你也很美。"耶妮的脸顿时红了起来。

伯尔妮把双手甩到空中，做出投降状。她从来不会像热情的西西里人[1]一样手舞足蹈，但是死亡的不幸渐渐改变了她。

"我敢打赌，肯定是你男朋友干的。"凯－乌韦信誓旦旦地说道。他滑动着手机屏幕，直到付费阅读的弹窗弹出来，都没有找到什么重要的信息。"肯定是你想跟他分手，对方得不到就毁掉，不能便宜了别人。这种男人一般都是这个逻辑。"

1　西西里人，生活在意大利南部岛屿的西西里岛上，该岛也是地中海最大的岛屿。

我没想跟他分手！

"你是在欢送会上被谋杀的吧，这里还写了和那场欢送会有关的事情。"

是啊，我是想换工作，又不是想换男人。

"那就是他不想跟你在一起了。"

那也不至于杀人吧。

"而且他早就换了追求对象了。"耶妮补充道，声音短促有力。

伯尔妮绕着耶妮打量了一圈，疑惑地问，*你是怎么知道的？*

"舍林女士办公桌下面的垃圾桶里有避孕套，天天都有。他们在一起没有半年，少说也有好几个月了。垃圾桶里每天都有两到五个。"

"五个？"凯-乌韦大为震撼。

伯尔妮看来必须为自己支持裁掉清洁工的行为感到后悔了，清洁工们往往能通过垃圾桶里的内容了解公司的最新情况。可能不是所有人都有这个能力，但是耶妮肯定可以。伯尔妮一直觉得清洁工的上班时间特别紧张，没空做这些事情。她故作镇定地问，*那些避孕套应该不是我未婚夫用的吧，还是说那上面写了他的名字？*

"没有，但那是草莓香型的磨砂避孕套，也只有博尔曼先生，常备着这种避孕套，就放在他办公桌最上层的抽屉里。"

伯尔妮没好气地说道，*你们还会看我们的抽屉？*

所以他们不是在她死了以后才搞在一起的，而是早就暧昧了好几个月？伯尔妮感觉很伤心，她想把气都撒在眼前告诉她这个消息的人身上。

"我就是这么个人，对很多人的事情都特感兴趣。"耶妮耸了耸肩，"你现在想干什么呢？开了我吗？可惜已经太晚啦。"

"五个？"凯-乌韦沉浸在刚才的震撼当中，"他这都能算性成瘾了吧？"

伯尔妮和耶妮两个人面面相觑，一言不发。

"呃，不管怎么说，三分之二的谋杀案都是情杀。"凯－乌韦引用他看过的某篇黄色新闻[1]说道，"所以我一直都是单身。"

*是啊，所以你现在还单着呢，*伯尔妮嘲讽道，她无时无刻都要开别人的玩笑，好发泄自己的情绪。

"百分之九十的谋杀犯都是男性……"

凯－乌韦还没意识到伯尔妮对他不怀好意，耶妮就马上插话说道："你应该不用担心这种事情，应该担心的是……呃……你未来的伴侣。"

凯－乌韦撇了撇嘴，他薄薄的嘴唇藏在灌木丛一样枯黄的胡子里："我觉得，我还是得和你男朋友聊聊。和他聊过就能知道，这到底是怎么一回事了。"他把手机放回牛仔裤口袋里，而这条牛仔裤，显然已经很久没有进过洗衣机了。

呃，你就穿成这样去吗？

"我这样穿有什么问题吗？"他低头看了看自己。

"没什么问题，你这样子就很帅。"耶妮说着脸又红了起来。

我的老天爷啊！真是"不是一家人，不进一家门"！

伯尔妮示意凯－乌韦跟着她，然后拖着沉重的脚步走进了自己的卧室。虽然雅尼克从来没有在这儿过夜，但是在她死之前的那个周末，他来过伯尔妮的家。在他们去高尔夫酒店吃晚饭之前，他把衬衫和外套挂在了伯尔妮眼前的挂钩上。伯尔妮当时跟他说，她可以帮他找裁缝改一下衣服，所以那两件衣服就一直挂到了现在。

她让凯－乌韦拿着这两件衣服出来了。可能这两件衣服对凯－乌韦来说太大了，但是总比没有强。

1　黄色新闻（Yellow press artikel），也称作彩虹新闻（Regenbogen presse），是新闻报道的一种取向，起源于 19 世纪末美国现代报业的奠基人普利策（Joseph Pulitzer）在《世界报》（The World）上创办的漫画专栏。黄色新闻不只报道色情内容，同时还关注犯罪、丑闻、流言蜚语、灾异、性问题，以具有煽动性和煽情性的手段策动社会运动。

凯-乌韦拿着衣服走到吧台前给自己倒了一杯奶油利口酒[1]。他看到伯尔妮在看着他，于是说道："我就喝一小口壮壮胆。"

伯尔妮看了一眼摇着头的耶妮，对眼前这个喝着高度酒的小个子说：*快点，你把这两件衣服穿上。你现在这一身过分休闲了，而且还很破，没有人会把你当回事儿的。*

凯-乌韦看着这两件衣服，害怕得睁大了眼睛，仿佛它们马上就要扑过来把他吞了似的。

"这不是美洲豹皮做的衣服吗？"凯-乌韦喊道，"我不能穿美洲豹皮，我可是善待动物组织[2]的成员！"

*闭嘴。*伯尔妮严肃地看着他。*胡子也得刮！*

"胡子得留着！"凯-乌韦还没有见过两位女性如此坚定决绝的一面。他紧闭着双唇，双手交叉，岔开双腿，才让自己在这场风暴中得以站稳。

*胡子必须得刮！*伯尔妮重复道。*作为回报，你可以开我的保时捷[3]。*

1　奶油利口酒，一种含有奶油成分的甜味酒精饮料。
2　善待动物组织，该组织以保护动物为宗旨，开展公众教育，进行针对虐待动物问题的调查研究，呼吁相关立法，推崇素食主义。
3　在德国，少量饮酒后可以驾车，但酒后驾车及醉驾依然属于违法犯罪行为。根据德国现行的《道路交通法》(*Straßenverkehrsgesetz*)第24条，在道路交通中驾驶机动车辆时，呼气中酒精含量大于等于 0.25 毫克 / 每升，或血液中酒精含量大于等于千分之五，即属违法行为。

10 变身诡计

▶ **从现在开始，你就叫罗杰**
——罗杰明白！

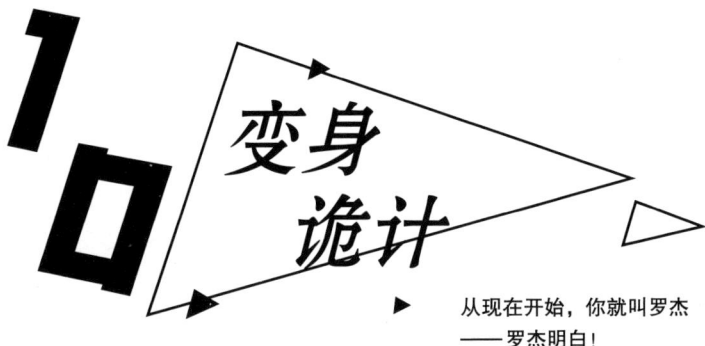

"你明明可以直接瞬移到他家门口，在那里等我们的！"耶妮不满地小声说道。他们站在一幢新艺术风格[1]的别墅门前，雅尼克·博尔曼在几个月前搬进了这里的一楼。

*你只是想单独和凯－乌韦在一起！等我们找到杀人犯之后随便你们怎么样都行！*伯尔妮毫不客气地说。

在此之前，他们三个"人"慢吞吞地从伯尔妮的公寓走去了朔恩彩妆公司（幸好公司离得不是很远），在地下车库找到伯尔妮那辆雪白色的保时捷挤了进去——凯－乌韦坐进驾驶位，而耶妮坐在副驾（她的动作出奇地灵巧），伯尔妮则瘫倒在后座，像一张被揉得皱巴巴的折纸作品。

凯－乌韦发动了汽车，行驶过程中，车速一直保持在略低于限速的水平。他开车的状态，完全不符合人们对于驾驶豪车的帅气男性的想象：他身子朝前探着，下巴几乎能抵到方向盘，手指一直在抠酒红色的

1　新艺术风格，在德国被称为"青年风格"。新艺术运动是 19 世纪末 20 世纪初发生在欧美的重要艺术运动，是对过往过分装饰的设计风格和工业化风格的反拨，善用象征主义手法，崇尚自然浪漫。在德国，新艺术风格主张自然主义的曲线和有机形态，后期则有明显的追求几何形体的特征。

皮制方向盘套，噘着嘴，百分百地专注，毫无性张力可言。就算是他身上那套昂贵的定制西装也没能改变他的窘态。

现在，他把食指伸向了门铃。

马上到六点了，应该到餐后酒会时间了。我们可以直接去后花园，他是绝对不会错过喝酒的机会的。

"那也得他在家吧，"耶妮说道，"我们其实应该先给他打个电话，但是你又不记得他的电话号码。"

现在谁还会背电话号码呢？我们又不是活在石器时代。我的手机里有所有人的电话号码。但遗憾的是，她的手机还在她的外套口袋里，没能跟着她进入灵魂世界。

伯尔妮和耶妮跟着凯－乌韦穿过精心打理过的花园，来到了别墅后面。

雅尼克的衣服在凯－乌韦瘦削的身上晃荡。即便如此，这个瘦小的男人现在走起路来还是显得更自信了。是因为定制西装吗？他背着一个粉红色的背包，上面贴着心形的水钻，这丝毫没有影响到他活泼兴奋的样子，因为背包里面装着伯尔妮保险箱里面的钱。凯－乌韦之前庄严地发过誓，说他会尽心尽力地帮助她们，绝不会临阵脱逃。但是如果不带着这些钱，他又不愿意踏出门一步，所以伯尔妮只好把这个背包给他。这个背包是她在很久之前的一次强制度假时，在海滩精品店冲动消费的结果。你不得不佩服凯－乌韦，虽然他身上套着的衣服像巨蟒蜕下来的皮，背上还背着少女心的包包，但他对此毫不在意，一直乐呵呵的。

不过他还远没有那种大男子主义者普通又自信的气质，所以说在这方面，他和这件衣服的原主人之间还是没有什么可比性。

他们看到雅尼克的时候，他正闭着眼睛，惬意地躺在藤编的躺椅上，夕阳照在他的脸上，他的手里拿着金汤力[1]酒杯，身边的玻璃茶几上

1　金汤力，鸡尾酒的一种，由杜松子酒和奎宁水调制而成。

放着一盘小吃。

其实伯尔妮也并不是真的爱着雅尼克。反正不是好莱坞电影里那种轰轰烈烈的爱情。但是雅尼克身上确实有一些伯尔妮比较看得上的特质——先不提他在性生活中的表现，伯尔妮喜欢他那种松弛感，还有他独到的品位。他总是能把事情做到最好，却又很懂享受生活。"生活，就是节日"，这是他的座右铭。因此，他从来不会错过每天晚上六点的酒会时间。

显然，其他人都只是躺在这些昂贵的露台躺椅上休息，但雅尼克不是。他舒展着四肢，像是在拍写真，左手拿着酒杯，右手拿着烟。

好了，凯-乌韦，上吧！ 伯尔妮小声说。

耶妮也突然停下不走了："我还是不跟你们去了，你们俩去比较合适。"

伯尔妮同意耶妮的看法。凯-乌韦第一次见到她俩时的表现就已经证明，任何一个普通人在突然看到耶妮这样的巨人时，都会吓得当场石化。雅尼克肯定也不例外。

伯尔妮点了点头。于是凯-乌韦趿拉着鞋子，伯尔妮跟在他身后，两人朝着藤编躺椅上的雅尼克走去。

你还记得，我们在车里是怎么说的吧。 虽然这里除了凯-乌韦和耶妮，没有人能听见她的声音，但伯尔妮还是选择极为小声地说话。可能树上的松鼠也听到了，竖起了耳朵，不过伯尔妮没有发现。

凯-乌韦点了点头，他清了清嗓子。

雅尼克睁开了眼睛："哦，你好，我好像没有听见你摁门铃。"

"我没有摁门铃，我……呃……"凯-乌韦环顾四周，想找个话题，他紧接着说，"……闻到了食物的香味，就知道你一定在这里。"

"你能闻到这些开胃凉菜的味道？"雅尼克弯腰凑近茶几上的盘子，闻了闻，似乎真的相信他的厨师给他上了一盘烂蔬菜。

伯尔妮意识到，这下这两个智商还没有大头菜高的人棋逢对手了。

她哼哼了一声，给凯－乌韦使了个眼神。

"啊……是的……你好。"凯－乌韦对他打招呼，没错，非常生硬，"我是……罗杰·封·格尔德恩，伯恩哈迪娜的远房表哥。"

"你是谁？"雅尼克挑着眉毛问道。

你是谁??? 伯尔妮觉得很生气，雅尼克从来没有这样对她说过话。

"这名字听起来比凯－乌韦·舒尔茨好多了。"凯－乌韦对伯尔妮说。

"我也觉得。但是凯－乌韦·舒尔茨又是谁？"雅尼克显然听到他说的话了。

"不重要。"凯－乌韦慌里慌张的，不停地用舌头舔着自己的嘴唇，像只壁虎一样。

伯尔妮两手一摊，觉得无奈又好笑。从现在开始她是彻底绝望了。

"啊……我叫罗杰……罗杰·封·格尔德恩……我刚到这里，我是来处理我阿姨的事情。"

"表妹。"雅尼克打断他说。

"侄女。"凯－乌韦确认道。

这是什么车祸现场，简直太恐怖了。但凯－乌韦又不能躲开雅尼克的视线和她商量，伯尔妮摇了摇头。

"我是罗杰·封·格尔德恩。"这是凯－乌韦第三次重复这句话了，不过这次他的语气更加坚定，只是有点过于大声，"我有问题要问你！"

雅尼克笑了："你要喝点吗？"

"不用了，我不喝酒！"凯－乌韦用手臂画了几圈，松了松肩关节，像是第一轮比赛开始前的拳击运动员。

"伯恩哈迪娜是你女朋友，对吗？"

雅尼克把他的酒杯放在茶几上，若有所思地吸了一口烟，说道："你是怎么知道的？这应该是我们两个人之间甜蜜的小秘密。至少在公司里是这样的。"他从凯－乌韦的肩膀上方望了望露台门，好像在害怕被人偷听似的。

"伯恩哈迪娜告诉我的。"

雅尼克用手捋过自己浓密的卷发，他打量着凯-乌韦："她从来没有说过有这样一位罗杰。她甚至没说过她有亲戚。"

*因为我就是没有亲戚，*伯尔妮骂骂咧咧的，*我在车里的时候没说你要假装我的亲戚！*

凯-乌韦看着伯尔妮，抱歉地耸了耸肩。

"你在看什么？"雅尼克顺着凯-乌韦的目光看去，只能看到房子的转角。耶妮的头很快从那里缩了回去。视力好的人肯定能看到她，但是雅尼克并没有发现她的存在。

"我没看什么。"凯-乌韦的鼻子抽搐了一下，看来他根本顶不住压力，"伯恩哈迪娜和我……我们很少联系。因为我是环球旅行家。我一直在路上。最近我才去了南极科考，我们在那里找到了欧内斯特·沙克尔顿[1]的沉船。"

*你在说什么玩意儿？*伯尔妮对他吼道。

她好像听到耶妮在远处咯咯地笑。

凯-乌韦自顾自地说下去："但是我是她唯一在世的亲戚……每当生活的浪潮把我带回家乡的海岸，我就会去拜访她。我觉得我对此负有责任。"

"你对什么有责任？"雅尼克把烟戳到烟灰缸里，从躺椅上坐了起来。他没有威胁的意思，只是想坐起来，可凯-乌韦还是后退了一步。但这只是表象。在他心里，他觉着自己像一只白头鹰，正朝自己的猎物俯冲过去："我只想问你一个问题，博……"

*博尔曼，*伯尔妮小声提醒他。

1　欧内斯特·沙克尔顿，英国南极探险家，出生于爱尔兰，曾多次组织参与南极探险活动。1915 年，沙克尔顿带着他的船员尝试穿越南极洲陆地，在穿越途中，"耐久号"船被困，他带着船员逃生，船只沉没。2022 年，科学家在南极冰层下发现了该船的残骸。

"博尔曼。"雅尼克说。

凯－乌韦深吸一口气："是你杀的我侄女吗，博尔曼先生？"

"你的表妹。"雅尼克微笑着，忍不住纠正道。

他这个无所谓的态度是不是意味着他和谋杀没有关系？还是说他是一个惯犯，所以对这些事情已经麻木了？

"我不是谋杀伯尔妮的那个人，你也不是伯尔妮的亲戚。伯尔妮没有在世的亲戚，她对我说过，这个世界上她没有别的可以依靠的人了。"

"啊，她说过吗？"凯－乌韦又想摸自己的胡子，但是它们已经被全部刮掉了，他的手停在半空，像是在给空气按摩，"好吧……肯定是她不愿意认我这个表哥，因为我们之间有很长一段时间关系不太好。我们当时……因为叔祖母威廉明娜的遗产问题吵了一架。但是在她去世之前，我是指伯恩哈迪娜去世之前，叔祖母已经去世很久了……我们已经和解了，她还告诉了我她订婚的事情。和你订婚的事情，对的。"

伯尔妮现在终于认可地点了点头。在巨大的压力下，凯－乌韦终于展现出他出色的编故事能力。

"她还跟我说，你无耻地欺骗了她！和那个谁……"凯－乌韦忘了那个女人的名字，但是他想用自己最新了解的信息让自己的责备显得更加有理有据，于是他大声喊道，"……你们还用了草莓香型的避孕套！"

雅尼克吃了一惊："伯尔妮知道我和比娜的事儿了？"

"她全都知道！"凯－乌韦举起手来，像是想要打他一巴掌，但是又下不去手，"你们这群混蛋骗了我的阿姨，所以你们想把她杀了扫清障碍！"

"什么？"雅尼克惊呆了。

伯尔妮一言不发，只是在那儿摇头。

几只鸟停在那棵有松鼠的树低处的树枝上，开始欢快地鸣叫，松鼠正在清理自己毛茸茸的长尾巴。

凯－乌韦深吸了一口气。他像一口高压锅，看到他的人都会觉得，好像有什么东西要从他体内喷涌而出。果然，他语出惊人。

"我要告你！"他大喊着，用手指指着雅尼克。

伯尔妮又一次目瞪口呆。想象力过剩的问题就在于——他做的事情有时候会超出常人的理解能力，显然他现在觉得自己就是达达尼昂[1]，想用食指和别人决斗。

"你是嗑了什么药吗？"雅尼克皱着眉头，眉毛和鼻子快挤到一块儿去了。

"只喝了一小杯酒壮胆。这样我就敢用我掌握的证据和你对峙！我本来是不喝酒的。"

雅尼克看上去没把眼前的一切放在心上，不管是所谓的控告，还是那根到现在还在指着他的手指。

"你等一下，你这不是我的西装吗？"雅尼克转移了话题。

凯-乌韦抬起自己刮得红彤彤的下巴，虽然被逮了个正着，但是他并不服输："没有吧？"

这听上去像是个疑问句，而不是陈述句。

"嘿，我一开始还以为，有人和我的品位一样好呢……"

伯尔妮出这个主意的时候，其实也是这个意思。

"……但是除了我之外，有谁会穿豹纹西装呢？"

"呃……比如说我？"凯-乌韦眼神飘忽起来，他看了一眼伯尔妮，又马上回过头来。他的脸一下子红了。这个瘦小的男人可能什么都会，唯独不会撒谎。

"豹纹很流行的，很多人都穿豹纹的衣服，这么多 样的衣服，怎么看得出哪件是你的？"凯-乌韦的下巴抬得更高了，有点挑衅的意味，"还是说你是专业的裁缝？"

"不是，我的专业是营销和化学，当时修了双学士学位。虽然我不

1　达达尼昂，法国作家大仲马创作的《三个火枪手》（*Les Trois Mousquetaires*）中的人物。

是搞服装的，但是我头上长了眼睛，这件衣服对你来说太大了，在你身上晃来晃去的。而且……"雅尼克抓着凯－乌韦身上的外套，"你看，这件衣服上还有裂缝。我当时很愚蠢地把它挂在挂钩上，挂了好几天。这就是我的外套，你身上这件衬衫也是我的。"他双手紧紧揪着凯－乌韦的领口，"你怎么会有我的东西？"

"呃……"凯－乌韦脸色苍白，他想逃跑，但是膝盖撞到了茶几，"你没跟我说过，他有暴力倾向啊！"他惊慌地对伯尔妮喊道。

雅尼克朝凯－乌韦视线的方向望去，他大喊着"不要"，松开了凯－乌韦的衣领，恐惧地后退了几步。

你能看见我？ 伯尔妮张开双臂向雅尼克走去。

但是她马上就意识到，他没有看见她，他看着的是她身后那一排密不透光的灌木。这排用灌木围成的篱笆把花园和马路分隔开来。

伯尔妮迅速转过身去，在夕阳的余晖中看见有什么东西一闪而过，枪声已然响起。

在宁静的花园里，这枪声的威力似乎比它实际的威力更大，震耳欲聋。

鸟儿受了惊，一下子全部飞了起来，松鼠消失在树冠里，凯－乌韦也尖叫了起来。

伯尔妮立即转过身朝雅尼克奔去。他眯起眼睛，难以置信地看着自己两眼之间的鼻梁上如泉水般不断涌出的鲜血。

与此同时，子弹的冲击力一下子使他的头向后折了过去，撞到了他的后颈。他无意识地张开双臂，仿佛想要飞起来一样，但他只是重重地倒在了露台的地面上。

"可恶！"耶妮吼叫着跑过来，"凯－乌韦，躲起来！"

凯－乌韦立刻趴下，他躲在茶几下面。这一连串动作可能都是他下意识的反应。茶几上的盘子碎裂开来，上面的菜朝着四面八方飞去。

凯－乌韦慌慌张张地从玻璃碎片之间爬过，爬到躺椅后面，双手抱头。即便如此，躺椅依然没能挡住他的下半身。

但是开枪的人似乎并不打算对凯－乌韦下手，那人也没对耶妮开枪。耶妮现在已经来到躺椅旁，显然正在考虑是否要趴在凯－乌韦身上保护他。她没有这么做。这个决定很明智——毕竟她一百多公斤的体重，再加上倒下去的加速度，可能一下子就把凯－乌韦压扁了，就像用苍蝇拍拍苍蝇一样。

马路上传来发动机的轰鸣，以及轮胎转动摩擦地面的声音。

伯尔妮跪在雅尼克身旁，他双目无神地望着傍晚的天空。

她不忠的未婚夫，带着他的作案动机和杀人嫌疑，死了。

11 凶案再起

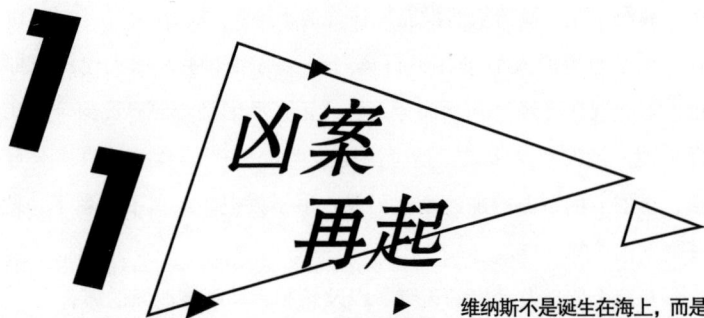

▶ 维纳斯不是诞生在海上，而是
诞生在浴缸的泡沫之中……[1]

"不！"一个女人的声音惊叫起来。

凯－乌韦、伯尔妮和耶妮惊讶地看向露台门口处。

比娜·舍林的手挡在嘴前，赤裸着身体，只围着一条青绿色的浴巾。在她肩膀上和金色的头发上还堆着残余的泡沫。

"可恶。"耶妮又说了一次，只不过这次她的语气中有种听天由命的感觉。

比娜跑了过来，无视这群人和鬼，在伯尔妮身边跪下，把雅尼克的头抱在怀里："亲爱的，你不能死啊。起码你现在不要死啊，我们还没幸福地在一起呢！"她轻轻地摇着他。

"我们得以最快的速度离开！"耶妮命令道。

比娜完全没有察觉到有人在说话。

凯－乌韦也没听到。比娜在摇雅尼克的时候，浴巾打结的地方开

1　维纳斯，罗马十二主神之一，是罗马神话中美的女神。最早的维纳斯是果园丰收之神，代表神的恩惠，后来罗马人将维纳斯同希腊神话中的爱神阿芙洛狄忒等同起来，维纳斯便成为爱与美的化身。关于阿芙洛狄忒的诞生，有很多种说法，其中最广为流传的说法见于赫西俄德的《神谱》，即阿芙洛狄忒诞生于海上的泡沫。标题为作者戏谑语。

了，她的上半身都裸露在外面，那由脂肪和结缔组织构成的第二性征在轻轻晃动着。凯－乌韦的头颤抖着，和她胸部晃动的节奏达成了一致。

"你为什么要这么做？"比娜一边啜泣，一边看着一旁带着伤的凯－乌韦。

说得好像只有男的会杀人似的。伯尔妮其实很想告诉她，女性也有能力杀人，她觉得比娜这种草率安排罪名的方式也算是一种性别歧视。伯尔妮不想冒犯耶妮，但是她觉得耶妮看上去就像是一名受雇的女杀手，因为她有着结实的四肢以及保镖一般强壮的体格。虽然伯尔妮一直在比娜面前挥着手，但比娜肯定是看不见她的。

"不是我干的！"凯－乌韦结结巴巴的。

"不是他干的！"耶妮也一同辩解道。她弯下腰，用带着命令的语气对凯－乌韦说："我们现在就走！"

伯尔妮觉得如果是她的话，她会直接把这个瘦小的男人夹在腋下，一路提溜回车里，就像提着一个装得满满的环保购物袋一样。耶妮就是太在乎这个人的感受了。这可不利于两人恋爱关系的平等发展。

但这不是她伯尔妮现在要考虑的问题，她还有别的重要的事情要做。伯尔妮拔腿就跑。

"你要去哪里？"耶妮朝她喊。

我要四处看看。我们之后就再也找不到这样好的机会了！

伯尔妮已经飘进雅尼克的公寓里了。

和她上次来这里相比，这里没什么变化。唯一的变化就是这里到处都弥漫着一种难以描述的味道，那是比娜的广藿香香水的味道。伯尔妮没法指望她的鼻子，因为现在她的嗅觉也死了。

这间公寓被上上下下仔细地打扫过，一尘不染。雅尼克请了一个清洁工，每个工作日中午十二点到一点都会来给家里的每一个平面做清洁消毒。伯尔妮已经想象到（因为她就是知道）在这些平面上都发生过什么了。在她死之前，她一直以为这些事情只发生在自己身上。

她不知道她想要找什么。一封写着"我祈求获得寻找新的爱情的自由"的道歉信？胡说八道，雅尼克随时随地都会去找别的女人。或者是写着"你，我是指和你在一起这件事——我已经没什么兴趣了"的信？这种说法伯尔妮还能理解。不过雅尼克是那种总对禁忌事物跃跃欲试的人。要是他有机会做什么他本不应该做的事情，那他绝对会马上行动。

不过在他对凯－乌韦说，他本科不仅学了营销，还学了化学的时候，伯尔妮的心里立即响起了警报。根据伯尔妮残存的记忆，在欢送会上，雅尼克跟着她到处走，给她献殷勤。那么对他来说，给她的香槟杯里下点毒，就不是什么难事儿了。或者其实他直接把装有毒药的酒杯递给了她。所以，他其实有很多下毒的机会。如果她现在能在他家里找到氰化物，那么凶手十有八九就是他了。

厨房里的陈设简单，所有家具都是崭新的，让人不禁联想起家具店的陈设展示区。伯尔妮看了一眼，就去了卧室。

*这不可能！*伯尔妮吃惊地环顾四周。

让她大吃一惊的，并不是床上皱巴巴的床单，也不是打开着的衣柜。显然，雅尼克在里面留了一些空间放比娜的衣服，因为他不可能有穿小碎花裙子的爱好。

更让她震惊的是墙上的展示柜。她上次来雅尼克家的时候，他就已经把这排柜子钉在墙上了。柜子上挤满了大大小小的泰迪熊，有的耳朵上有纽扣，有的耳朵上没有。这些泰迪熊肯定是他们在游乐园玩射击游戏赢来的，足足有几十只。

伯尔妮愤怒极了。在她和雅尼克订婚的时候，她送了他一个超人形象的糖果分发器，作为他们两人结合的见证。对于收藏家而言，这无异于要从身上割一块肉，但雅尼克当时只是在笑，而且笑得很大声。

"你这礼物，真的，你开得一手好玩笑！我喜欢你的幽默。"

他用这个小礼物推了一块糖出来，笑得更欢了："你真的在收集这些小玩意儿吗？这是小孩玩的吧！不过不管怎么样，我还是很喜欢你。"

他笑着亲了一下她的额头，随手把糖果分发器扔到了纸篓里。糖果分发器在空中划过一道优美的弧线，他欢呼着，就好像他在距离篮筐二十米开外的地方投篮，还进了球。紧接着他就打开了香槟。伯尔妮没有说什么，她就静静地看着眼前的事情发生。后来，趁雅尼克没注意，她去垃圾桶里把她的糖果分发器翻了出来。

我精心挑选的爱的象征对你来说只是个笑话，可你却对这些庸俗无聊的泰迪熊没什么意见，你什么意思？ 伯尔妮气得要爆炸了，但是她很快又冷静下来。

她被谋杀之后变成了灵魂，那雅尼克会不会也这样？

雅尼克？你在吗？

伯尔妮又想起来，她是在死后过了一段时间才作为灵魂醒过来的。可能雅尼克也不会马上醒过来，所以在此之前，她还是要尽快收集线索。

伯尔妮跑进了浴室。浴缸的水里还漂着泡沫，地面湿漉漉的。显然，比娜是慌慌张张地从浴室里跑出来的。这是一间直男装修风格的浴室，所有的东西全部都是淡绿色的。里面有一只亮黄色的洗漱包，十分抓人眼球，这可能是比娜的东西。

伯尔妮偷偷看了一眼洗漱包里的东西。都是普通的化妆品，不过是法国竞品公司的产品，和朔恩彩妆没什么关系。伯尔妮不会因此而责怪比娜，因为她自己也不用自己公司的产品。不过她会用自己公司生产的皲裂膏，这款产品还是很好用的。

洗手台上方的镜柜门开着，里面放着伯尔妮觉得最为可疑的东西：一只梨形瓶。

这只瓶子是玻璃材质，大约十二厘米高。伯尔妮凑近了仔细端详。这只瓶子的做工非常精细，瓶盖被雕成了波提切利的维纳斯[1]的形象。瓶

1　波提切利的维纳斯，指意大利画家桑德罗·波提切利于 1487 年以美神维纳斯为题材，为梅第奇家族的一个远房兄弟创作了一幅画布蛋彩画，《维纳斯的诞生》。该作品现藏于意大利佛罗伦萨乌斐齐美术馆。

身上有长条的弧形装饰，让人联想到贝壳的花纹。瓶子里装着的透明液体有一点油的质感。

这是什么？卢克雷齐娅·博尔贾[1]的毒药瓶吗？

伯尔妮想把瓶子拿下来看看，但是她的手穿过了瓶子，还穿过了镜柜。

*什么都干不成，真的是太讨厌了！*她抱怨道。虽然她有心理准备，但还是出了一身冷汗。她永远也不会习惯这样的生活。也许她也不用去习惯这样的生活，有一种鬼魂是专门敲敲打打、搞恶作剧的，他们拿得住东西，还可以把它们扔来扔去。既然他们能做到，那自己应该也可以。这肯定会很有意思！既然她已经学会了瞬间移动，那么下一步就是学这些恶作剧鬼魂的技能了。

伯尔妮想拿眼前的瓶子做训练。就算拿不起来，至少也得把它碰倒吧。但正当伯尔妮尝试集中精力的时候，外面传来了发动机的轰鸣声。

这是她熟悉的汽车启动声。

我的保时捷！

她飞跑到门外的空地上。比娜还把雅尼克的头抱在怀里，她摇动着，身上的浴巾已经满是血迹。

通往大门的角落里站着一位年长的女子。伯尔妮一眼就认出了她，因为她也住在这栋新艺术风格的别墅里。伯尔妮之前来的时候碰巧碰到过她。这位女子把手机放在耳边，正在急切地对着电话那头说着什么。毫无疑问，她在报警。

灌木篱笆的后面好像有什么东西，看起来应该是有人在那里。显然，在这个位于郊区的社区里，所有人都听到了枪声。

在伯尔妮离开之前，她还想要确认一件事，这件事对她来说非常重要。

---

1 卢克雷齐娅·博尔贾，罗马教皇亚历山大六世的私生女。她的兄弟中有一位名叫恺撒·博尔吉亚，以阴险狡诈、善用毒药著称，人称"毒药公爵"。

雅尼克，你在这里吗？ 她站在绿色的花园中大喊了一声，然后聚精会神地听着。

这时，比娜突然大叫起来，撕心裂肺地喊着"为什么"，把伯尔妮吓了一大跳。

除此之外就没有别的声音了。鸟儿不再鸣叫，也听不到树叶阴森的沙沙声。

伯尔妮猜想，雅尼克死后可能直接就手舞足蹈地跑到那束金光里去了——很有可能，估计那头有他几十上百个前女友在朝他招手呢。

也行吧，总之是了却了一桩心事。

伯尔妮离开了，她穿过树篱走到了马路上。

没错，她的保时捷已经开走了。

凯-乌韦和耶妮也已经离开了。

12 瞬间移动

瞬间移动 —— 这项技能有点像在蹦床上跳跃，落在中心就能感受到快乐与喜悦，撞到边缘就只会感到疼痛。

伯尔妮心里道。她尝试着用想象的方式瞬移到凯 - 乌韦和耶妮面前，但是这是她第三次失败了。只要能成功瞬移一次，她就会高兴得恍若置身人间天堂 —— 可惜她没法次次都瞬移成功。

第一次尝试的时候，她出现在了列克餐厅窗边那张她常订的餐桌旁。列克餐厅是她最喜欢的泰式料理餐厅。她会出现在这里，可能是因为她想到了耶妮的亚裔血统。

第二次尝试的时候，她出现在了健身房，那里巨大的折扣力度吸引她办了一张五年期的会员卡。是的，她觉得自己不是那种三分钟热度的人，当时她是下了决心的。过去的四年半里，她至少……呃……要求不要太高……她肯定去了不下十次。有两次是去训练腹部、腿部和臀部的肌肉，至于剩下的那几次，其实是她在下班之后顺路去的。她的真实目的是去旁边的果汁店喝一杯香甜的香蕉芒果奶昔，那对她疲惫的大脑来说是最好的放松。她还是比较喜欢在自己的卧室里晨练，这样她就不会遇到别人。她不是很擅长和人打交道。

至于她为什么一想到耶妮就会想到健身房，那就不是很清楚了。可能因为是耶妮壮硕的身材吧——她身上没什么赘肉，都是结实的肌肉。

第三次尝试的时候，她模仿着《太空仙女恋》里面珍妮的样子，闭上眼睛，努力地想象耶妮穿着工作服的样子、她的发型和她那条头巾。当伯尔妮重新睁开眼睛的时候……

……她出现在了雅尼克的工位上。

*什么玩意儿！*伯尔妮想着。突然，工位隔板后面探出一颗头来，把她吓了一大跳。

"你已经到了？"

这个人是来上晚班的清洁工。

伯尔妮有那么一秒以为她在对自己说话，但是很快清洁工身后更远的地方传来了一个声音："是的，我已经到了很久了！"

清洁工怀疑地撇了撇嘴，但是什么也没说。

如果伯尔妮还活着的话，此时一定会吓出一身冷汗，因为她在最近的领导层会议上提出，公司应该取消清洁工两班制来减少开销。这个制度是雷吉纳尔德·朔恩的父亲提出的，他认为，化妆品公司的环境应当打扫得比手术室还干净，否则那些来参观过公司的人会立刻对公司产品的卫生情况失去信任。即便这里只是管理部门，不是生产车间。伯尔妮知道，耶妮的离职只是上次众多会议后果的冰山一角。下个季度开始，公司的清洁部门就要迎来大裁员了。

伯尔妮叹了一口气。不是出于对底层人民的同情，而是因为她第三次瞬间移动的尝试，又失败了。

不过她既然都到这里了，那她也可以趁此机会在雅尼克原来的工作地点找找线索。根据现有的线索，雅尼克应该不是凶手——但是他肯定知道内情，以至于最后丢了性命。或者说他看到了什么，通过他知道的信息就能推断出凶手的踪迹，所以凶手为了防止自己被发现，抢先把他杀了灭口。

不幸的是，雅尼克有着严重的洁癖，严重到都快成一种精神疾病了。他沉迷于清理他的办公桌，以至于他的桌面空空如也，连一张便利贴都没贴。桌面上没有什么私人物品，连他未婚妻的照片都没有放，只有……

伯尔妮朝垃圾桶里看了一眼。里面还有什么东西！看来那个清洁工的怀疑是对的，那个"早到"的清洁工明明什么都没有干，连这里的垃圾也没倒。那两个清洁工是不是马上要过来倒垃圾了？伯尔妮得加快速度了，她在垃圾桶旁蹲下。

垃圾桶里面好像有个彩色的东西，是一张广告宣传页。

*萨克彩门特！*伯尔妮不禁惊呼道。她慌张地抬头看看，不过清洁工们什么都没有听到。她们当然听不到她说话了。

这张广告宣传页是一家法国竞品公司的。显然这还只是一张设计草案，因为上面清清楚楚地印着"严格保密"的法语字样。虽然伯尔妮在上学的时候法语学得很糟糕，但是她还是一眼就认出了这几个词。

她没法把这张广告宣传页从垃圾桶里拿出来，但是她还是能看清保密印章下面的图片。那是一个梨形瓶，盖子上雕着维纳斯。

伯尔妮做出了敏锐的推断：雅尼克，这个人有八百个心眼子。他已经被别的公司挖过去了，但是他竟然一直瞒着她！她自己只是搬到了另一幢楼里，而雅尼克已经悄悄地为自己铺好了去巴黎的路。巴黎！那可是化妆品行业的圣地！

*雅尼克，你个混蛋！*她咒骂道。

比起他和比娜出轨的事情，瞒着伯尔妮跳槽去法国这件事更让她伤心。*凯－乌韦说得对，男人都是感情的破坏者！*

"唰"的一下，伯尔妮从雅尼克的垃圾桶旁边消失了，因为她的注意力全在凯－乌韦的身上，所以她突然以跪坐在地的姿势出现在了他的身边。

凯－乌韦正跪在地上，他惊叫了起来。

"你别再这么干了！"他用手捂住胸口，喘着粗气。过了一会儿，他才把手放下。

对不起，我不是故意吓你的。我之前试了好几遍都找不到你们。

伯尔妮惊讶地看了看四周。楼道里消过毒了，闻起来有一股清洁剂的味道——并不是那种好闻的柠檬清香，而是那种廉价的万用清洁剂的味道。这种清洁剂不仅能洗掉污垢，还会连带把地板和木制家具表面的涂层一起洗掉。

我们现在在哪儿？

"警察局。"凯－乌韦还在颤抖着，像一片风中的树叶。

不是，我突然出现也不至于把你吓成这个样子吧。

"我发抖不是因为你。我人生中第一次看到尸体，我是说，被谋杀而死的尸体。自然死亡的尸体我已经见过了，那是我姑姑的尸体。"

在此之前，我们都见过杀人的全过程呀。

"但是我尤其敏感，通灵的人就是这样的。"

"是的。"耶妮坐在他身边的长椅上，她补充道，"你应该庆幸他这么敏感。不然你就找不到帮你和生者沟通的人了。"

凯－乌韦点了点头。也有可能是他抖得更厉害了，导致他的头随着他的身体一起在抖。具体是什么情况就说不清楚了。

"再喝杯热巧克力吧，定定神。"耶妮指了指走廊尽头老旧不堪的自动咖啡机。这台咖啡机看上去还是 20 世纪 70 年代出产的，其实已经可以作为古董进博物馆了。它能提供较浓的黑咖啡、加糖咖啡、美式和热巧克力。肯定没什么好喝的，但是好歹能倒出一点热的饮料，温热的饮料对心灵的安定有好处。

凯－乌韦朝咖啡机跑了过去，裤子上残留的玻璃茶几碎片掉到了亚麻地毯上。

*你们为什么要到警察局来？*伯尔妮站了起来。

"我觉得，凯－乌韦得做正确的事。"耶妮解释道，"他得就谋杀的事情报警，告诉警察他都看到了什么。我们确实很想帮你，但是我们……我是说，他……凯－乌韦也得考虑考虑自己的未来。他得告诉警察，他在现场有没有看到别人，比如说凶手之类的。"耶妮的脸红了起来。

伯尔妮生气地哼哼几声。如果凯－乌韦告诉警察，他是因为和灵魂沟通才出现在犯罪现场的，那他的未来就真的完了。但是耶妮说得也不是完全不对：凶手肯定透过树篱看见凯－乌韦了，因为他当时挡在雅尼克面前。枪声传遍了社区，所有人都跑到窗口来看，所以凶手当时不得不先逃跑。从现在开始，凯－乌韦就成了凶手行凶的下一个目标。伯尔妮现在开始有点同情他了。当然，她同情的是凯－乌韦，不是凶手。

那你们为什么不留在现场呢？那里现在估计有好多警察。

"那儿枪林弹雨的！我只想快点把他带到安全的地方！"

伯尔妮有一些不太好的预感。*他伤成这样，你还让他开我的保时捷？我的车子还好吗？*

耶妮紧闭着双唇不说话，她盯着伯尔妮看，伯尔妮也盯着她。

"当然。"耶妮说，她显然在说谎。

伯尔妮又把双手甩到了空中，做出无语的姿态。

"你冷静冷静，好好想想，你以后应该也开不了车了。"耶妮冷漠地说道，"你要学会放下。"

好，我放下……我把我的愤怒放在这儿！

"这台咖啡机不收纸币，但是它老是把我最后的一枚硬币吐出来。"凯－乌韦回来了，他没有意识到两位女士在争吵。他伸出手，掌心上是一枚两欧元的硬币。他的手还在颤抖，又开始喘起气来。

"可惜我帮不了你。"耶妮说。

*这就说明了一点：就算你有满满一背包的钱，你也买不到你想要的幸福。*伯尔妮嘲笑道。

耶妮用手捶着长椅。尽管这里有监控，那些曾经坐在这条长椅上的人还是在走道的墙上刻下许多污言秽语和色情图案。

"你坐下吧，凯－乌韦。把头放在膝盖之间，深呼吸。这样也能帮你放松下来。"

凯－乌韦照着耶妮的说法做了，他弯下了腰，背上的粉红色背包一下子滑落到他的脖子上。他的双膝之间立刻传出了他的喘息声。耶妮轻轻地拍着他的后脑勺。

伯尔妮觉得，与其说耶妮和凯－乌韦是情侣关系，倒不如说他们更像是母子关系。

伯尔妮看了一眼门口的名牌，上面写着——324，亚历山大·温考。

这是"我的"那位亚历山大吗？是负责我那桩案件的警长吗？就是那个把我"吻醒"的警察吗？

凯－乌韦从双腿之间抬起头来："他亲了你的尸体？"他听起来像是被恶心到了，"这是恋……呃……恋……"

*你是想说恋尸癖吧。他当然没有亲我——这是个比喻！*伯尔妮怒气冲冲地说道，从她的语气来看，就算亚历山大真的亲了她，她也绝没有意见。

"我们刚到门口的时候说了，我们的事情和你的案件有关。"耶妮说。

"所以有人把我们带到这里来了。他们让我在这里等着，会有人请我们进去的。"凯－乌韦说着，又低下了头。

*啊？*伯尔妮完全没想到事情会变成这样。她闭上眼，集中精力想象着那位警长的卷发。

她立刻出现在了亚历山大的办公室。

这是一间放着老式电脑和移动文件柜的双人办公室，也是那些工作效率顾问们口中的"旧式完美工作场所"。可是里面一片混乱，各种各样的文件、空咖啡杯、一堆文件、半死不活的仙人掌、又一堆文件。

*这里还在用纸办公吗？*伯尔妮感到惊讶。虽然是亲眼所见，但还是难以置信。

亚历山大站在窗前，正在对着座机的话筒说话。

"可恶……这人是我盯上的嫌疑人之一。我当时看到电脑上的报案记录时就在想，难道有好多个人都叫雅尼克·博尔曼？……不管了，你们再给我一点时间——我要先去见目击证人。"他看了看手表，"我十分钟之后过来。"

他挂掉了电话，小声地骂了一句，然后朝门口走去。那扇门后面是隔壁办公室。"哈索，我们要出发了。"

伯尔妮赶忙走到他的办公桌前。她的案件卷宗正摊开着，放在老式电脑键盘的旁边。因为灵魂的触觉限制，她只能看到最上面一页，但是这已经足够了。那上面是哈格多恩的笔录。

*我知道我的同事，雅尼克·博尔曼，和死者长期以来一直保持着一种"秘密关系"，我当然知道。死者倒下的时候，雅尼克·博尔曼第一时间跑向死者，脱下死者的外套，试图用心肺复苏救活她。*伯尔妮大声地读着，但是重要的内容还在后面。*我还看到，在死者倒下之前，博尔曼先生给死者递过一杯香槟，而且死者把杯子里的酒全部喝掉了。香槟杯是和死者一起落地的。因为杯子没碎，我就把它捡起来收到茶水间的洗碗机里面了。当时的我当然以为，死者可能只是因为肝硬化之类的疾病昏迷了，她喝得实在是太多了。我没想到这是一场谋杀。*

*毒妇，可恶的毒妇！*伯尔妮咒骂道。但是她来不及表达她对诡计多端的哈格多恩的愤怒。记忆的碎片从她眼前一闪而过。的确，雅尼克整晚都在给她倒酒。她的酒杯一空，雅尼克就会帮她补上，或者帮她拿一杯新倒的酒。难道他真的是凶手吗？还是说别人把氰化物注射到她体内了呢？是谁呢？哈格多恩说的是真的吗？那个无能的雅尼克杀了她？

卷宗旁边还放着一些宝丽来相片[1]。伯尔妮想起来，营销部的塞姆勒是宝丽来相机的狂热爱好者。不过显然，她拍的照片都被收缴在这

---

1 宝丽来相片，是宝丽来（Polaroid）公司最出名的产品拍立得相机拍摄的照片。

里了。

伯尔妮看着她生前的最后一张照片，心脏感到一阵刺痛。在装着饮料的小推车前，哈格多恩紧闭着双唇，板着脸站在她身后；老板雷吉纳尔德·朔恩的手搂着她，正对着镜头假笑；比娜和雅尼克在她的肩膀上方碰杯；而她正最后一次坐在她的办公桌旁。

亚历山大·温考回来了。伯尔妮很难描述自己此时复杂的感受。他这天穿了一件米色的T恤和一条紧身牛仔裤，简单的穿着反而衬得他的身材更加健美。他一进门，伯尔妮就注意到了他。

"目击者说，她看见嫌疑人开着一辆白色保时捷离开了现场。"秃头哈索汇报说——伯尔妮在自己的案发现场见过他——他把手机放在耳边，重复着别人在电话里对他说的话。可能他没有想到，如果开免提的话，他记录起来会更加方便。

"地上的玻璃碎片显示，被害人和嫌疑人之间有过打斗。嫌疑人应该是摔到玻璃茶几上，他的衣服上应该会有玻璃碎屑残留。"

"好的，我现在去看看。"亚历山大披上了他的皮夹克，顿了顿，接着说道，"对了，你去帮我再录一份目击证人证词，据说是和海思谋杀案有关系。你登记一下他们的个人信息，找找看有没有什么有用的线索。我尽快回来……"

"什么？"哈索举起一只手来打断了上司的话，他还在听着电话，"我们又发现了一名嫌疑人！当地的一位居民说她没能看清发生了什么，因为有树篱挡着，但是她听见了两个男人争吵的声音。她说她可以发毒誓，她听到的那个名字叫——罗杰·封·格尔德恩！"

亚历山大撇了撇嘴："真有这么简单吗？好吧，你先查查看，我们的系统里有没有这样一个人。"

完了，伯尔妮想着，马上用尽全力想象凯－乌韦的样子。

当她重新出现在耶妮和凯－乌韦面前的时候，凯－乌韦还坐在这条马上要给他安上罪名的长椅上。他的左脚脚边还有一些碎玻璃碴。

我们必须得走了，马上走！

伯尔妮赶忙朝楼梯口跑去。她虽然穿着高跟鞋，但还是跑得很快，她一直为此而自豪。不过作为灵魂，她其实并不是在跑步，而是在飘。

在楼梯口她停了下来，因为她发现并没有人跟着她。

你们愣着干什么？我们得走了！快点！那帮人把你当成凶手了！

13

虞美人大街

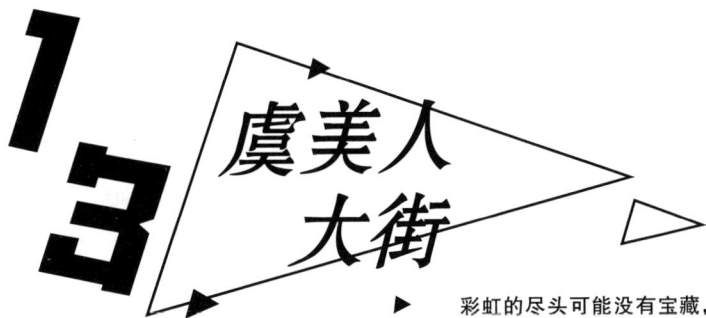

▶ 彩虹的尽头可能没有宝藏，
等待你的只是一锅牛下水和
番茄意大利面……[1]

"我现在成了在逃嫌疑犯了！我这一辈子完了！都怪你！这样的话我必须逃到外国去了，逃到复活节岛上，或者到那些叛乱分子住的岛上。不管是什么，只要是个岛就行！"

凯－乌韦坐在方向盘前，惊慌失措地推卸着责任。

你为什么到处乱喊罗杰·封·格尔德恩这个名字！这不就是个普普通通的名字吗？

"我一直都想有个好听一点的名字"，凯－乌韦解释道，"你肯定能明白我是什么意思！"

他看了看后视镜，但是镜子里没有伯尔妮的影像。他想以自己的方式给伯尔妮一个凶狠的眼神，但就在此时，他猛地打了个急转弯。要不是他们正在以每小时25公里的"高速"在30码限速区[2]行驶，这个急转弯早就让车上的所有人都变成灵魂了。

*你能不能好好开车！*伯尔妮不客气地抱怨道。

---

1 "彩虹那头的宝藏"指的是找到凶手的希望，而"牛下水"对应哈格多恩家的肾形桌子和令人难受的装修，"番茄意大利面"对应地毯上的红色血迹。

2 30码限速区，相当于每小时50公里的速度限制，通常设置在住宅区、学校区域、医院附近，以及其他需要降低车速以确保公共安全的地方。

凯-乌韦戳到了她的痛处。在她出生前，妇科医生根据超声影像坚定地声称她是个男孩。所以当时她父母置办的所有东西都是蓝色的，连印着火箭和拖拉机的婴儿连体裤都买好了。他们兴致勃勃地给她起了个男孩的名字，她父亲甚至把家居用品店门口牌子的内容改成了"海思和他的儿子"。但小伯恩哈德没有来到这个世上，降世的是一个女孩，她父母就直接把原来起好的名字改成了伯恩哈迪娜。由于在她之后没有弟弟妹妹出生，他的父亲就决定将错就错，把她当男孩养大。可能也正是因为如此，伯尔妮一边努力地证明自己强大的实力，一边在打扮上非常重视自己的女性气质。

"我觉得令人欣慰的是，警察现在要找的人是罗杰·封·格尔德恩，而不是凯-乌韦·舒尔茨。"耶妮杏核一样的眼睛望着凯-乌韦的侧脸出了神，她接着说道，"你不用担心，一切都会好起来的，会没事的。"

凯-乌韦看上去并没有被说服，因为他根本就没有在听："我们先去一趟日化用品店。如果我不得不逃到某个岛上去的话，我得先准备好防晒霜。"

不要去那里，我们先去找哈格多恩。伯尔妮并不关心凯-乌韦的命运，而且只要能找到凶手（现在看来这个凶手最可能是哈格多恩），进而找出幕后主使，那么所有的问题就都迎刃而解了。她的脑海里正不断地重复着哈格多恩这位首席秘书的书面证词。

就算是雅尼克亲手把带着毒的酒杯塞到我手里，我也不太相信是他亲自给我下的毒。不管哈格多恩说什么，我都不太相信她。相反，根据现有的证据，她显然是故意想把所有的嫌疑都推到雅尼克的身上。她当时一直在放饮料的桌子附近游荡。我当时以为，她只是想免费蹭一杯好酒喝。肯定是她干的，她把毒酒递给了雅尼克，这样他就会把这杯酒给我。

"这听起来也太牵强了。"耶妮质疑道。

凯-乌韦又开始了他的说教："我觉得，就是雅尼克干的。他就是我说的那种危险的男朋友。你难道没看到，他是怎么揪着我衣领的吗？

他肯定会做出一些暴力犯罪的事情。"

瞎说，他温柔单纯得像一只小羊羔。

"也可能是你前男友干的。"耶妮提醒道，"你还能想起你以前和谁谈过恋爱吗？"

伯尔妮沉默了。

"你尽管说出来！"

伯尔妮小声地嘀咕，等一下，我还在想！

凯 – 乌韦"扑哧"一声笑了起来。

"不用觉得羞耻。你不用为你丰富的恋爱经历感到不好意思！现代女性完全可以做任何她们想做的事情，谈恋爱也是。就算你一次谈了好几个，也没有什么问题。"耶妮对她说。

凯 – 乌韦和耶妮以为，她是因为经常饱受三角恋的困扰，所以才数不清自己和多少人谈过恋爱。但是伯尔妮自己心知肚明，她只和九个人谈过恋爱。九段恋爱关系，她自己也觉得这个数字听起来有点荒谬。她经历过两次一夜情：一次发生在她中学毕业派对之后，当时也是她第一次去巴黎；另一次是她在柏林参加营销会议的时候。这两个人她已经计算在内了。在她眼里，工作总是比恋爱更重要的，后者的本质复杂而难以理解、糜烂且令人失望。

她没有坦白前男友的数量，而是说道，*没有一个前男友会有那种想要杀了我的深仇大恨。而且，那场欢送会规模很小，就在我的办公室里，我只邀请了同事。没有收到邀请的人根本没法进到公司办公楼里面。*

耶妮撇了撇嘴。确实是这样，一楼的安保人员脾气火暴，跟辣椒似的，总是呛人。

所以，凶手可能就是在我们公司上班的人！我依然觉得是哈格多恩。

"但我不这么认为……"耶妮和哈格多恩之间也有一些不愉快的经历，但是她不太理解伯尔妮把不好相处的同事看作是凶手的行为，她觉得伯尔妮有些武断了，"不管一个人有多么讨厌她的同事，她也不至于谋杀吧。"

但是如果她把她的同事当成死敌的话，她会这么干的。

"但是你已经辞职了，你的死敌已经胜利了。你离开了职场，而哈格多恩女士战胜了你。"

我没有退缩，我是在快要升职的时候主动辞的职！这对于一个半个多世纪一直做着同一件事情的人来说，无疑是一记响亮的耳光。我轻轻松松就得到了她一辈子都追求不到的东西——事业上的成功！

"女秘书们难道不都是忙着追求自己的老板吗？"令人吃惊的是，这句明显带有性别歧视的话不是从凯－乌韦嘴里说出来的，而是耶妮说的。此时，凯－乌韦关注的并不是她们两个的对话，也不是晚高峰的路况，他真正关心的是：要是他去太平洋的话，要准备什么样的防晒霜，防晒系数 1000 的不知道够不够。

原来的老板已经去世了，现在年轻的老板可能是他们俩的孙子。不过这不是重点。只要我们找到哈格多恩作案的证据，就能知道她的动机是什么了！有可能两起谋杀案都是她干的。要是我们在她家找到毒药或者武器的话，她的身份就确认无疑了！

耶妮选择了让步，反正她晚上也没什么别的事情："好吧，那我们去哈格多恩女士家！"

有一次在预算规划午餐会会后，老板开车载着她和哈格多恩，送她们回家。所以伯尔妮知道哈格多恩住在哪里。

去虞美人大街！

伯尔妮举起手臂，像个将军，指挥着她的军队前进。她的手直接穿过了车顶。要是附近某辆车里还坐着一位通灵者的话，那他就会看见一辆奢侈跑车的车顶上有一只手在挥舞。

凯－乌韦把"虞美人大街"几个字输到了导航里，跟着导航，开着保时捷，去到了城市的另一头。伯尔妮不知道哈格多恩家的门牌号是多少，但是一条虞美人大街又能有多长呢？

事实证明，这条路太长了，仿佛无穷无尽。

在两次世界大战之间的那段时间里，这里建造了几十栋红砖楼[1]，每栋楼里都租住着十户人家。当时城市的建设和扩张需要大量的劳动力，而建造这些房屋，就是为了给工人们提供住所。这些房子连成一片，像一条龙，卧在从市中心通往城外高速的四车道马路旁。很多人听到"虞美人大街"这个名字，可能会联想到一片开满鲜花的草地，草地的旁边是一座座田园式的房屋，但他们都错了。没有人会愿意吊死在这里的栅栏上，它太丑了，而且这个地方太吵了。

"您已到达目的地。"导航传出一个性感的男声说道。根据屏幕上的标识，他们现在到达了"高速前的最后一家文身店"。凯-乌韦把车停在了一块废弃的拆迁用地上，居民们已经把这里当成停车场和垃圾场了。

*我们分头行动，分别从两边开始往中间找过去，仔仔细细地搜索一遍。如果找到了，就大声喊出来！*伯尔妮命令道。她习惯了承担指挥官的角色，因为处在她这个职位的人，必须有出色的领导能力。但是再出色的领导也会败给油盐不进的耳朵。

"我们不可以分开！"耶妮表示反对，她指的当然是她和凯-乌韦，"而且你可以集中精力，直接想象哈格多恩女士的样子，瞬移到她那里去。然后你只要在她家窗口朝我们招手就可以了。"

这条建议有理有据，伯尔妮完全想不出反驳的方法。于是她闭上眼睛，想象着哈格多恩那张瘦长的脸和下垂的嘴角，双臂交叉在一起，眨了眨眼。

什么也没有发生。

于是她的眼睛闭得更紧了，用尽全力把注意力集中到一起……但还是不管用。什么也没有发生。

可能这只对我喜欢的人有用？

1　红砖楼，是德国北部的一种传统建筑，由红砖或棕色砖块砌成，外墙不粉刷。

"好吧，那我们还是用老办法。但是我们要一起行动。"

他们三个"人"走上了这条巨龙身体一样的虞美人大街，从那家文身店开始一家一家地找过去。他们走过了整整半条街后，伯尔妮开始怀疑，她是不是记错了，可能哈格多恩不住在这条街上，也有可能她住在大街的那一头。但此时，凯－乌韦高兴地叫了起来："哈格多恩一家，露易丝和瓦尔特。"

我记得，哈格多恩应该还没有结婚，而且她名字不叫露易丝。

伯尔妮一直遵循着她的座右铭——没必要记住自己不感兴趣的事情。对伯尔妮来说，哈格多恩就从来没有过名字，如果一定要在她的姓前面加点什么东西的话，伯尔妮会说"那个哈格多恩"。

凯－乌韦摁响了门铃。

"可能她还在公司，或者她去超市购物了。"耶妮推测道。

"不好意思，可以借过一下吗？"一个年轻女人带着一个婴儿襁褓，把凯－乌韦挤到了一旁。不过襁褓里躺着的不是婴儿，而是一只长毛腊肠犬。"不好意思，我真的很着急，我的小宝贝生病了。"这只腊肠喘着粗气，像是要往外吐毛球。但这不是狗狗一般会做的事情。

"没事的，我刚刚挡在路当中了，真不好意思。"凯－乌韦对她说，但是她已经飞奔上楼了，于是他喊道，"祝你的宝贝早日康复！"

白痴，你现在可以跟进去了！伯尔妮骂道。

凯－乌韦吓了一跳，他绊了自己一下，朝前摔了一跤。耶妮和伯尔妮赶忙进了楼道，跑到他身边。她们偷听着那位抱着腊肠犬的女子的脚步声，直到声音消失。耶妮看到了一旁的信箱，说："如果这些名字是按照楼层顺序排列的话，哈格多恩女士应该住在顶楼。"

他们这个小小的队伍沿着原始又破旧不堪的木质楼梯朝楼上走去。现在是傍晚时分，家家户户都亮起了灯，灯光透过门上的磨砂玻璃照到了楼道里。

顶楼的哈格多恩家，也是一样。

好了，你就把我事先跟你说的话一模一样地对哈格多恩重复一遍，听懂了吗？不要说别的有的没的！在上次凯－乌韦做灵魂翻译官的失败经历之后，伯尔妮已经不是很信任他了。不要自己编话说，你要一字不差地重复我说的话！还有，别再叫自己罗杰·封·格尔德恩了！

凯－乌韦有点生气，他摁响了门上的门铃。

伯尔妮现在站在凯－乌韦的身后，她觉得那只粉红色的心形背包太过惹眼。耶妮，你把他的背包拿下来。凯－乌韦背着它的时候，一点都不像一个会通灵的人。

"我不会放下我的背包的。不然你就会带着这些钱跑掉，留下我身无分文地站在这里。我得为自己的小岛着想！"凯－乌韦很少表现出如此强硬的态度，此刻的他反驳了伯尔妮。

他又摁了一次门铃。

"看起来哈格多恩女士并不在家。"耶妮说道。

你敲门吧。像执法人员那样，用力敲！

凯－乌韦敲了敲门。尽管他的动作更像是轻轻地摸了一下门，但门像是被他的手施了魔法一样，直接被推开了。

"这门是虚掩着的。"凯－乌韦感到有些吃惊，他把门又推开了一些，"你好，有人在家吗？哈格多恩女士？哈格多恩先生？"

伯尔妮等不及了。她从凯－乌韦的身边溜进了公寓里。她本可以直接从凯－乌韦的身体里穿过去，但她还是受不了那种毛骨悚然的感觉。

门口区域的衣帽架正以一种典型的哈格多恩的方式迎接她——冷漠而无情。毛毡拖鞋上放着一块电池。显然，如果要拜访哈格多恩的家，是要在门口脱鞋的。

伯尔妮大摇大摆地走了进去。直接走进去！就是现在！作为灵魂，伯尔妮可能没法弄脏哈格多恩的家，最多留下一点灵魂掉下来的碎屑，她感到有些遗憾。不过不管怎么说，态度很重要！

耶妮还站在楼道里，她面前是一些裱起来的照片和证书："欸，这还挺有意思的。他们家从这栋房子刚建好的时候就搬来了，此后一直住在这里。这儿还挂着他们家的家谱。露易丝和瓦尔特应该是哈格多恩的父母，不过他们已经去世了。哈格多恩应该是他们家最后一个在世的人了，其他人的名字下面都画了一个小小的红叉。"

"这也太悲伤了。"凯－乌韦说道。他脱下了脚上的运动鞋，穿上了一双灰色的拖鞋。而此时，伯尔妮已经在客厅里待了很久，客厅就位于门口右侧的衣帽架后面。

这里的家具表明，哈格多恩家一百年以来都没什么品位：笨重的餐边柜、几张矮小的肾形桌子、一套木质靠背座椅，座椅上方的墙壁上还贴着一幅写着"欢乐舒适"的图画。从这些东西就能看出哈格多恩的审美是什么样子的了！所有的家具都保养得很好，但是并不好看。而且它们都是深色的，给人一种阴沉沉的感觉。在这里成长起来的小孩会像哈格多恩一样，瘦弱却充满攻击性。

伯尔妮快速地穿过了一扇双开门，幸好这扇门是开着的。虽然伯尔妮觉得瞬间移动和穿墙这些技能很好用，但是在她穿过固体物质的时候，心里还是会有一种隐隐的不安——可能这些东西里面有能扎痛灵魂的毛刺吧。

她迈着坚实的脚步走进了卧室，却在那里遇到了一个巨大的问题。

可恶！！！

凯－乌韦和耶妮冲了进来。

房间里是一张铺着棉被的复古双人床；床的上方挂着一张巨大的商场油画，画的内容是一只正在森林里鸣叫的鹿；而床的前面，铺着一条长长的波斯地毯。

地毯上有一片血迹。

巨大的一片血迹！

巨大的、鲜红的血海一样——还没有凝固的血迹，仿佛一望无际！

14 神秘梨形瓶

▶ 如果尸体在被谋杀后不翼而飞，那究竟算盗窃案，还是失踪案？

没事了，现在不用慌张了！

伯尔妮刚才的表现证明了一点：没有肺的人也有可能患上过度呼吸症。

凯－乌韦看上去快晕过去了："一天两场命案。"他气若游丝地说着。

*但是我们其实还不知道，是不是有人真的死了。我们只是在这里看到了一摊红色的污渍。*伯尔妮很擅长说漂亮话，不过她说这些话都只是为了自己。

"这肯定是血。"耶妮说道，作为清洁工，她对任何形式的污渍都很熟悉，"我们得马上离开这里。我们在这里每待一秒，都是在污染犯罪现场，也就是把嫌疑往自己身上引。"

我们当然不应该出现在这里，不过不用担心，我们又不是在美国。如果有人在这样一个"犯罪现场"发现你们，他不会不容你们辩解就把你们射杀的。而且我也可以为你们作证，你们确实没做什么违法的事情。

"但是，大姐你已经死了！"耶妮把每个字都念得清清楚楚，"你的话没什么分量，没人会把你的话当一回事儿。"

可恶，伯尔妮一时又把这件事情给忘了。

"这摊血似乎还有点温度，杀人犯应该还在屋子里！"耶妮怀疑道。

"我感觉好难受。"凯－乌韦说。

你别吐到血迹上了，伯尔妮警告道。

不过凯－乌韦并不是觉得恶心，而是感觉自己有点缺氧，喘不上来气。不过令人惊讶的是，他不是突然晕倒在地上，而是缓缓地滑倒在地，像电影里的慢镜头一样。他的下巴撞到了地板，发出了清晰的响声。显然，他的下巴已经肿起来了。

你怎么没拉住他？你力气这么大！伯尔妮问道。

"这一切都发生得太快了。"耶妮跨过凯－乌韦的身体，径直朝厨房走去，"我去找找有没有冰块，给他的下巴做冰敷。"

你别忘了，凶手可能还在这里！伯尔妮指了指地上摆着的一只没有插花的巨大花瓶，她觉得必要时可以用它来自卫。随身带一个武器吧！

"我曾经练过一个赛季的职业摔跤。我知道应该怎么做！"耶妮径直走了出去。

如果是哈格多恩开枪杀死了雅尼克的话，那又是谁杀了哈格多恩呢？

因为凯－乌韦仍然昏倒在地上，所以伯尔妮这句话实际上是对墙上那只鹿说的。

耶妮空手而归，但是她神色匆忙："你得过来看看。"她对着伯尔妮喊道。

凯－乌韦在地上呻吟出声，意识也渐渐恢复了。

但此时伯尔妮和耶妮已经站在厨房的操作台前了。台面上放着一只打开的信封，信封上贴着"挂号信"的字样，信封旁边是一张展开的纸。

我的天，我还以为你已经找到凶手了，哪怕找到尸体也行啊。伯尔妮失望地说。

"这张东西对你了解全局有更重要的作用！"耶妮的语气听起来很复杂，她似乎有点得意，但是又有点生气，"哈格多恩女士也被解雇了！这封信是她的离职通知！"

不是吧！

"你自己读读看。"

*我们在此提前通知您，本公司即将终止与您的雇佣关系，请您……*伯尔妮读出了声。越看她越感到震惊。*好奇怪！我以为只有底层的员工才会被解雇。*

"你说什么？"

你知道的……呃……就是那些和公司运作关系不大的人。

"要是再也没有人给你们公司打扫卫生，到时候你马上就会知道，哪些人才真正和公司运作有关！"耶妮被伯尔妮的话气得不轻。

*这个架我们可以放到以后再吵。现在我们要考虑的是，这封信对我们的调查有什么用。*伯尔妮在厨房里来回踱步。

"我觉得，你也不是什么好人。"耶妮直接说了自己心里的想法。

*我早就发现了，我经常觉得自己不是什么好人。*伯尔妮还是在那儿来回走着。

在生前，她总是专注于谋求事业的成功，为此她需要施展一些手段，甚至是利用他人，这些经历无疑在她的性格中留下了深刻的烙印。她一直计划着，在退休以后做些好事，积攒一些功德，以防止自己遭到报应，比如去非洲建一些学校，把她所有的财产捐给癌症治疗研究，诸如此类。不过现在她也只能把这些计划搁置起来。当最终审判的号角响起之时，负责审判的官员会故作庄重地宣布道："伯恩哈迪娜·海思，并不是个好人。"

现在只有一个方法能够改变她的命运，就是抓到谋杀她的罪犯 —— 有可能雅尼克，还有现在的哈格多恩，都是被这个人杀害的。因为这样，她就可以拯救更多人的生命，防止更多的受害者出现。

虽然伯尔妮对事业上的成功充满了欲望，但她从来没有在职场上真正地害死过某个人。不过根据目前的情况看，她的死应该不是感情纠纷导致的，能把她自己、雅尼克和哈格多恩三个人联系起来的事物，就只有工作了。

伯尔妮似乎想到了什么。对，就是朔恩彩妆公司！

"和朔恩彩妆公司有什么关系？"耶妮问道。

凯–乌韦趿拉着拖鞋走进了厨房。他不停地揉着自己的下半张脸，惨不忍睹的下巴上已经是青一块紫一块的了："你们有没有冰块？我想敷一下我的下巴。"

"冰箱在那里。"

伯尔妮满意地发现，耶妮对案件调查的兴致还是战胜了她呵护凯–乌韦的"本能"。

我得赶紧去浴室看一眼。在雅尼克家的卫生间镜柜里有一瓶对手公司的产品。如果哈格多恩家里也有这样一瓶东西的话，那我就知道到底是怎么一回事了！

耶妮跟着伯尔妮穿过走廊，来到了浴室门口，浴室的门也只是虚掩着。

伯尔妮突然停下来站着不动了。*你有听到什么吗？* 她透过门缝朝里面张望，但是什么也没有看到。

"没有啊，什么声音？"耶妮压低声音问道。但是她说话的音量并不小，不管浴室里面是谁，估计都能听到。

嘘！ 伯尔妮把手指放在嘴唇前面。

"你穿过门去看看。"耶妮对她说。

伯尔妮想要拒绝。她发现，她对于所有事情的第一反应都是拒绝。但是她不得不承认，作为灵魂，她在这方面确实有一些优势。她的对手可能正拿着一把沾满鲜血的斧头潜伏在门后，但作为灵魂，她一进去就可以吓对方一跳。

伯尔妮深吸一口气，把头伸过胶合板做的门板。

刚开始，她什么也没看到，眼前就是一间老式的浴室，似乎装了一些现代的设备。但很快她就感觉靠近地面的位置有什么东西在动。一只虎斑猫正坐在猫砂里，显然它能看到灵魂，伯尔妮的头刚出现在门上，它就发出了地狱凶兽一般尖锐刺耳的叫声。它一边惊叫着，一边跃到高处，再从高处跳下来，穿过门缝跑到走廊里。整个过程用时连一秒钟都不到，除了几团结块了的猫砂在空中飞舞，似乎什么也没有发生过。

老天，我差点儿就心肌梗死了。

"你是不可能再得心脏病的。"耶妮说着，一只手捂着心脏的位置，身上的工作服被压出了褶皱。

伯尔妮走进了浴室。浴室里面没有橱柜，只有一个简单的储物架，紧紧挨着洗手池。储物架的中层，在朔恩彩妆公司生产的各种各样的产品中间，藏着那只瓶盖上雕着维纳斯的神秘梨形瓶。

这就对了！

"你说的瓶子就是这个？"耶妮问道，伯尔妮的后颈能感觉到她嘴里吐出来的热气。

你看，这就是一号证据！雅尼克和哈格多恩应该是被公司的竞争对手挖走了。他们对公司一点都不忠诚，所以老板把他们都杀了！

"什么？你这不是胡说八道吗！还是说其实你自己家里也有这样一瓶东西？你不是也被其他公司挖走了吗？"

*是的，但是不是那家法国竞品公司。可能我真的是被误杀的？*伯尔妮意识到，她刚刚的推理听上去确实很愚蠢。她气恼地紧闭着双唇，盯着那个梨形瓶看。等到她转过身来的时候，耶妮已经回到走廊里了。

*但是这里面肯定有什么关联！*伯尔妮坚持说。她觉得至少自己在洗手池镜子里的倒影会听自己说话。但是她突然又意识到，自己在镜子里没有倒影，她感到一丝恐惧，赶紧从卫生间里跑了出来，跟着耶妮进了厨房。

凯－乌韦的怀里抱着猫，坐在厨房的操作台旁边。他一边用罐头里的金枪鱼喂猫，一边用一袋冷冻豌豆压着下巴。猫咪一看到伯尔妮，就吐掉了嘴里的鱼，可怜地叫了一声，从凯－乌韦的怀里跳开，跑到客厅，藏到沙发底下去了。

*它能看见我！*伯尔妮居然为此有点感动。

"猫能敏锐地察觉到灵体的存在。我姑姑是这么说的。"凯－乌韦把豌豆从下巴上移开，下巴上的瘀青就像是他的胡子一样。虽然这并不是真的胡子，它却比他今早刚刚刮掉的真胡子更加"茂密"。"每一个好的巫师都应该有一只猫。如果门前能有一只猫咪来迎接前来咨询的客户，那我们就可以大幅地提高咨询价格了。可惜我姑姑对猫毛过敏。"

仿佛是有某种神奇的宇宙力量似的，三人的耳边突然响起汤姆·琼斯[1]的歌声，唱着"小猫咪，你又有什么新花样"。

但打开收音机的，并不是宇宙之手，而是凯－乌韦。他看着伯尔妮，接着说："我把收音机打开了。我在家的时候一直开着收音机，或者开着电视。这样我会安心一点。"

"你今天亲眼看到了两个死人，肯定需要一些心灵的安慰。"耶妮抢在伯尔妮之前说道。伯尔妮要说的，肯定是一些阴阳怪气的话。

*其实他今天只看到了一个死人和一片血迹，*伯尔妮纠正道。

"你也已经死了，把你算进去的话就是两个人！"耶妮坏笑了起来。

哼。

正当伯尔妮打算用一些刻薄的话来反击的时候——只是出于她的习惯，毕竟耶妮说的话虽然恼人，但是并没有什么错——汤姆·琼斯的歌声被电台新闻节目的信号声打断了，紧接着，本地电台的新闻主持人开始播报新闻："本地之声，欢迎收听新闻节目，以下是今日的头条新闻。一具谋杀案的受害者遗体从法医解剖室离奇失踪；气候问题会议正式开

1　汤姆·琼斯（Tom Jones），英国歌手。后文提到的歌词来自于他的畅销曲 *What's New, Pussycat？*。

幕，众多知名专家参加了会议；近日，市中心一家百货公司申请破产。"

广播发出一声短暂的信号。伯尔妮和耶妮面面相觑，心里出现了一种不祥的预感。凯－乌韦用勺子把罐头里剩下的金枪鱼全部挖了出来。罐头里的油滴得到处都是：大部分滴在厨房台面上，他身上的豹纹西装上也有一些。

信号声之后，主持人接着播报："今日下午，谋杀案受害者伯恩哈迪娜·海思的遗体失踪，该遗体原先存放于法医鉴定所。首席法医专家声称，自己对遗体的去向一无所知，警方已介入侦查。"

15

谁偷了我的尸体?!

▶ 生命之上，必有伤痕

这鱼的味道太腥了! 伯尔妮抱怨道。这味道简直臭气熏天，以至于她这个灵魂的鼻子都能闻到。

他们坐在她的保时捷里，车停在市立公园为前来徒步的游客准备的空荡荡的停车场上。

在他们头顶的树枝上，有一只猫头鹰在叫。咕唔——咕唔——咕唔——这声音足以让人相信，猫头鹰是代表着死亡的鸟。市立公园就在法医鉴定所的旁边，也就是位于成堆成堆的尸体旁边。只是显然，伯尔妮的尸体已经不在那堆尸体里面了。

"你看，还好我们先把猫安顿好了。"凯-乌韦说道，他坚决不为自己裤腿上散发出来的鱼腥味道歉，"现在天黑了，我们更可以神不知鬼不觉地溜进去了。"

更什么?

"更神不知鬼不觉。"耶妮重复道。她觉得伯尔妮是没有听清凯-乌韦的话，但伯尔妮只是想质疑句子的语法。

在他们出发离开哈格多恩家之前，凯-乌韦坚持要把猫送到宠物收容所去托管，因为他不忍心把这个可怜的、毛茸茸的小家伙独自留在

112 ◆◆◆

那里。

"你们看，它现在产生惊吓应激了。"他跪坐在沙发前说道，而后弯下腰，对着沙发底下叫唤，"咪咪，咪咪，快过来。"

这只小动物没能被引出来，用罐头也不行。不过它伸出了什么东西，准确地说，是爪子。

"啊！"凯－乌韦疼得大叫起来，猫爪在他脸上抓出了三道深深的抓痕，看上去就像是电影《侏罗纪公园3》[1] 海报上的迅猛龙爪印一样。

"发生什么事了？"耶妮担心地快步朝他走去，"你还好吧？我的天，你一定要凑得这么近吗？"

"我没事，没关系的。这只小猫只是有点害怕。"凯－乌韦原谅了这只"怪兽"的伤人行为，把责备的目光投向了伯尔妮。

这不是什么小猫，而是一只嗜血成性的杀人猫科动物。伯尔妮反驳道。她已经按照凯－乌韦的要求离开了公寓，现在正站在门外等。这只猫又不是因为我才应激的，明明是因为它的主人被血腥地杀害了，才会这样的。很可能它就是亲眼看着自己主人死掉的。而且，要是说这只猫杀了它的主人，把它的主人吃掉了，我觉得也不是没有这个可能！

似乎过了很长时间，凯－乌韦才在手机上搜索到一家能够提供接收服务的高评分宠物收容所。他用背包里的现金支付了这家宠物收容所并不便宜的费用。前来把小猫接走的是一位年轻的女子，她穿着一双长筒靴，T恤衫上印着"动物托管服务，给毛孩子们带来幸福"的字样。可以看出，她的眼神一直在回避凯－乌韦紫红色的下巴和带着伤疤的脸，也努力不去看那只装满了钱的粉红色心形背包。她的脸抽动着，仿佛要用尽全力，才能做出一个比较礼貌友好的表情。凯－乌韦急忙解释："我阿姨她……呃……突然生了个病。"

突然生了个病？说得好像还可以有计划地生病似的，伯尔妮在隔壁

---

1 《侏罗纪公园3》（*Jurassic Park 3*），美国科幻冒险片，电影名字上的罗马数字"Ⅲ"由三道抓痕组成。

房间大声嘲笑道。她和耶妮现在藏在那里。他们三个觉得，来接猫咪的这位女士知道得越少越好。

"它叫什么名字？"这位"给毛孩子们带来幸福"的女士问道。小猫已经在她提着的宠物航空箱里，不过它仍然在尖叫，还时不时地呕吐。这位女士刚刚用网兜一下子就把小猫从沙发底下抓了出来。

"谁？哦，你说这只猫啊……它叫……呃……哈格多恩小姐。"凯-乌韦紧张地挠着自己的耳垂，"我们平时管它叫小姐。但其实不管叫它什么名字它都不应。"

"猫咪是这样的，它们只做它们想做的事情。"这位女士满是骄傲地点头说。她肯定看不起宠物狗，觉得它们都只会讨好主人。

伯尔妮决定，要是她能养一只可爱的吉娃娃，绝不会把它送到这家"更喜欢猫"的宠物收容所托管。但是她又突然想起来，自己已经错过了成为宠物主人的机会，而且这种机会再也不会有了。

除非这世界上有狗狗的灵魂。

他们花了三个多小时的时间处理这只小猫，所以直到现在，他们才刚刚找到法医鉴定所的位置。此时的天已经完全黑了。

"我不知道你想在这儿找到什么。"耶妮小声地说，她担心法医鉴定所的围墙上会有监听设备，"你的尸体已经不在这里了，而且广播里已经说了，没人知道你的尸体去了哪里。"

"可能他们只是把你的尸体放错地方了？"凯-乌韦插话说，"这种事情经常发生，一个人想找什么东西，但是一直找不到，就是因为他没有把东西放在他习惯摆放的位置。"

我的尸体又不是什么老花镜，伯尔妮说。在媒体面前人们是不会把他们知道的一切都和盘托出的。这里面肯定有什么线索，凭借我们敏锐的洞察力，一定能把它找出来。我们进去吧。

两名女性都很自然地朝法医鉴定所的门口走去，只有凯-乌韦一个人贴着墙，蹑手蹑脚地走着。如果真的要翻拍007系列电影的话，那他百分之两百适合出演詹姆斯·邦德这个角色，而且此时此地就可以马上开机。

他的背包蹭到了墙上的常春藤，发出了簌簌的响声。

*嘘！*伯尔妮的神情严肃。

不过这里没有人能听到凯－乌韦搞出的动静。这个时候已经很晚了，公园里面一个人都没有，而最近的一个住宅区在五百米开外的地方。

法医鉴定所的大门并没有锁，四周也没有全副武装的巡逻警卫。这里既没有自动射击装置，也没有能进行红外监控的直升飞机。尽管这里丢失了一具尸体，但他们并没有采取更高级的安保措施。可能这里的负责人觉得，在短短一天之内，相同的事件不太可能在同一地点再次发生。

*他们肯定认为，我的尸体是被盗尸贼盗走的，*伯尔妮推测道。她正从树的影子里走出来，穿过一段上坡路，快速地朝法医鉴定所的门口走去。*警方还完全不知道这起盗尸案和我的谋杀案之间的关联，他们也不知道，已经有三位朔恩彩妆公司的员工被杀害了。他们或许正在审问比娜，他们可能会觉得那两起谋杀案是我、雅尼克和比娜三角恋的结果。所以他们并没有派人保护法医鉴定所的安全。可能他们还觉得，那些对尸体有奇怪癖好的人，也不会冒着风险再来盗一次法医鉴定所，这些人可能更愿意去墓地或者殡仪馆。*

"你可不要低估警察的能力。"耶妮说。她的叔叔曾经就是一位警察。耶妮虽然块头很大，但她竟能轻盈地走在大门前的石子路上，不发出一点声音。相比之下，凯－乌韦倒像是一只笨重的水牛，踩得石子嘎嘎作响。

你非要发出点噪音吗？

"我穿着拖鞋，走起路来不是很方便。"凯－乌韦说，"只要稍微走一点上坡路，我的脚就会从鞋子里滑出来。"

耶妮和伯尔妮停了下来，她们看着凯－乌韦的脚。他真的还穿着哈格多恩家的毛毡拖鞋。

"怎么了嘛！"他为自己辩解道，"一切都发生得太快了。你们一直急急忙忙的，把我都搞糊涂了。我当时一下子忘了把鞋子换回来了。"

伯尔妮一脸幽怨地翻了白眼，仿佛在问夜空中的命运女神，自己究竟是为什么会碰到这样的人。

"这很正常。压力大的时候确实会忽视一些不重要的事情。"耶妮安慰他说。

不重要吗？他把那双散发着脚气臭味的运动鞋忘在了案发现场，这不重要吗？

"我可没有脚气，我一直都很注意卫生的！"凯－乌韦看着耶妮的清洁工工作服说道。不管怎么说，干净、清洁是人与人之间最基本的共识，是一切的开始。"而且我的鞋子里又没有写我的名字。"

但是在那里面可以找到你的DNA。

"等我们把这里的事情办好，我们就回去拿你的鞋。"耶妮向他允诺道。

猫头鹰又开始叫唤了。

他们三个"人"踩着石子，继续"嘎吱嘎吱"地前进。

因为天色已经很晚了，整座法医鉴定所都被笼罩在黑暗中。只有一处是个例外，大门旁保安室的灯光开得很亮。伯尔妮大摇大摆地走到了保安室的窗前，朝里面张望。一个年长的男人穿着制服，坐在登记台前，正阅读着一本体育杂志。另一个穿着白大褂的年轻人正靠在带轮子的柜子上，一手拿着铅笔，一手拿着垫板，在填着什么东西。年轻人身边的茶几上，放着一台打字机。伯尔妮惊讶地揉了揉眼睛。在短短一天的时间里，已经有很多场景让她产生了这种感觉——她觉得自己正在通过一个有穿越时间功能的望远镜，窥探着许多年前办公室的样貌。

突然，一只牧羊犬从窗口探出头来。

伯尔妮被吓得后退了几步。

"是又有人闯进来了吗？"那个穿白大褂的年轻人问道。

"没有。如果有人来的话，它会追出去的。它现在只是在对着月亮嚎叫而已。别叫了，波诺！坐下！"

伯尔妮赶忙回到耶妮和凯－乌韦身边，他们两个在门外，紧紧靠着砂岩砌成的墙。

这里有人看着，你们进不去，我们得找找有没有其他的门。

大门的左侧有一个"货运通道"。虽然这个名称听上去很荒谬粗暴，但门牌上就是这么写的。那扇门被锁着，周围一片漆黑，十分寂静。正当他们一点点地朝这里靠近时，他们忽然听到了什么声音。

*嘘！*伯尔妮提醒道。她鼓足勇气朝着门口的那个角落走去。那儿站着三个穿着白大褂的人，他们围成了一个半圆，正站在一个立式烟灰缸旁边抽烟。伯尔妮一点点地朝他们靠近，想要更好地听清他们说的话。等到她意识到自己这么做有点太过大胆的时候，她和那些人之间已经只有一臂的距离了。如果真的有一具尸体是从这三个人的解剖刀下被盗走的，那他们聊天的内容一定和这起令人震惊的盗尸案有关，而那具尸体原来的所有者正在偷听他们说话，可惜他们聊的并不是这个。他们聊的是作为厨艺爱好者所面临的棘手难题——电磁炉和电陶炉哪个更好用？

这三个男人的身后有一扇开着的侧门，门后就是一间解剖室。

*感谢上苍，他们还没有开始"干活"，*伯尔妮心里想。她的意思是：解剖台上没有新剖开的尸体。

"好了，我们得回去了。"他们三个人中年纪最大的那个人说道，显然他的资历也是最老的。他并没有把烟头掐灭，而是把没抽完的烟反着插进了烟灰缸的沙子里，有火星的一头冲着天空。他扇了扇空中的烟雾，似乎想要把它扇进解剖室。另外两个人也这么做了。

"这样没什么用的！"保安室那个拿着垫板的年轻人走了出来，出现在解剖室门口，"你们为什么不干脆在室内抽烟呢？你们应该用香烟熏一熏解剖室的味道！"

"今天晚上天气太好了，我们想到室外透口气。反正这具溺水死尸的臭味是散不掉了，用烟熏也没什么用。"那位年长者转而向其他人说，"门就这样开着吧，我走的时候再来锁门。"

这些人从解剖室的另一头消失了。

伯尔妮发现，要从他们手里把尸体盗出来，一点也不难。但是她刚走进解剖室就意识到，这里也没什么可以盗的东西。在"安全出口"指示牌微弱的绿色灯光下，只能看到干净得反光的地面，所有的设备都被锁了起来，屋子里也没有待解剖的尸体。

这里没有别人了，伯尔妮喊道。

此时，耶妮才小心翼翼地走进来，凯－乌韦跟在她的身后。但凯－乌韦一进门就开始喘起粗气来："什么味道这么……？呕……"他发出干呕的声音。

又怎么了？ 伯尔妮不耐烦地问道。

"你们没闻到臭味吗？这味道真的太恶心了！这实在是太……呕……"凯－乌韦的脸色肉眼可见地变绿了，像电影里的火星人。

事实证明，凯－乌韦的脸色并不是因为在"安全出口"指示牌的灯光下才显得绿的，因为他马上就吐出来了。他一边呕吐，一边呻吟。呕吐物里主要是胆汁和金枪鱼，隐约还能看到他早饭吃的香肠碎屑。

伯尔妮看向耶妮，她想知道耶妮是不是也有想吐的感觉，但是耶妮仿佛拥有对这种臭味的免疫力。这肯定和她的工作有关。有一次，也是唯一一次，伯尔妮因为公司的女厕所人太多了，不得不选择去上男厕所——那天公司食堂的洋葱汤肯定有问题——自那之后，她对清洁工的敬意就从心底油然而生。清洁工肯定有着独特的嗅觉系统，不仅能屏蔽一切臭味，还能为厕所带来香气。不过她的男厕所经历也证明了一点，很多男人上厕所的时候，要么对不准，要么就是不乐意对准。

我听到他们说，他们刚刚解剖完一具溺水的死尸。刚闻到这个味道的时候肯定会觉得很恶心。你现在好点了吗？

凯－乌韦摇头否认，但他还是跟在两位女士身后，然后绅士地为她们打开了通往走廊的门。

走廊的那一头传来一个响亮却单调的声音，像是有人在对录音设备口述着什么。伯尔妮朝楼道的方向点了点头。

"你现在打算做什么？"耶妮很想知道伯尔妮的计划。

我不知道。但是根据我的直觉，这里肯定有什么重要的东西。等我到时候撞见了，就知道要做什么了。

一楼似乎只有解剖室，于是三人蹑手蹑脚地顺着楼梯爬上了二楼。二楼有几间办公室，远处的一间办公室里还亮着灯。

你一定得发出点声音吗？ 伯尔妮突然对凯－乌韦呵斥道。因为他一直在打响鼻。

"我不想让这个臭味留在鼻腔里，这太恶心了！"

"别老是挑凯－乌韦的毛病，他只是比别人更敏感一些而已。你别忘了，没有他，就没有人知道你的存在了。"

伯尔妮摇摇头，心里觉得厌烦。显而易见地，"母鸡"耶妮总是会护着她的"小鸡"。

他们穿过了铺着大理石地砖的长长的走廊。

现在保持安静！ 其实对于伯尔妮来说，最好的方式是她一个人进来打探情报。但即便是作为灵魂的她，也觉得这栋装满了尸体的房子有点太过阴森恐怖了。有人陪着，还可以壮壮胆。而且伯尔妮担心，这里面可能还有别人的灵魂。要是她一下子碰上一大群灵魂的话，没有清洁工耶妮和灵媒凯－乌韦的陪伴，她就真的不知道要怎么办才好了。

他们终于来到了那间亮着灯的办公室门口。他们三个躲在门外，办公室里有人在说话。

"……我不要再看监控录像了——我说了我不认识这个人。"这是一个女人的声音，听上去有点生气，"我在这儿有五十多位同事，除此之外还经常有同行到我们这里来参加法医培训。所以不难理解，确实会有人打扮得和我们法医一样，悄无声息地混进来。我的团队还在调查，这事不是我们内部人干的，毕竟他们都有准入许可。如果我们调查出了什么结果，我到时候会告诉你的。"

有个男人似乎在嘀咕着什么，但是伯尔妮没能听懂。

*这人在说什么玩意儿，*伯尔妮骂道。

耶妮伸出一只手来，指了指墙，整个过程都非常流畅。

伯尔妮克服了对穿墙产生不适感的恐惧，她深吸一口气，穿过了眼前的门，走进了办公室。这间办公室肯定是属于 21 世纪的了。它和楼下的保安室截然不同，这里有着极为先进的办公设备，办公桌上的超大电脑显示屏背面画着一个被咬了一口的水果。电脑显示屏前站着一位极为优雅的女士，她年事已高，梳着不对称的发型，穿着白大褂，嘴上涂着伯尔妮迄今为止见过的最为惊艳的丝绒质感的口红。她也想拥有这个色号的口红！

那个正在喃喃自语的男人，就是她熟悉的那位警察亚历山大·温考。

"我们的安保措施绝对没问题。"办公桌旁的女人激动地说道。根据电话机和咖啡杯之间的名牌可以知道，这位女士名叫莱奥诺拉·海默莱特，是这里的主管。"二十四小时都有保安轮班站岗，每个角落里都安装了监控，不过那些犯罪分子总是会想到办法溜进来。另外，由于技术原因，监控看不到货运通道的情况，那是我们唯一的安保漏洞，毕竟我们这里又不是诺克斯堡[1]。"

没人比伯尔妮更清楚货运通道的情况。

"我总结一下，现在的情况是，你们的人都不知道那具尸体——我

1　诺克斯堡，位于美国肯塔基州，据称是美国陆军装甲兵司令部（US Armor Center）的所在地，同时也是美联储（The Federal Reserve System）金库的所在地，以戒备森严著称。

再强调一遍，这是尚未解剖的尸体 —— 是怎么被盗的，对吗？也就是说，没有人能给出与这个窃贼有关的任何信息。"亚历山大像是被什么东西刺激到了，但他的目光依然沉稳且自信。难道这位主管让他想起了自己的母亲？他毛毛躁躁的，确实还像一个固执的叛逆期少年。

"我已经不止一次地对你解释过了，法医鉴定所对这件事很重视。我们已经把你负责的案件定为需要优先处理的案件，死者的姓名已经排在解剖名单的第一位了。"她的手指不停地敲击着桌面，手指上的指甲修得整整齐齐，上面涂着红色的指甲油。这位"妈妈"生气了 —— 感觉她恨不得要抽亚历山大一个耳光。"另外，我不允许你用这种态度跟我说话。更何况，你已经把尸体和尸体身上的证物找回来了！"

*什么？*伯尔妮以为自己听错了。

"所以我觉得是你们的园艺师盗的。"尽管这位主管背后散发着希腊女神般的光芒，仿佛随时能召唤一道闪电把亚历山大劈得焦黑，但亚历山大的眼皮眨都不眨一下，"你难道就那么肯定，那个园艺师没有对那具尸体做过什么不轨的事情吗？他真的只是在花园里'发现'了那具尸体吗？"他一边说着，一边用手指在空中比了对引号。

主管叹了一口气："我也不太确定。我根本就不认识那个人，也不清楚他是不是真的有那种癖好。可要是他盗走的尸体，那监控里的这个人又是谁？我们两个现在都知道那个园艺师长什么样了，监控里的这个人和他长得完全不一样啊！"

亚历山大交叉着双臂，看上去很失望："好吧，你说得也对。在盗尸贼闯进来盗走尸体的同一天里，园艺师突然发神经跑到花园里，手里还牢牢地抓着那具被盗走的尸体？我还是觉得说不通。"

伯尔妮听不下去了。她的尸体被拖到了花园里，然后在那里……呃……被羞辱了？这和她的谋杀案之间似乎没什么联系，她也不愿听更详细的细节了。

她穿过墙回到了走廊里，但走廊里空无一人。

有人吗？

没有人回答。

*每次我稍微走开一小会儿，他们两个就不见了。这种事情不能再发生了。*伯尔妮跑到空荡荡的走廊中央，想象着凯－乌韦的形象，一下子就出现在他身边。他们现在正位于法医鉴定所的地下室，这间屋子里有很多冷柜。伯尔妮出了一身冷汗，她小心翼翼地在原地转了一圈，看看周围的情况。按照道理来说，这里应该有很多她的同类：各种各样的游魂——就是那些死后没有到那束光里面去的人。

但是她只看见了耶妮和凯－乌韦。

耶妮指了指旁边的塑料盆，里面有一双高跟鞋、一条裙子、一套内衣、两只耳环，以及一条脚链。

这都是我的东西！

"那边那个就是你！"耶妮指了指另一边的塑料膜，塑料膜下面盖着一具尸体。

伯尔妮紧张地吞了口口水。

"凯－乌韦刚刚在楼上的时候又忍不住吐了，所以我们就转移到地下来了。我们在来这里的路上听到一个医生在和保安说话，他们说的是……和你尸体以及这些遗物有关的事情。那个医生很快就会过来，他要赶着今天晚上把你的尸体解剖了。所以我们也得快点。"

一旦有人的尸体被盗，那么与他相关的案件就成了紧急案件，医生就有权限在晚上进来，因为他们得加班加点地做解剖。

伯尔妮看了看她的尸体，那张塑料膜几乎把她的身体完全盖住了。她生前为自己苗条的身材感到极为自豪，但她现在却觉得，生前要是能向吃薯片的愿望屈服，多吃几次薯片就好了。这一切和她原来设想的不同，"死了，但至少还是很苗条"的评价并没有为她带来快乐。

"我还从来没有看过解剖的过程呢。"凯－乌韦似乎想要说些什么。

*你不能看着我被他们剖开，不可以！*伯尔妮瞬间暴跳如雷。虽然她

其实并没有如她表现出来的那样生气，但当她站在自己尸体的旁边时，感觉到自己内心的某些东西被触动了。

"而且你是经受不住解剖现场对你心灵的伤害的，你太敏感脆弱了。"耶妮说。

凯-乌韦换了个话题，仿佛刚刚说的事情已经翻篇了："为什么有人会把尸体盗走，只是为了把尸体晾在花园里吗？"

有那种心理变态，他们……伯尔妮正准备解释。

"你的尸体没被动过。"耶妮打断她说，她似乎不愿意让她的"小孩"接触到这个变态而扭曲社会里的肮脏现实，"你身上很干净，没有别的什么痕迹，我已经检查过了。只有嘴唇边上还有一点因为中毒吐出来的白沫。根本——没有——其他——事情——发生。"她的眼球左右转动着，棕色的瞳仁一会儿转向伯尔妮，一会儿转向凯-乌韦。

我知道了。显然，伯尔妮一直是在故作轻松，她还没有到死后对自己身体已经完全无所谓的阶段。但是我还是有点不理解……

突然，耶妮张大了嘴："我的天！"她指了指伯尔妮（当然是那个灵魂），然后又指了指旁边的盆子，"你们看！"

伯尔妮看了看自己。

怎么了嘛！

"灵魂总是穿着她死亡时穿的衣服！"

现在的凯-乌韦也两眼放光："你穿着一件西装外套，但是盆子里没有这件外套。"

"没错！"耶妮叉着腰说，"盗尸贼肯定是看上了你的外套！"

伯尔妮皱了皱眉头。*既然你们说盗尸贼只是想要我的西装外套，那他为什么要把我的尸体和装着我所有东西的盆子一起盗走？还大费周章地想办法把这些东西送回来？*

"为了混淆视听！"耶妮笑了起来，那是一种胜利的微笑。

远处的脚步声越来越近了。

快走！ 伯尔妮命令道。她想讨论的那些细节可以放到以后再说。

脚步声是从楼道里传过来的。幸运的是，地下室里还有一个通往花园的紧急出口。凯 – 乌韦从那里跑了出去，耶妮和伯尔妮紧随其后。

他们听到楼道里面有人在朝他们喊话。"嘿！谁在那里！"但此时他们已经跑到了草地上。他们绕着这栋四四方方的法医鉴定所朝货运通道旁边的小门跑去。

直到回到了大街上，他们才放慢了脚步，沿着围墙回到了停车场。伯尔妮的敞篷车还停在那里。停车场的那一头停着一辆小轿车。刚看到保时捷的时候，他们以为自己已经安全了，因为他们马上就可以上车逃走，把烂摊子留在身后。

但就在此时，前方传来一阵巨响，伯尔妮钟爱的那辆白色保时捷在她的眼前爆炸了，变成了一个巨大的火球。

16 二度谋杀

▶ 你需要明白的是：既然有人选择合作共赢，那必定也会有人选择鹬蚌相争

保时捷的碎片飞得到处都是。

伯尔妮心爱的豪车彻底散架了，碎片一片又一片地从她耳边飞过。

令人惊奇的是，伯尔妮十分镇定，甚至都没有躲闪。

尽管耶妮立即捂住了耳朵，但是她神色从容，不慌不忙地躲过了朝她飞来的引擎盖。她看上去和雷神[1]没什么不同——尽管她是一位皮肤黝黑、长着一对杏核眼的女性——她就如这位北欧神话中的神明一样，坚不可摧。

但可怜的凯－乌韦遇到了麻烦。车子右侧的后视镜在爆炸中脱落，被喷射到了空中，然后受重力作用，从高空坠落下来。显然，它马上就要砸到凯－乌韦这个倒霉蛋的头上了。糟糕的是，凯－乌韦只是呆呆地望着头顶爆炸的烟云，嘴里不知道在嘟囔着什么。幸运的是，后视镜是以正常自由落体的速度下落的，并没有借助爆炸所产生的冲击力。不过这样一来，凯－乌韦身上的瘀青面积就大到可以去申请吉尼斯世界纪

---

1 雷神托尔，是北欧神话中的雷电与力量之神，同时还司掌风暴、战争、农业。在神话中，他是一名有着红头发与红胡子的壮汉，长着一对凶猛的眼睛，力大无穷。

录[1]了。

我们得离开这里！ 伯尔妮大声喊道。她听到有人从法医鉴定所里面出来，而且已经朝他们跑过来了。耶妮和凯 - 乌韦可能受到了爆炸的影响，他们的耳朵里只有耳鸣的嗡嗡声。

凯 - 乌韦站了起来 —— 后视镜像一棵树一样把他砸倒了 —— 他跟跟跄跄地跑开。他可真是一个让人不得不佩服的家伙，他似乎总能招来各种各样的灾难，但没有灾难能真正将他击倒。

耶妮跑到了停车场的另一侧，像是一位长跑教练，大声地鼓励着他："加油，你可以的！"

伯尔妮最后一次回头望了一眼，车子的残骸还在熊熊的烈火中燃烧着，各种各样的零件都和那个后视镜一样被炸飞了，现在七零八落地躺在停车场上，冒着烟。她站在那里没有动。

这辆车的毁灭彻底宣告了她的死亡。她曾驾驶着这辆白色的敞篷车，驰骋在乡间的公路上，迎面而来的风吹起她的长发，这是她最有成就感、最为幸福的瞬间。对她而言，升职加薪和坐拥独立办公室的快乐，远远赶不上她在这辆汽车上感受到的快乐。这辆车标志着她的成功，但现在，她心爱的车也和她一样死了，那个属于她的时代落幕了。

此时，伯尔妮看到有人从法医鉴定所的小门里跑了出来，她立刻从刚刚的悲伤中清醒过来。她转过身去，跟着耶妮和凯 - 乌韦，迅速地躲进了市立公园。

本地人把这里看作是城市之肺。公园里的大路上灯火通明 —— 自上次举办国家园艺博览会起，这里就安上了漂亮的新艺术风格的路灯。不过小路上基本还是漆黑一片，于是三人朝着小路奔去。

说话的时候小声一点！ 伯尔妮一边提醒着凯 - 乌韦，一边回头张望

---

1 吉尼斯世界纪录，是一个全球知名的认证组织，专门认证各种世界纪录。它起源于 20 世纪 50 年代，由爱尔兰吉尼斯啤酒公司的总经理休·比弗爵士（Hugh Beaver）发起，旨在记录世界上各种极端事物。

126

着。她担心有人在悄悄跟着他们。

但他们三个谁也没想到，危险就在他们的正前方，朝他们靠近。

"站住！"一个中性的声音毫不客气地喊道。然而，当那个人用手电筒照亮了凯－乌韦的脸时，她的语气立马缓和了许多："该死的，你怎么变成这个样子了？"

凯－乌韦在灯光下的脸能让人想起20世纪50年代电影里面的怪物，那些化妆化得过分夸张，以至于一点都不吓人的怪物。但现在他的形象确实很丑，他右眼和下巴处各有一块紫红色的瘀青，两块瘀青的面积之大，都快连到一起去了，与此同时，他的左脸上还有三道猫抓痕，伤口深得像大峡谷一样。

看着他狼狈的样子，耶妮笑了起来，笑声中还带着爱意。只有当一个人看起来真的很可笑时，他才能找到那个真正在乎他的人，才能知道自己在对方的心里有多么重要。

"你刚刚说什么？"凯－乌韦朝那个人喊道。因为刚刚那场爆炸，他现在听什么都闷闷的，像是被罩在水底一样。

"你！太！丑！了！"拿着手电筒的那个人大喊。

凯－乌韦生气了："不准羞辱我的长相！"

"嘿，我可从来没有贬低过别人的外貌！"那个声音为自己辩护道，似乎证明自己从不歧视他人这件事对她来说非常重要。但此时，消防车的警笛声让她重新想起自己到这里来的目的："管他呢，把你的背包给我！"

三个"逃犯"愣住了。在此之前，他们不约而同地以为是法医鉴定所的人抄近路抓到了他们。他们也有想过，眼前的这个人可能是停车场的管理员，或者是被爆炸声吸引过来的警察。

但是……强盗？

伯尔妮朝那个人走去，脸上毫无惧色。当灵魂的好处就是——她变得更勇敢了。

从近处看，伯尔妮才辨认出那个人是一位女性。她戴着一个头套，要不是 T 恤上印着"给毛孩子们带来幸福"的字样，伯尔妮根本认不出她来。

现在看来，当时凯－乌韦在她面前打开背包的做法是个错误的决定，而且他们还开着一辆这么显眼的车。就凭凯－乌韦开车的速度，那个人可以不费吹灰之力地跟过来。

*小心，她有刀！*伯尔妮提醒道。*快跑，拼命地跑！*

伯尔妮还是很担心。尽管耶妮比那位宠物收容所的工作人员强壮不少，但不知道她是否能灵活地躲开那个人手里的刀子。根据伯尔妮对凯－乌韦的了解，他肯定会踩到树叶滑一跤，然后在摔跤的时候直接往刀刃上倒去。

不知从哪里传来一声响亮的猫叫。

凯－乌韦疑惑地歪了歪头："是哈格多恩小姐？"

*她是宠物收容所的那个人，*伯尔妮在耶妮耳边小声地说。

"你竟然带着无辜的小动物出来抢劫？"凯－乌韦质问道。

"那又不能把猫咪单独留在车里，开着车窗也不行！"这位"宠物友好型"劫匪解释道，"更何况那里还有到处装炸弹的疯子。"

她看见了装炸弹的人！你快问她，是谁装的炸弹！

然而，凯－乌韦并没有听伯尔妮的话，他问道："你一直跟着我们？"

"这还要问吗？不然你觉得我是怎么找到这里来的？"她用那只拿刀的手整理了一下头套，另一只手里的手电筒晃动了一下。显然，这个头套对她来说太大了，上面开的孔一直在往下滑，导致她的眼睛很容易就会被头套挡住。"把钱给我！你们知道的，这么多钱不知道可以帮助多少动物呢！"

我现在命令你，快问她，是谁在我车子下面放的炸弹！

"不要对他这么说话。"耶妮插话说，"他应该自有打算。"

"如果你能告诉我是谁装的炸弹，我就把我的背包给你。我不骗你。"

什么？我原来说的是，等我们找到凶手以后，你要和耶妮一起分这些钱的！你不能就这么随随便便地把这些钱给别人。

但耶妮看起来并不在乎她那部分钱，还支持把这些钱用于动物福利事业。

哈格多恩小姐 —— 它原来可能叫慕希或者叫汉内洛尔 —— 又开始喵喵叫了。

"真的吗？"这位宠物收容所的工作人员缓缓放下了手中的刀。

"真的！"凯－乌韦点了点头。

她随即耸了耸肩，说道："我也不知道是谁装的炸弹。那个人年纪比较大，但举止很优雅，穿着一件昂贵的大衣。我看见那人突然出现，往车子底下扔了一小包东西，然后就消失不见了。那包东西肯定就是定时炸弹！"她若有所思了一会儿，接着说，"我觉得，除了在这大晚上的往公园停车场的豪车底下扔炸弹，还有很多其他的方式来表达对大资本家的不满。这个人这么做会伤害到动物的，它们受到爆炸的影响，可能会停止繁衍后代，有的还会直接迁徙到别的地方去。"

"是的，我也这么觉得！"凯－乌韦听得两眼放光。在他眼里，无论当下发生了什么 —— 无论是持刀袭击还是抢劫 —— 她都是个好人。

伯尔妮不满地哼了一声。*我可怜的保时捷！炸毁别人靠劳动辛辛苦苦挣来的东西是不对的 —— 就算是在白天，就算是在没有动物的地方，这都是不对的。*

"谢谢你提供的信息！"凯－乌韦说着，准备把背包脱下来 —— 他说到做到。

就在此时，有人朝他们吼道："不许动！"

现在市立公园里面有五个人[1]了。

1　五个人指的是桌游《德国心脏病》中的玩法。玩家轮流翻开纸牌，一旦发现桌面上有五种相同的水果，就要尽快按铃，正确按铃的玩家可以拿走所有翻开的纸牌，如果按错则要给其他玩家每人一张牌。

但那个人不是来抢背包的，他是法医鉴定所的那个保安。

"我的波诺以前是警犬。它不仅能找到你们的踪迹，还能把你们大卸八块！你们要是不马上投降，我马上让它把你们撕碎！"

要不是哈格多恩小姐在这里，波诺可能真的就这么做了。哈格多恩小姐现在不在航空箱里，而是穿着猫用的胸背，被一条牵引绳牵着，牵引绳连在那位宠物收容所工作人员的腰带上。它颈部的毛发竖起，朝前扑过去，伸出的爪子径直插进了那只牧羊犬的嘴里。这只退役警犬当然受不了这气，它龇着牙，猛地朝猫咪扑去。

这位动物界的"罗宾汉"大喊了起来："请你管好你的野狗！"

那位保安也大叫着："把你的猫带走，不然我可要撕破脸皮了！"

这两位双足动物和那两只四足动物就这样嘶吼着、吠叫着、喵喵叫着扭打在一起——和所有的争吵打斗一样，他们的动静非常大，打得灌木丛沙沙作响，落叶翻飞，完全忘记了伯尔妮、耶妮和凯－乌韦的存在。

于是他们三个畅通无阻地穿过了灌木丛，从那里溜走了。

17 冰箱里的头颅

▶ 深夜，毫无"头"绪

"你要白兰地还是伏特加？"

高个子的人不必总是帮矮个子的人拿高处的东西。但是如果那些矮个子们请求他们这么做，他们就一定会给予帮助。这就是"巨人"们的礼仪法则。

"鸡蛋酒[1]就行，谢谢。"

在情绪剧烈波动的时刻，不论是活人还是死人，都渴望钻进自己的小窝，为自己寻找安全感。耶妮、伯尔妮和凯-乌韦三个"人"没去别的地方——他们顺利地回到了朔恩彩妆公司的总部大楼。他们回来的原因也很简单：和他们各自的家比起来，这栋楼离法医鉴定所近得多；而且耶妮还记得大楼的十二位门禁密码，这密码要到下周一才会更改。

谁会一直记着这么长的密码啊？ 伯尔妮似乎有什么不满。她一直把密码存在手机里，因为她对很多事情都会转头就忘。

"这也算是一种记忆训练，对脑子好的！"

尽管这段路程不是很长，他们却走了很久。两位女士一路上一直在互相揶揄嘲弄，可对于凯-乌韦来说，这段路就非常难走了——他还穿

1　即鸡蛋利口酒，由鸡蛋、牛奶、朗姆酒等原料调制而成。

着那双毛毡拖鞋，拖鞋的鞋底几乎已经和鞋面分离了。显然，这双拖鞋并不是为他们的"绿化带逃亡"和"深夜疾行"设计的。

多亏耶妮还记得密码，他们现在才得以穿过地下车库，溜进朔恩彩妆公司的总部大楼。为防止被公司的摄像头拍到，凯－乌韦穿着一件青绿色的工作服（这件衣服对他来说实在太大了，是他们从耶妮位于地下室的更衣橱里拿的），装作是公司的清洁工。他现在特别像《巴黎圣母院》里的敲钟人卡西莫多[1]，具体表现在他死活不愿意把背包拿下来，一定要背着那笔用来移民到太平洋小岛的资金。现在这个背包被他罩在工作服下面，仿佛他有严重的驼背。

"我没找到鸡蛋酒。"耶妮踮着脚尖，用目光在吧台上方的柜子里搜寻。

他们三人现在在老板的办公室。他们选择到这里来，是因为没有人敢私自闯进来。老板办公室的壁橱上放着各种各样的酒，但这些酒的种类显然并不齐全。

他应该喝点威士忌，这对他有好处，伯尔妮建议道。她指了指壁橱中层玻璃门后的那瓶酒——它没有和别的酒瓶放在一起，而是单独占用了壁橱中的一格，藏在三只水晶酒杯之后。凯－乌韦打开了玻璃门，把那瓶威士忌拿了出来："哇，这酒比我的年纪都大！"

把酒斟上，你尽管喝。耶妮，你也可以尝尝。

"我不喝酒！"耶妮说得好像喝酒是七宗罪之一似的。不过要是喝得太多的话，确实也算是一种罪过。

行吧。

伯尔妮躺到了那把贵得离谱的柯布西耶豪华躺椅[2]上，舒服地闭上了

1　卡西莫多，是法国文学家维克多·雨果创作的长篇小说《巴黎圣母院》（*Notre-Dame de Paris*）中的人物。在小说中，卡西莫多从小被遗弃，成了巴黎圣母院的敲钟人，他相貌丑陋、长相怪异，但心地善良，是一位对浪漫爱情充满幻想的悲剧人物。
2　柯布西耶豪华躺椅，能任意调节倾斜角度，可以为人体提供舒适的躺卧体验。

眼睛。她早就想这么做了，只是在白天，老板的办公室总有哈格多恩看着，到了晚上办公室门又锁上了。多亏了耶妮的通用门禁卡，现在她终于能好好享受一会儿了。

"我还是需要一些冰块。没有冰块的话我实在是喝不了这酒。它把我的食道搞得好疼。"凯-乌韦就像一个小孩，一个用小手抓着威士忌酒瓶的三十岁小孩。

冰块在茶水间的冰箱里，下楼左转就到了。

伯尔妮不想这么快就离开她的躺椅。虽然她感觉不到肉体上的疲惫（当然她也没有肉体），但精神上的疲劳已经够她受的了。这一天过得实在是太累了！

"他真是太可爱了。"耶妮看着凯-乌韦离开的背影，感叹道。

伯尔妮睁开眼，惊讶地问道，*你是说这个小矮个儿？你真的这么觉得吗？*

"对啊。他看起来这么弱小无助。他需要一个能够关心他、爱护他的人。"耶妮用低沉的嗓音说道。

那你就和他在一起呗。依我看，根本没有别人会追求他。

"那真的是……唉，但是不行，我们两个是不可能的。"

啊，为什么这么说？你是觉得自己太老了，还是太高了，还是怎么的？你哪里就配不上他了？想什么呢大姐！

"你们在说什么呢？"凯-乌韦回来了，他的拖鞋随着他的脚步在地上噼啪作响。

耶妮在想，你们的友谊是不是能更进一步了。如果可以的话，她在考虑是要叫你凯还是叫你乌韦。

他那张受尽折磨的脸上一下子明亮了起来，空气中都开始洋溢着爱的味道。

"啊，是这样，当然可以。叫什么都行，凯也行，乌韦也行，嗯。"

耶妮朝伯尔妮投去了一个耐人寻味的眼神，嘴上却问着："没找到冰块吗？"

凯－乌韦看了看手里没有冰块的威士忌酒杯："没有，冰箱里什么都没有。"

你可以去那个大冰箱里找找看。那个大冰箱是我们公司的化学天才托比亚斯·克兰茨的，他经常从工厂带回一些需要冷藏保存的样品。我知道，他的冰箱里常备着冰块，有时候他下班会喝点鸡尾酒什么的，带冰块和装饰小伞的那种。

"我也一起去。"耶妮说着就出门了。

"为什么？"凯－乌韦一边问着，一边跟耶妮走了出去。

"我带你去，我知道那个冰箱在哪里。"

"原来如此！"凯－乌韦的眼睛放着光。他原来以为，耶妮可能会对他说点别的什么，比如说她对他的好感之类的。

伯尔妮咧嘴笑了起来，她仍然躺在躺椅上。*就这样也不错。灵魂的生活也并不是只有糟糕的一面。*

但就在此时，她听到了玻璃碎裂的叮叮当当声。

以及，一个男人尖锐的叫喊声。

还有耶妮的破口大骂："可恶！"

伯尔妮赶忙坐了起来，从躺椅上跳下，飞奔了出去。她的潜意识还是让她用双腿移动。不知道还要多久，她才能像普通的血肉之躯一样，和客观存在的物体互动。可以肯定的是，这段时间不会很短。

托比亚斯·克兰茨是朔恩彩妆公司的总化学师兼产品研发主管，他的办公室一如往常地脏乱至极。对此，克兰茨总是为自己辩解，宣称过于整洁的环境往往不利于激发个人的创造力——天才往往都是在混乱之中诞生的。

他办公室里唯一一个还算整洁的地方就是那个特大号的冰箱。克兰茨把朔恩彩妆公司的最新产品按照不同的研发阶段摆放在了冰箱里。所有东西都分门别类，井井有条，一格里面放着塑料容器，一格里面放着玻璃容器……

……还有一格里面放着一颗人头。

这颗头颅显然不是被专业的外科手术从业者切割下来的，作案者的手法并不娴熟。远远望去，头颅的底端似乎还挂着什么"东西"——几条血管，以及血管旁边的肌肉组织。

这场面十分惨烈。

真的。

凯－乌韦也是这么想的。他现在已经晕倒在地，失去了意识。

18

第一重真相

▶ 酒精拥有一种魔力 —— 它能映出人们真正的模样

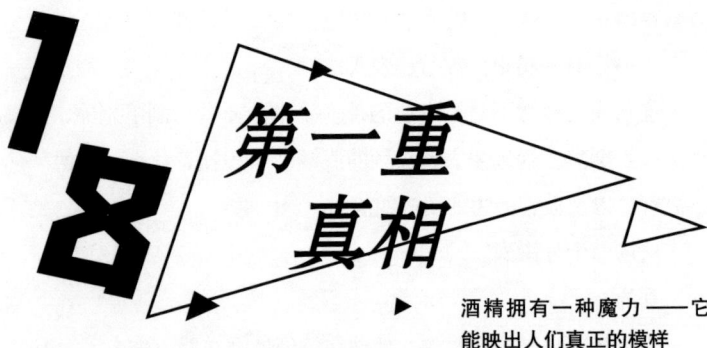

显而易见，这颗头的主人就是哈格多恩。

"我很担心凯－乌韦的情况。他今天已经晕倒很多次了，这对他很不好。"耶妮弯下腰，看着倒在地上的凯－乌韦。

你就让他躺着吧，昏迷能帮助身体更好地应对精神上的创伤。他昏迷的时间越长，他醒来的时候情绪就会越好。

"这不会是你做头发的时候从杂志上看来的吧？你怎么能这么无情！"耶妮一旦像现在这样生起气来，那些敏感细腻的人就会害怕地立刻躲起来。

但伯尔妮不是这样的人。她有一种与生俱来的能力，能够控制住自己，不让自己共情任何人。这是她能够在这个一直以来由男性主导的商业世界中成功的原因，是她手中握着的王牌。

我们的调查有进展了！她高兴地说，现在我们可以肯定，凶手就在这里工作！

"不。"耶妮重新站直了身子，"我们只知道，那人有进入这间办公室的权限。"

伯尔妮摆了摆手，并不理会耶妮的反对意见。她在办公室里来回踱着步，因为她觉得自己走路的时候能更好地思考问题。然而，克兰茨的

"实验室"并不够大，所以伯尔妮只能不断地从凯－乌韦的身上跨来跨去。凯－乌韦还在昏迷着，于是耶妮双臂交叉，皱着眉头，像一个路障一样挡在伯尔妮的面前。伯尔妮只好改变路线，她穿过连廊，往返于克兰茨和朔恩的办公室之间。

所以凶手一个接一个地杀害了朔恩彩妆公司的员工。她总结道。而且很显然，他在为自己争取时间，不然他不会把哈格多恩藏起来。没有尸体，大家就不会意识到这是一场谋杀。

伯尔妮停了下来，站在耶妮面前。*我们妨碍了他的计划。所以我们的车子才会被炸毁。如果我们继续阻挠他的行动，他肯定还会对我们做些什么……啊对，我指的是你们两个——他不知道我的存在。*

伯尔妮又来回走了起来。

"你能不能站好了再说话？"耶妮要求道，"你这样走来走去，我都快被你绕晕了。"

不对，朔恩的办公室里传来伯尔妮的声音，这些肯定和那家法国竞品公司有关系。他们早就想收购朔恩彩妆了。难道说他们想要用这种小规模的恐怖行动迫使朔恩降价，从而降低他们自己的收购成本？

耶妮看了看地上平静安详的凯－乌韦，决定还是让他再享受一会儿此刻的宁静。

于是她穿过连廊，朝伯尔妮走去："你为什么这么确定是那家法国竞品公司？是因为博尔曼先生家和哈格多恩女士家的那两只瓶子吗？这结论下得是不是有点武断？那可能只是恰巧这两个人都觉得这个产品很好，都在使用呢？也有可能是有人正好给这两个人送了相同的礼物？"

那款产品还没有上市呢！伯尔妮绕着办公桌走着。我的结论一点都不武断，之前在雅尼克的垃圾桶里面看到了那家公司内部设计的宣传资料，上面还印着"绝密"的字样，这是重要的证据！

"既然这份宣传资料是他们公司的机密文件，博尔曼先生为什么又随随便便地把它扔进了垃圾桶呢？"耶妮倚着办公桌，提出了质疑。

因为他自己的工位上没有碎纸机，他又懒得动，不想去打印室碎纸。伯尔妮突然停下了脚步。我知道了！那些法国人刚开始雇了雅尼克，让他下毒害我；于是哈格多恩就把雅尼克杀了；然后……

"……这怎么可能呢？你要不要听听看自己在说什么蠢话！"

好吧，那就是那家法国竞品公司雇了一个杀手，然后那个杀手把我们都杀了。

"我觉得你把重点放错了地方。这两家公司合并又不是国际政治会议，没那么重要。不就是卖卖化妆品吗，为什么非得争个你死我活呢？"

我是不是听错了？你觉得化妆品不重要？伯尔妮气得双手叉腰。此刻，她不再同情耶妮被炒鱿鱼的经历了，她这样的态度，确实不适合留在朔恩彩妆公司。

化妆品能实现人们的梦想，就比如说那些抗老产品。它能让时间停驻，能让人永葆青春。相信我，这比你说的什么政治重要多了！

伯尔妮开启了辩论模式，她在为化妆品辩护。然而，在她正要接着滔滔不绝地说下去的时候，凯－乌韦醒了。他面色苍白，趿拉着拖鞋，径直朝朔恩办公室的吧台走去。

"我真的见不了一点血。现在只能喝一口烈酒缓一缓。"他说着，把凳子拉到壁橱前，脱了脚上的毛毡拖鞋，爬到凳子上，随手拿了一瓶酒，然后就坐在凳子上大口大口地喝了起来。随后他用手背擦了擦嘴："真难喝，但是我现在感觉好多了。"

伯尔妮和耶妮都没有告诉他，他手里拿的并不是什么烈酒，只是一瓶奎宁水[1]而已。

突然，有人朝他们喊道："你们在那里做什么?！"

凯－乌韦吓得急忙转过身，头一下子磕到了壁橱上。与此同时，他

1　奎宁水，是由苏打水、糖、水果提取物以及奎宁调配而成的液体，通常与烈酒搭配，用于调制鸡尾酒。

背上的背包撞到了各种各样的酒瓶，有几瓶被他撞倒了，还有两瓶掉到了地上，彻底摔碎了。各种各样的酒从瓶子里喷涌而出，空气中弥漫着高度酒精的气味。

此时，耶妮正在办公室的另一侧。她迅速地趴下，匍匐在办公桌下方。不论是谁，只要弯下腰，就一定能发现耶妮的存在。不过此时并没有人弯腰。

雷吉纳尔德·朔恩也没有这么做。这位朔恩彩妆公司的老板站在他的办公室门口，身体摇摇晃晃的。不过他的目光出奇地锐利，正仔细地分析着眼前的情况。从某种意义上说，他得出了一个正确的结论。

"你……你这个偷酒贼！"

凯－乌韦已经吓得石化了，而伯尔妮朝朔恩走去，脸上毫无惧色。

他也喝了不少，伯尔妮推测道。但另外两个人似乎觉得，朔恩摇摇晃晃的身体是由地震导致的。可能空气里的酒味也让他们感觉晕乎乎的吧。

雷吉纳尔德·朔恩打了个嗝。

他是那种典型的富三代。家族的第一代人（也就是他的祖父母）创立了公司，把生意搞得红红火火；第二代人（也就是他的父母）渴望证明自己的能力，不断拓展公司的商业版图；作为第三代人，朔恩生来家境优渥，他贪图享乐，总是想着不劳而获，忙着将公司的资产转移到自己名下。如果有人要找他，那十有八九是去高尔夫球场的，剩下的时间，他都在世界另一端的某处度假。他时不时地来一趟公司，只是为了实践他海鸥一样的管理模式：突然飞进来，大喊大叫一阵，在各种地方留下讨人厌的鸟屎，然后立刻就飞走。除了哈格多恩之外，没有人会在平常工作的时候盼着他大驾光临。

"我就应该把所有的清洁工都开了，都是一些只会偷东西的家伙！"朔恩大着舌头，用一种独特的语气说着——一听就知道他已经醉了。"你怎么这个样子？是摔了一跤，一头栽进脏水桶里了吗？还是说你本来就长这样？"说着，他大笑了起来。

伯尔妮这才意识到，凯－乌韦现在还穿着清洁工的工作服，所以朔恩才对他毫无戒备。他以为凯－乌韦是公司的某个清洁工，在擦壁橱的时候弄得浑身都是脏水。

凯－乌韦惊魂未定地坐在凳子上。穿着这件巨大工作服的他就像是一个穿着哥哥姐姐衣服的小学生，而且这位"哥哥""姐姐"比他大了好几岁。

"你这个小偷，给我从凳子上下来！"朔恩喊道。他慢慢地拖动着脚步，歪歪扭扭地朝凯－乌韦走去。然而凯－乌韦还是一动不动地坐在凳子上，手里拿着那个装着奎宁水的玻璃瓶。

*快跑！按照他现在的状态，他是追不上你的！*伯尔妮朝凯－乌韦喊道。

"我做不到！"

"你做不到什么？"朔恩已经来到了凯－乌韦面前，他伸出了手。只不过，他似乎并不想抓这个"偷酒贼"，他的目标是桌上那瓶储存了三十年的威士忌。凯－乌韦当时出门去找冰块的时候，随手把它放在了桌上。

凯－乌韦瞟了一眼伯尔妮，又把目光移回了朔恩身上。

但朔恩并不打算听他的回答，继续说道："你这周也过得很烂，是不是？"他把酒瓶放在嘴边，喝了一大口，就像凯－乌韦刚刚做的事情一样。只不过他喝的是真正的四十多度的烈酒，而不是奎宁水。

"为什么就不能……"朔恩打了个嗝，"……就不能……"他捶了捶自己的胸口，又打了一个嗝，"……让我顺利一回？为什么？"

但是伯尔妮觉得，作为千万富翁，朔恩要办的事情，应该很少有办不成的时候。

"你想想，"朔恩对着壁橱说道，仿佛那里面有什么人愿意听他抱怨一样，"他们都在敷衍我！他们就是想敷衍我！那群可恶的法国人一点好处都不肯留给我！"

*哼，我就知道！那家法国竞品公司一个接一个地谋杀我们公司的高层，就是想要老板再降一降公司的收购价！*伯尔妮几乎就要欢呼起来了，真相大白的感觉可比性生活什么的刺激多了。

"你问问他，他为什么要杀自己的员工！"耶妮在桌下悄悄地对凯－乌韦说。

"什么？"凯－乌韦转身问耶妮。没有人知道他为什么要这么问。可能是因为他的耳朵还没从爆炸声中缓过来，所以听不清耶妮的话；也有可能是因为他意识到自己面前的人有杀人的嫌疑，已经害怕得不知所措了。

什么？伯尔妮喊道，朔恩肯定不是凶手！他有什么理由要杀自己的员工？

"什么？"朔恩看了看四周，也感到十分的疑惑。虽然他一个人已经喝掉了整整半瓶酒，但他竟然还能靠双腿稳稳地站着。不过这人有着几十年在高尔夫球场的俱乐部喝酒的经验。"你在和谁说话？"

"因为你的欢送会上不可能有公司外面的职业杀手来，这点我们已经论证过了。"耶妮小声说道。她又向前爬了一点，但没有从桌子下面出来："问吧，凯－乌韦，你问他，为什么要杀自己的员工！"

"我不问。"凯－乌韦倔强地拒绝了，"我不喜欢被别人随意摆布的感觉。"

"我也不喜欢那种任人摆布的感觉！"朔恩似乎很赞同凯－乌韦的观点。在他站着的位置是看不到耶妮的。根据伯尔妮的亲身经历，她推断朔恩这个时候肯定以为自己看到的是幻觉，因为到处都是超现实的元素，一个坐在凳子上的干瘦男人，还有波斯地毯上幽幽的女人说话声。

朔恩接着骂道："这帮该死的铁公鸡，根本不愿意根据我提出的价格收购我的公司。他们就想拿个苹果来换我的公司，最多再给我加个鸡蛋，他们就是想要用这种方式来侮辱我。但是这对我没有用！你在听我说话？这对我没用！"他有点重心不稳，慢悠悠地跪倒在地，但他及时地抓住了他的办公椅。他骄傲地抬起自己的下巴，好像什么也没有发生似的："这对我没用！你们扳不倒我雷吉纳尔德·朔恩的！我手里还有王牌！"

伯尔妮一直对朔恩有些钦佩。即便是身处如此重要的谈判程序中，他依然能保持着一种松弛感。对他而言，在谈判过程中喝得酩酊大醉，也并不算是什么新鲜事。他常常以这种漫不经心的态度参加谈判，穿着他那套昂贵的定制西装，手上戴着机械表，脚上则是一双意大利手工编织鞋（可惜他钟爱的那双漫画图案的彩色袜子给他的形象减了分）。不论面临多么困难的抉择，他总是看起来非常自信。现在，他却像换了一个人似的，像一个正在反抗父母的幼儿园小孩。

"我讨厌这家公司。"朔恩对凯-乌韦大声说道，"讨厌，讨厌，讨厌死了。我明明有一颗想要当艺术家的心，却一定要逼着我……要我管这里的事情！"他用空着的手在空中画了一个大圆，显然他是想把朔恩彩妆公司的全部商业版图都囊括在这个大圆中。做完这些，他又把瓶口对着嘴，咕嘟咕嘟地喝了起来。

过了这么长的一段时间，凯-乌韦终于意识到，就当前的情况来看，朔恩是威胁不到他的。于是他从凳子上站起身来："你听我说，索……"

*朔恩，*伯尔妮提醒他说。

"你为什么要杀害你的下属？"

"你说什么？"朔恩已经重新站起来了，只不过他得扶着壁橱才能站稳。他打了个嗝。

"你杀了你的三位员工，不是吗？伯恩哈迪娜、她男朋友和哈格多恩女士。"

朔恩紧张地咽了一大口口水。"胡说！只有某人死了……某人……那个没有胸的逃兵，她早早地就准备好跳槽去别的公司了。"

耶妮笑出了声:"逃兵。"

凯－乌韦若有所思地朝伯尔妮的领口望去。

*嘿!看什么呢!*伯尔妮生气地朝他吼道。

他立马回过头来,接着问朔恩:"你还有两位员工也已经死了,你不知道吗?"

朔恩直直地盯着他:"什么?是谁?什么时候的事?"

"今天。我以为你早就知道这件事了。"

"我今天一直在酒吧里,就是因为那些法国人。"朔恩眨了眨眼,似乎在努力回想什么重要的事情。过了一会儿,他想起了什么,接着说:"可恶的法国人。他们的白兰地确实不错,可惜他们是一群糟糕的谈判对象!"他一口气喝完了酒瓶里剩下的酒,随手就把瓶子往身后一扔。他身后的墙上挂着数不胜数的照片,都是他们家三代人的肖像照。瓶子撞到了墙上,带着某张照片滚落到地上。

"如果不是你干的,那会是谁想要谋杀你的员工呢?会是那群法国人吗?他们确实也有嫌疑!"因为朔恩没有反应,凯－乌韦就小心地用食指戳了戳他的肩膀,"你能听到我说话吗?是谁谋杀了你的员工?"

朔恩突然吓得连连后退,撞到了身后的墙:"你说你要杀了我?"

"谁?我吗?"凯－乌韦使劲地摇了摇头,把奎宁水瓶压在胸口,"不不不,我不会对你做什么的。"

"没人杀得了我!我是雷吉纳尔德·朔恩!"朔恩伸出双手,像弗兰肯斯坦[1]的怪物一样,摇摇晃晃地朝凯－乌韦走去。因为他比凯－乌韦更高,身材更宽,所以他的举动对凯－乌韦而言十分具有威胁性。

凯－乌韦尖声喊道:"你走开!"

1　弗兰肯斯坦,是英国作家玛丽·雪莱的作品《弗兰肯斯坦》(*Frankenstein*)中的主角。他是一位生物学家,带着犯罪心理出没于太平间中,将不同的尸体的各个部分拼凑成了一个巨大的人体。当这个怪物获得生命时,弗兰肯斯坦却被他的创造物吓得仓皇逃离,进而引发了一系列命案。

耶妮快速地从桌子底下爬了出来，但显然已经来不及了。

伯尔妮下意识地想要飞过去，挡在他们俩之间，却落在了她老板身上……

……从他身体里穿了过去。

朔恩突然停了下来，他似乎真的察觉到了什么。他甚至都皱起了眉头。

凯－乌韦利用这个时机，拿起那只装着大半瓶奎宁水的玻璃瓶，举起手臂，用力朝朔恩的头颅砸去。

一招制敌！

19

金钱大道 231号

▶ 一次平等博爱、轻松愉快的交谈

"他是死了吗？"

没有，他只是被你打晕了。请你这个时候就别再晕倒了。

"我又不是那种随便什么时候都会晕倒的人！"凯－乌韦反驳道，"我只是不能看见血，他身上又没出血。"他弯下腰去，看着躺在地毯上一动不动的朔恩，说道，"不好意思，朔恩先生。尽管……如果你真的是凶手，那我就没什么不好意思的了。"

耶妮现在跪坐在办公桌前，像是在做瑜伽，她接过话说："朔恩先生是无辜的。他不知道博尔曼先生和哈格多恩女士被谋杀的事情。而且俗话说，酒后吐真言——他肯定没有说谎。"

凯－乌韦把自己的手背放到朔恩的鼻子前："他好像没有呼吸了，我一点都感觉不到。"

伯尔妮镇定自若地在一旁，她看见朔恩胸部的轮廓还在上下起伏。*很好，现在我们可以确定，朔恩对谋杀的事情一无所知。所以我们现在可以集中精力去调查那些法国人了，他们的嫌疑最大。*

"不，我们受够了。我们决定不干了。我们要躲起来，躲得远远的。我们俩现在的处境已经十分危险了。你得为凯－乌韦考虑考虑——他不能为你冒这么大的险。"

但是你们也不能现在就这样抛下我不管了吧！事情没你想得那么糟糕！

“我们会把你的事情跟警方说的！”耶妮的态度依然很强硬。

但是她没有想到凯－乌韦的想法跟她完全不同。凯－乌韦用手堵住了朔恩的鼻孔，于是昏迷的朔恩只能张开嘴，大口喘起气来，同时还发出呼噜声。凯－乌韦脸上露出了满意的神色，他站起身来。

“我不想警方插手这件事！”他朝耶妮走去，他其实很在乎耶妮的想法，“你不觉得，找警察只会让事情变得更糟糕吗？他们从来都不相信我说的话。我还在上小学的时候，就有过这样的经历，当时是我第一次告诉他们，我能看到灵魂的存在。就因为这个，老师让我留了一级，他觉得我是在胡闹。我不想再被别人当成喜欢胡说八道的人，不想再被别人看不起了。”

“但是我们正在找的是一个已经杀害了三个人的连环杀人犯！他还用炸弹攻击过我们！被别人看不起总比丢了性命好得多！”

凯－乌韦并没有被她说服：“没人相信我说的话。就连我的姑姑，她也不相信我。在她刚开始尝试和那些死去的人‘交流’的时候，我是不同意她这么做的。因为根本没有人在和她说话。我不停地打断她，直到她给了我一个耳光。从那以后我就再也不多说什么了。我一直告诉自己，我的那些能力，只是自己的幻觉。”

*我已经死了，而你能看见我。这就说明你的能力是真的。*就连伯尔妮也觉得自己有必要安慰一下凯－乌韦，尽管她并不希望凯－乌韦和耶妮去找警察。

“谢谢你，但是我并不需要说服死人。我希望那些活着的人也能相信我有这样的能力，可是我说服不了他们。那些讲述人与鬼魂故事的恐怖电影越来越受欢迎，但是在现实生活中，几乎没有人相信鬼魂的存在。我要是生在中世纪就好了——那时候的情况和现在完全不一样。”凯－乌韦有些难过，他噘起了下嘴唇，“而且凭借这种能力，我其实也挣不了几个钱。这个世界上其实没什么游魂，至少比人们以为的要少得多。在我什么人都没看到的时候，我又不能直接骗家属说我看到了谁。"

耶妮，你就让他帮帮我吧。我也没有要求他去亲手制服凶手呀……

"而且我也不是制服不了凶手！"凯－乌韦插话道，他指了指在地上打着呼噜的朔恩。

"打倒一个醉汉可比干掉一个野心勃勃的连环杀人犯容易多了。"耶妮反驳说。

*他只要在我和那群法国人说话的时候，把我的话告诉他们就行了。*伯尔妮尽可能地让自己的眼神显得真诚。

可耶妮依然不肯让步。

*我不会让你被别人嘲笑的。*伯尔妮把她真诚的眼神投向凯－乌韦，向他保证道。*我只是想要知道，是谁谋杀了我。这样我就能安心地到那束光里去，前往彼岸世界了。或者不去那里，无所谓，随便去哪儿都行。*

究竟是让眼前这个瘦小可爱却鼻青脸肿的通灵者继续去冒险，还是带着他去一个没有伯尔妮的世界？耶妮似乎在认真地思考这个问题。

但是显然，凯－乌韦已经决定好要继续帮助伯尔妮了："太好了！我们可以去巴黎旅行了！"

巴黎？你为什么会以为我们要去巴黎？

"啊？我们不是要和法国人聊聊吗？"

你要找的人叫弗朗索瓦·埃皮斯，他是萨克彩门特本地分公司的主管。负责收购事宜、和朔恩谈判的人就是他，你不用跟所有法国人都聊。

"所以我们现在不去法国了？"

耶妮看到凯－乌韦失望的表情，不禁笑了起来。她也对着伯尔妮笑了笑，因为明显可以看出，伯尔妮本来打算把萨克彩门特分公司所在的大楼指给凯－乌韦看，但她选择了放弃，因为那幢大楼建得歪歪斜斜，外墙上还挂着巨大的商标。如果凯－乌韦看到了，一定会更加失望的。

伯尔妮顺着耶妮的目光向窗外望去，现在已经很晚了，埃皮斯可能

已经回家了。凯－乌韦，你给他打个电话，朔恩有他的电话号码。

凯－乌韦在名片册中翻找着。这本名片册是朔恩从他父亲那儿继承来的，他一直把他放在桌上，已经快成历史遗迹了。只有在联系一些社会名流的时候，他才会用到这本名片册。在弗莱迪·奎因[1]和希尔德加德·克内夫[2]褪色了的名片旁边（奎因名片的背面有手写的"谢谢你送的润肤乳"的字样，而在克内夫的名片上有一个完整的口红印），凯－乌韦找到了弗朗索瓦·埃皮斯的名片，上面还写着他的家庭住址。

你一会儿说话大声一点。伯尔妮提醒他。

凯－乌韦坐在老板的椅子上，把桌上的座机电话拉到自己身边。

"喂？"铃声响了很久之后，电话那头出现了一个睡意蒙眬的男声。

伯尔妮看了一眼座机显示屏上的时间，已经是半夜了。自从她死了之后，时间似乎过得飞快，像兔子一样一溜烟儿就不见了。

"你好……呃……我是罗杰·封……"

喂！伯尔妮打断了他。

凯－乌韦吓得差点把手里的话筒摔在地上："我想找埃皮斯先生。"

"埃皮斯先生不在家。"

凯－乌韦用手按住了话筒，眼睛放着光："他的声音听起来像是唐顿庄园[3]里的管家。"

你问问他，埃皮斯先生在哪儿。你就跟他说，这关乎生死大事。

"请问埃皮斯先生现在在哪儿？"

"先生外出了。不过是他的私人行程，这里不方便透露。"

凯－乌韦看着伯尔妮，无奈地耸了耸肩。伯尔妮暗示性地拍了拍他的后脑勺。

1　弗莱迪·奎因（Freddy Quinn），奥地利歌手、演员。
2　希尔德加德·克内夫（Hildegard Knef），德国演员、歌手、作家。
3　唐顿庄园，是英国的一部影视剧《唐顿庄园》（*Downton Abbey*）中一座虚构的庄园。该剧聚焦主人公的家产继承问题，展现了英国上层贵族与其仆人们的生活场景。

"但是我必须得和他当面谈谈。你知道我能在哪儿找到他吗？你可能不知道，我要跟他说的事情有多重要！"

"你们两个！"耶妮在门口朝他们喊道。她的声音中透着急切和忧虑。

电话那头的声音回复道："您明早是否方便？届时您可以再尝试联系。埃皮斯先生会在七点用早餐。"

"到那时候就太晚了！我要说的是关乎生死的大事！"凯－乌韦看了一眼伯尔妮，竖起了大拇指，"千真万确！"

"恐怕我也帮不了您了。"那位管家的态度很坚决。

"嘿！电梯的显示屏在动。肯定是安保部门的那些人要上来巡逻了！你们快藏好！"耶妮不停地在门口挥舞着双手，想引起伯尔妮和凯－乌韦的注意。

你就跟他说，我们要谈的是朔恩彩妆公司的事情。

"我要说的事情和朔恩彩妆公司有关。"凯－乌韦老老实实地重复着伯尔妮的话。

电话那头沉默了一会儿。并不是那种无话可说的挂电话前的沉默，而是一种深思熟虑的沉默。通过电话线，你甚至能听到对方大脑运转的声音。"如果确实如此，那您可以在金钱大道 231 号找到他。"

搞定了！

"我们得赶紧走了。"耶妮喊道，"而且越快越好。"

她朝楼梯间跑去。

凯－乌韦还没和对方告别，就把电话挂断了。他从椅子上弹起来，跟着耶妮跑了出去。

伯尔妮慢悠悠地跟在他们后面。她没有选择留在原地，看看上来的人究竟是谁。她对那些人是不是来巡逻的保安没有兴趣。

而这恰恰是一个严重的失误！

20 千喜宫

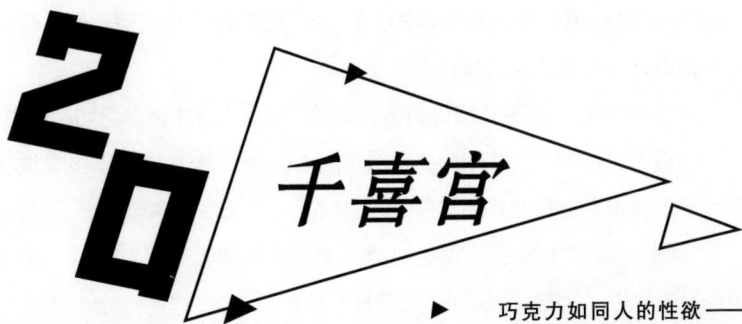

▶ 巧克力如同人的性欲——
幸运的是，人不必为了巧克
力去刮掉自己的腿毛！

"千喜宫"，凯-乌韦照着龙形招牌上的德语念道。这块招牌上画着精致的彩绘，悬挂在饭店正门上方的斗拱之上。"一家中餐厅。真是太好了。正好，我也可以吃点东西。"凯-乌韦很容易感到饥饿，那瘦弱得显得有些营养不良的体形让人们不禁好奇，他摄入的那些卡路里到底去哪儿了。难道那些热量在他的身体里一刻不停，直接顺着消化道溜走了吗？如果能把他新陈代谢的秘密装到瓶子里售卖，他一定能在减肥行业捞数十亿欧元。伯尔妮一边这样想着，一边庆幸，她的商业头脑并没有随着她肉体的死亡而消失。

"金钱大道231号"是坐落在绿地中的一座建于经济繁荣时期[1]的郊野别墅。它所处的位置实在是太过偏僻，以至于伯尔妮一行人只能打车去那里。

凯-乌韦说，坐在副驾上会让他感觉难受，他笨手笨脚地跟着耶妮上车，坐在了后座。于是，伯尔妮不得不坐在司机放在副驾的饭盒和保温壶上。不过，当灵魂有一个好处，就是这些东西并没有让她觉得不舒服。

1　德国经济繁荣时期（Gründerzeit），20 世纪 70 年代，在经历了经济奇迹时期（Wirtschaftswunder）的高速发展后，德国境内公司、企业林立，进入了一个稳定繁荣的发展阶段。

一路上，司机不停地回头看凯－乌韦，脸上还带着坏笑。不过车上的人其实都知道他这么笑的原因。

至少伯尔妮和耶妮知道为什么。

凯－乌韦似乎对此毫不知情，他现在正在寻找有没有悬挂在外面的菜单。

那些大红灯笼和汉字让他天真地以为可以在这家店里吃到北京烤鸭或者糖醋鸡块之类的菜，而实际上，可能只有在休息的时刻，店员才会给顾客提供一些塑料盒装的小零食。因为这里实际上是一家伪装成中餐厅的妓院。只要仔细观察，就会发现这家"饭店"的门框上画着各种具有强烈性暗示的图案。来这里的顾客，寻求的实际上是另一种肉欲的满足。

"我不进去！"耶妮双臂交叉，走到一边去，表明自己的态度。

怎么偏偏这个时候你这么保守了？ 伯尔妮在耶妮的耳边小声说道。*别比教皇还虔诚了！*

"不要侮辱我的信仰。而且这跟我信不信教没有关系，这种地方之所以还能存在，就是因为还有人在干着买卖妇女的勾当，强迫她们卖淫。我是绝对不会支持他们的生意的！"

但是你又不是来消费的，你只是来找杀人凶手的。

"我是一步都不会踏进这种地方的，我把话放在这里了！"耶妮喊道。

"你不喜欢吃中餐吗？"凯－乌韦还是一副状况外的模样，他刚刚才意识到伯尔妮和耶妮在争吵，他的声音听上去非常慌张。他以为自己喜欢吃中餐这件事会毁了他和耶妮未来的幸福。如果凯－乌韦这辈子只能吃最后一顿饭，那他会选择吃馄饨，要很多馄饨，但不要汤。

伯尔妮叹了一口气，她似乎认命了。

"而且显然你没看到这个！"耶妮指了指门铃旁的一块黄铜牌子，上面写着"仅限男士入内"。

凯－乌韦吃惊地瞪大了眼睛："还有女人不能去的餐厅？"他希望，耶妮不愿进去只是因为她想要遵守餐厅的规定，而不是因为她不喜欢吃中餐。哈哈，要是他们两人未来幸福生活的障碍总是能这么轻松地被扫除就好了。他继续问道："这是允许的吗？"

伯尔妮看着他，像是在看外星人，一个没有触角的外星人。*凯－乌韦，你是真的完全不懂吗？*

凯－乌韦还没来得及理解伯尔妮言语中的愤怒，就有一位年轻女子打开了门，他们三个"人"甚至还没按门铃呢。可能是有人透过门上的猫眼看到他们了。

"欢迎来到千喜宫。"那位女子用绵软的声音说道，而后深深地鞠了一个躬。

凯－乌韦的脸一下子变得比番茄还红。这可能并不是因为眼前这位女子的礼貌，而是因为她穿着一件透光的蕾丝连体紧身衣，全身裸露，完全不给人留任何想象的空间 —— 就连胸腔穿刺和阑尾手术的疤痕也裸露在外面，更不用说下半身的风景了。

你跟她说，你要找埃皮斯先生！

凯－乌韦没有出声，他不知道自己的眼睛应该朝哪儿看，那块龙形招牌？脚下被刷成红色的台阶？还是那女子带着羞涩笑容的红唇？

*看，这就是你对我刚才问题的回答。*伯尔妮总结说。

"请跟我来。"接待他们的那位女子说道，她的声音如同婉转的鸟鸣。显然，她是一名专业人士，面对着眼前这位光着脚（凯－乌韦把那双毛毡拖鞋忘在了朔恩的办公室）、驼着背、下巴上结着痂、鼻青脸肿、穿着清洁工工作服的男人，她还能保持微笑，可见她以前经常需要应对那些审美极其糟糕的顾客。虽然她经验丰富，可她看上去连十九岁都没到。

凯－乌韦站在原地一动不动。

*你跟她进去！*伯尔妮用一种命令的口吻说道。然后她转过身去，对耶妮眨了眨眼，似乎想要确认什么。不过耶妮这次拒绝和她的眼神交

流，门的两侧有两只石狮子，她正心不在焉地躲在其中一只后面。可是因为她太高了，石狮子挡不住她，所以那只石狮子看起来不仅有一圈鬃毛，而且头上还扎着脏辫。

在狭窄的入口处，站着两名穿着无袖 T 恤、全身刺青的打手。毫无疑问，他们的职责是确保没有那些不受他们欢迎的人进来，或者有事他们也会"友好地"把那些来砸场子的人"请"出去。

紧接着，他们就来到了一个类似于接待室的地方。接待室里有一个柜台，柜台上放着一台信用卡读卡器，柜台后面端坐着一位穿着红色丝织旗袍的老妇，她的手里拿着一把绘画精美的折扇，扇子扇出来的风可以同天花板上的吊扇一较高下。她示意那位穿着透光衣服的女子离开，过了一会儿，她对凯-乌韦说："怪胎得加钱。"

"我……呃……其实根本不想……"凯-乌韦结结巴巴地说道。

"五百欧。只接受预付款。"

*五百欧？*伯尔妮惊讶地喊了出来。*那还不如让那些女孩直接把灯关掉，这样她们就看不到对方长什么样了！*

"我们这儿是一流的夜总会。"柜台后面的老妇解释道，"这只是入场的费用。之后可能还会有饮料的费用和其他特殊服务的费用。支付了这些费用之后，你能体验到的远远不止……"她停顿了一下，似乎想让自己的话更加有吸引力，"……简单的幸福！"

她做作地折起了手里的折扇，张开了双臂。

伯尔妮感觉这位老妇——她看上去都能当这里所有人的祖母了——似乎已经回答了她刚刚带着怒气问的问题。难道这个人能听到她说话？难道这个人也是一位龙女[1]，能与人的灵魂交谈？伯尔妮往前探着身子，在她面前不停地挥舞着手臂。不过她一点反应也没有，连眼睛都不眨一下。

1　龙女，出自罗伊德·克里根执导的电影《龙女》(*Daughter of the Dragon*)，该影片塑造了一位野蛮凶残、阴险狠毒的龙女形象。

凯-乌韦倒是有了反应："你在这儿做什么呢?!"他感觉很尴尬，虽然他是这里唯一一个能看到伯尔妮在招手的人。

老妇以为凯-乌韦在对她说话，但凯-乌韦并没有看着她，充其量也只能算是看着她的右肩。"我们做什么？我们这里提供全套的服务——不仅有简单的按摩，还有各种各样的'幸运之夜'服务。你可以随意选择为你服务的员工。"说着，她抽出了一个文件夹，里面装着的是一些塑封好的照片，照片中大部分是亚裔女性，还有一些非裔女性和东欧女性。这些女性照片中有的年纪特别小，有的年纪特别大，还有一些"半老徐娘"。所有人都是赤裸着身体。

"在这里，你的愿望一定能被实现——这是我们的承诺，也是我们努力的方向。"老妇朝凯-乌韦抛了个媚眼，重复抛好几次，而且特别用力。她的假睫毛随着眨眼的动作脱落了，挂在眼皮上一动一动，像蝴蝶在扇动着翅膀。

从生理学的角度上说，凯-乌韦的脸已经红得不能再红了。现在，他自己也知道身处何处了。他点了点头，想要直接把背包脱下来，但是他失败了，于是他把罩在身上的清洁工工作服脱下，一丝不苟地把它折了起来。

他身后的打手得出了结论，他们发现凯-乌韦不可能给这里构成任何威胁。其中一个打手悠闲地靠在墙上，刷着手机；另一个打手给自己卷了支烟。

那件工作服已经被凯-乌韦折成了一团，他把它塞进了背包里，又从包里拿出了一大沓现钞："可以用现金吗？"

老妇的眼里闪烁起了贪婪的火花。她点了点头，不再像刚才那样高傲，倒像是一条摇头晃脑的腊肠犬。

*不要让她知道你这个包里全都是钱！*伯尔妮提醒道。不会再有带着牧羊犬的保安来帮他们解决强盗了。

凯-乌韦听了伯尔妮的话，转过身，弯下腰，手肘顶在外面，从背包里数了十张五十欧的纸币。他的动作就像是一名考试时防着同桌偷看的小学生，背包已经滑到了他的腰间，成了一个斜挎包。他把这沓钞票放在柜台上，鞠了一躬，说道："其实我是要找一个男人。"

"我们不提供这种服务。"老妇面不改色地回答道，手上却很熟练地把钱收起来了。

"不是……呃，不是……我不是……你说的这个意思。"凯－乌韦笑着，但其实心里非常慌张，"我的意思是，我不是要找男的消费。我只是在找一位男性顾客。他好像叫埃……埃斯皮里先生。"

埃皮斯，伯尔妮纠正道。

"埃……一个法国人。"

"保密是我们最重要的职责。"老妇的嘴唇紧紧抿着，看上去更像电影里的龙女了。

"他是我的叔叔。"凯－乌韦脱口而出。

老妇挑了挑那对画得浓密的眉毛："家人团聚需要提前预约。"

她朝门口的那两个打手使了个眼色，他们就立即出现在了凯－乌韦的身边，各自的手里还拿着手机和香烟。对他们而言，对付凯－乌韦这样的小不点儿，只需要一只手就够了。

凯－乌韦看到自己的皮肤上已经开始冒冷汗了，但是伯尔妮似乎不想放弃。

你告诉她，埃皮斯是和你约好了一起来消费的。

凯－乌韦的内心尖叫了起来，但他还是鼓起勇气，用颤抖着的声音说道："是我叔叔邀请我来的。他想让我……呃……见识一些事情。"

老妇脸上的假笑突然变得真实起来，似乎很高兴的样子："原来是初次来体验，真不错。你叔叔应该在他刚到的时候就告诉我们的。既然你是第一次，那我们还需要额外收你一千欧元，这样你今晚的消费就没有时间限制了。"她仔细地打量了一番凯－乌韦的脸，会心一笑，点了点头，"有些人学起来就是会慢一些。"

两名打手相视一笑，离开了。没有人怀疑凯－乌韦说话的真实性，这就是和一个真的什么也不懂的人去这种地方的好处，伯尔妮心想。

凯－乌韦很可能并没有意识到，刚刚有人在质疑他的"学习"能力。他急急忙忙地从包里又掏出了一沓钞票。

*要是你一直这样的话，很快你就一分钱都没有了。*伯尔妮生气地说。*这些钱都是我辛辛苦苦挣来的。你下次能不能先好好地还个价，再手忙脚乱地从包里掏钱？*

老妇动了动手指，就把刚刚接待他们的那位穿着透光衣服的女子叫了过来。女子带着他们走到了房子后面，指了指一扇橡木门。

凯－乌韦像宠物狗一样乖乖地跟在她身后。一路上，他就像被催眠了一样盯着女子苹果一样的臀部，用龙虾头一般通红的脸不停地朝她道谢。他紧张地吞了口口水，忘了敲门，直接朝门后走去。

这场面极其尴尬。不过，凯－乌韦和伯尔妮撞见的场景，还是十分健康的。一个五十多岁的男人正躺在按摩床上，身上盖着一条巨大的白色毛巾，一位按摩师正在帮男人揉肩，她身上的衣服都是不透光的。

伯尔妮朝凯－乌韦看去，他现在如释重负。

"嗯……呃……你好？"他开口说道，还朝着那个身上涂满精油的男人招了招手。那个男人正皱着眉头，用手肘撑着按摩床坐了起来。"或者说……呃……你们那里怎么打招呼来着……Bonsai！"

是 Bonjour，不是 Bonsai，伯尔妮悄悄提醒他说。

"Bonn……"凯－乌韦顿了一下，"你说德语吗？"

"我是阿尔萨斯[1]人。"埃皮斯说道，声音如同雷鸣——看来他应该会说德语——埃皮斯接着问道，"你们是谁？你们想干什么？"

显然，他已经习惯于用这种语气来发号施令。凭借他的嗓音，他完

1　阿尔萨斯（Région Alsace），法国东北部地区名及旧省名。17世纪以前属于罗马帝国领土，居民多说德语，后来由于战争等因素，该地区几次易主。"二战"后，阿尔萨斯划归法国，但在经济、文化等方面依然同德国关系紧密。

全有可能下令把竞争对手公司的员工通通消灭干净。

伯尔妮能感觉到，凯－乌韦的内心已经向对方屈服了。*自信一点，他不会当着别人的面对你做什么的，做一个能让你看起来很有力量的姿势！*

凯－乌韦把自己从刚才到现在一直提在手里的背包甩到了背上，挺起瘦削的胸膛，弯曲双臂，向前伸出了一条腿（裤子上的花纹让这条腿看起来很像一条蛇）。他的样子像是一名芭蕾舞者马上就要从地面一跃而起了。

"我的名字叫罗杰·封·格尔德恩。我……"

突然，屋子里一片寂静。凯－乌韦皱起了眉头，意识到他忘了自己来这儿是要做什么的了。他绝望地望着伯尔妮："我想干什么来着？"

"对啊，你为什么来找我？"埃皮斯端坐在按摩床上，用毛巾遮住了下半身。和同龄人比起来，他看上去更加高大健壮。伯尔妮也是这么认为的，不过她并没有因此而分心。

埃皮斯正准备侧过身来，弯腰去拿他的男士手提包。难道他带了武器？伯尔妮下意识地站到凯－乌韦的面前，想要保护他。但是显然这没什么用，如果埃皮斯真的开枪，子弹会直接穿透她的灵体，而它的速度一点都不会减慢。

问问他和朔恩谈判的事情！

"我是因为你和朔恩谈判的事情才过来找你的。朔恩彩妆，你应该知道这家公司吧。"凯－乌韦结结巴巴地说道。因为，埃皮斯真的从他的手提包里掏出了一把武器。

伯尔妮看到，埃皮斯手里的武器只是一把电击枪，而这种枪并不致命。这一发现让她松了一口气。但是，根据过往的经验来看，凯－乌韦依然是凶多吉少。

"我还在想，什么时候能认识认识你呢。"埃皮斯抿了抿嘴唇。

"呃……为什么？"

他是什么意思？所以他其实一直在等你过来？

凯－乌韦眨了眨眼："你……在等我过来？"

埃皮斯示意按摩师出去，而后说道："你是在为朔恩办事？是他派你来的吗？还是说你只是收钱办事而已？不管怎么样，我们已经谈好了协议。作为绅士，就不应该再谈协议以外的任何事情了。另外，我是不会和犯罪分子谈条件的！我唾弃所有的罪犯！"

他真的准备朝凯－乌韦吐口水，不过幸好他嘴里很干，吐不出来什么。

凯－乌韦被他一百八十度大转弯的态度吓得不知所措。

你告诉他，你不是罪犯，否则你也不会轻易地告诉他你的名字。你就说你是私家侦探，正在调查海思、博尔曼和哈格多恩的谋杀案。

"我不是罪犯。我是罗杰·封·格尔德恩。我是一名私家侦探。我正在调查一起连环谋杀案，谋杀案是关于……"凯－乌韦毫无感情地复述着伯尔妮的话，说着突然又停了下来，就像是有人死记硬背地记了一首诗，靠那些韵脚回想诗的内容，最后却败在了那些名字上。

海思、博尔曼、哈格多恩。

"海思、博尔曼和哈格多恩。"凯－乌韦的脸一下子亮了起来，他终于背完了。

"博尔曼和哈格多恩？这两个人我认识。"埃皮斯放下了手里的电击枪，"我的天，他们两个都死了？"

他看起来是真的很震惊，但这种震惊也有可能是他的伪装。显然，连环杀人犯是会在实施谋杀的过程中逐渐成长为一名出色的演员的。

伯尔妮透过略高于地面的窗户，看到了耶妮的头。*老大姐正在看着你*[1]。这句话在此时似乎有一种安慰的力量，一旦出了什么问题，身强力壮的

1　老大姐正在看着你（Big sister is watching you.），这句话改写自英国小说家乔治·奥威尔的作品《一九八四》（*Nineteen Eighty-Four*）中的一句名句——老大哥正在看着你。（Big brother is watching you.）。《一九八四》是一部反乌托邦题材的长篇小说，小说中的"老大哥"是独裁、思想控制的象征。

耶妮马上就可以凭借她摔跤比赛的经验制服强敌。像耶妮这样仿佛受到自然之力祝福的强大女人，是不会轻易被电击枪击倒的。

"上周我们几个还一起坐在我的办公室里呢。"埃皮斯的目光向远处望去。怎么说呢，埃皮斯确实想把目光投向远处，但他的视线还是被墙上一幅装裱好的画截住了。画面里，一对裸体男女正骑着黑马，在草地上飞驰。也不知道这幅画描绘的究竟是情人之间的调笑，还是高水平的杂技。

他应该把他们碰头的细节都告诉你！

"能麻烦你告诉我一下你们碰头的具体细节吗？"凯－乌韦问道，他总是用礼貌的语言装点着伯尔妮在他耳边说的那些话，"你们大概聊了些什么？具体有没有发生什么事？"

埃皮斯嗷了嗷下嘴唇："你真的不知道吗？你穿着这身价值两千欧的西装，让我以为你是个别人雇来的混混。我以为是有人花钱让你来拷问我的。"

"我只是暂时穿成这样，这套衣服不是我的，是我借来的。我也没有打过任何人，我这里的这块瘀青，是因为我当时晕血，然后晕倒了……"凯－乌韦指了指自己的下巴，"这边也有块瘀青，是因为我被汽车反光镜砸到了。我不是犯罪分子，我只是有点笨手笨脚的。"

不相信凯－乌韦是不可能的，因为他说的都是大实话。

"好吧。"埃皮斯明显放松了许多，他把电击枪放回了他的手提包里，"那就是一场平平常常的收购谈判，我给朔恩先生提供了很多优惠，具体的收购方案在好几个月之前就已经起草过了，而当时我们只是想把关键的部分都敲定下来。我们就这样谈了一会儿，吃了点小点心，喝了点香槟。我还送了他们一些产品小样……"埃皮斯摇头晃脑地说着，看上去就像是电影里的路易·德·菲奈斯[1]。只是他的动作更加从容，没那么慌乱。

1　路易·德·菲奈斯（Louis De Funès），生于西班牙，是法国著名的喜剧演员，代表作有《穿越巴黎》（*La Traversée de Paris*）、《虎口脱险》（*La Grande vadrouille*）等。

伯尔妮有点生气，他们的谈判恰好就在她欢送会的前一天。虽然伯尔妮当时已经辞职了，但朔恩还是问过她要不要一起去，而且表示希望她穿得尽量性感一些。其实不难理解，朔恩希望用她去打击法国人的致命弱点——他们特别喜欢美女。不过伯尔妮还是拒绝了，朔恩对法国人和女性的成见让她感觉非常气愤，如果朔恩没有这么说，而是告诉她谈判的时候有香槟喝，她肯定马上就跟着他们去了。伯尔妮的家境一般，是小镇上长大的孩子，香槟对她而言就是奢侈品与上流社会的象征。尽管她已经取得了事业上的成功，但这种想法并没有改变，她永远也抗拒不了香槟的吸引力。

与此同时，埃皮斯还在继续着他的回忆："朔恩带着他的秘书，还有两位高层员工一起来的。他对自己公司的介绍还不错，但他开出的收购价实在是太高了，高得有点可笑。你说说看，从世界大战结束到现在，这家公司经营了这么多年，有做出什么成就吗？最畅销的产品竟然是用来去脚上死皮的皲裂膏！我真是谢谢他！皲裂膏又不是什么能挣钱的玩意儿！要我看，让我们收购那家公司，没让朔恩倒贴钱已经很不错了。"他激动地举起手，耸了耸肩，又慢慢地把手放下，一脸严肃地看着凯－乌韦，"博尔曼和哈格多恩真的已经死了？"

凯－乌韦点了点头："伯尔妮也是。我指的是，海思女士。"

"啊我知道了，是那个营销部门的主管。她很漂亮，我原来还希望，雷吉纳尔德·朔恩能带着她一起来呢。可惜当时她没有来。"

伯尔妮摆了摆手，她看上去似乎有点受宠若惊。

耶妮在窗口翻了个白眼，她的动静大到几乎人人都能听见。

*你问问他，他是不是想从朔恩手下挖人？或者你问问他，为什么要送他们那几个梨形的瓶子？快，问他一下！*伯尔妮有点怀念那些可以用推搡来催促别人的日子。

"对了……你有想过要聘用朔恩的下属吗？因为那些梨形的瓶子？"

伯尔妮对凯－乌韦这种粗糙的、毫无逻辑的缩句方式感到恼怒，但是埃皮斯知道，凯－乌韦想说的是什么。

"聘用？这群人？从来没有的事！朔恩彩妆公司真正需要解决的问题，就是这群庸庸碌碌之辈。"

伯尔妮不满地哼哼了一声，刚才那种志得意满之感顿时烟消云散了。

"没有，没有。这些小瓶子现在是随便送的。这是我们为了推广新产品采取的强有力的营销手段，毫无疑问，这些小瓶子马上就会成为畅销产品了。肯定会的！我们这款产品的有效成分无人能敌！它将彻底改变抗老产品的市场！人们一旦用过我们的产品，就再也离不开它了！它能让人上瘾，只不过它不会对身体造成伤害，只会让人变得更美！"

埃皮斯站了起来，把浴巾围在腰上打了个结，然后走到茶几旁。茶几上放着一只插满了烟头的碗，还有一只硕大的装着绿色黏稠液体的玻璃杯。那只装着电击枪的手提包挂在他的手腕上，一晃一晃的。

*这是奶昔吗？在这种地方喝这个？*伯尔妮看着凯－乌韦。显然，凯－乌韦觉得用健康的饮料代替酒精是一件十分正常的事。她又看向耶妮，发现耶妮正咧着嘴笑。

"公司概况介绍的环节是在我的办公室进行的，紧接着我们就去了隔壁的房间，那里有自助餐供应，我们在那里交流了一下各自对收购方式的看法。当然了，我基本上都是单独和朔恩聊的。老板得和老板谈嘛。他的员工并不是一直在房间里，他们一直进进出出的。我觉得，他们可能是想去删他们介绍公司时用的文件，也有可能他们要去洗手间吧，又或者只是想去抽支烟。我中间只出去过一次，当时有一个从巴黎打来的重要电话，我得找个私密的地方接电话。不管怎么说……"他摇晃着那只装着奶昔的玻璃杯，"一个小时之后，我告诉朔恩，我不会再在价格上做任何让步了，我的报价已经是最终报价了。然后他就像疯了一样，大喊着'你厚颜无耻，别跟我来这套'之类的话离开了，另外三个人跟着他一起走了。我当时就想，太好了，一切都结束了。可现在看来，一切并没有结束。"

埃皮斯喝了一大口那种恶心的绿色液体。他放下杯子的时候，上唇窄窄的胡须已经染上了绿色。很少有男人能驾驭绿色的胡子，但这撮绿胡子并没有使埃皮斯的阳刚之气减弱半分，他看起来甚至更加性感了。伯尔妮非常肯定，要是她还活着的话，一定会有那种舔掉他胡子上的奶昔的冲动。

埃皮斯用放在一旁的纸巾擦掉了嘴上残留的奶昔。

这儿竟然有纸巾！不愧是"高档夜总会"。

"第二天，大概是傍晚天快黑的时候，我接到了一个虚拟号码打来的电话，我的信息安全团队是这么跟我说的。电话里是一个用了变声器的声音，他告诉我，说他已经掌握了我们最新推出的抗老产品的配方，如果我不能马上给他五百万欧元的话，他就会把这份配方卖给出价最高的公司。我当时脑海里全是骂人的脏话。自然，第一个想到和这件事有关的人就是朔恩。"

这种想法也太蠢了。他们的配方都是有专利的，专利号 A61K8，有效期是十年。朔恩彩妆公司根本不可能去生产他们的产品。他为什么会觉得这件事情是朔恩干的呢？

"但是你们的配方是受专利保护的呀。"凯－乌韦复述着伯尔妮的话。

埃皮斯把剩下那些跟脓水一样恶心的绿色液体一饮而尽，接着说道："你说得当然没错。从明面上讲，朔恩没办法堂而皇之地抄袭我们的产品。但电话里说，配方是从我的电脑里偷走的，而我当时不可原谅地把我的电脑留在了我的办公桌上，而且那台电脑还开着。和朔恩一行人直接去隔壁房间，是我的失职；没看住他的员工，更是我的失职。那四个人都有可能接触到我的电脑，也有可能是他们四个人一起偷的配方。如果真的是他们干的，那我就完了。虽然我们的配方有专利保护，但他们可以把配方卖给那些并不关心产品是否具有合法性的日化公司。"

埃皮斯抬起了头。要是他现在穿着夹克外套，把手抬到胸口的位置，伸进夹克里[1]，那他就看上去和拿破仑一模一样了。他现在就像是嘴上残留着一点奶昔的帅气版拿破仑。"不过我已经准备好承担泄露配方的相关责任了。对于公司来说，赎回配方的这些钱不是什么大钱。所以我告诉那个给我打电话的人，他应该把他在开曼群岛[2]上的银行账号告诉我，我会把钱打给他的。我确实也这么做了。"

他真的把钱打过去了？

"你真的打钱了？"

"对啊，不然呢？搞笑的是那个人只要五百万欧元，我可以直接走小额账户，甚至都不用汇报给巴黎总部。"

"五百万呢！"只有凯－乌韦惊讶地叫出了声。

伯尔妮知道，一家公司凭借一款质量优秀、在世界范围内被大肆宣传过的产品，究竟能挣到多少钱，所以对此她一点也不惊讶。而对于站在窗外的耶妮来说，这事和她又没什么关系。

"你为什么不去找警察呢？他这明显是敲诈勒索啊！这是犯罪行为！"在凯－乌韦的眼里，这世界仍然是一个非黑即白、善恶分明，可以弄清是非对错的地方。耶妮有些伤感地叹了一口气。伯尔妮转过身去，示意她不要发出声音。

不过埃皮斯没有听到耶妮的声音，他已经开始解释他这么做的原因了："我们商人不管这个叫敲诈勒索，我们管这个叫谈判协商。你知道，类似的事件有多少吗？这类事情经常发生！从某种意义上说，每次研发新产品的时候，我们都会把这方面的开销算进研发预算里。"他潇洒地摆了摆手，"但是过了几天，那个人又改了主意，他要我给他原来要价的双倍。这就违背了我们行业的惯例，他已经从我们行业的灰色地带走

1　该动作是欧洲贵族在画像等场合喜欢做的礼仪性动作，象征着高贵和富有，可以在拿破仑画像等绘画作品中看到类似的动作。

2　开曼群岛，是英国在美洲的一块海外属地，是世界第四大离岸金融中心，被称为"避税天堂"。

向了犯罪！我告诉他，我是不会和犯罪分子谈条件的。我还告诉他，我知道他是朔恩彩妆公司的人，而且我会派人去把配方夺回来！"

"对，把那个犯罪分子痛打一顿，让他把配方乖乖地交出来！"这些话都是凯－乌韦从傍晚播出的那些电视剧里学来的，"这样你就找回了你的配方，可以重新开始配制乳液了。"

埃皮斯和伯尔妮两人歪了歪脑袋，凯－乌韦的天真让他们感到无话可说。

"你不觉得，作案者已经把配方都背出来了吗？所以揍他们一顿是根本行不通的——你必须让那个存储着配方的大脑停止运转才行。"埃皮斯挑了挑眉毛，"另外，我们从来也没有'丢失'过配方，我们只是不想让它落到不法分子手里。作案者肯定把配方存在 U 盘里了，而我正好有一只 U 盘不见了。肯定是他把我的 U 盘从我的电脑上拔走了。"

伯尔妮点了点头，似乎明白了什么。看来埃皮斯是那种斤斤计较，每天都要清点一遍自己东西的人。他甚至有可能给自己的东西上面贴上写有"我的"之类字样的标签。

埃皮斯交叉起双臂，接着说道："谁在朔恩彩妆公司找到了带有我们公司标志的 U 盘，谁就得到了配方。"

不知有什么东西在伯尔妮的心里蠢蠢欲动。那并不是一段记忆，而是一种模糊不清的感觉，她自己也讲不清这种感觉到底是什么。

凯－乌韦还在想那个"停止运转的大脑"。显然，这让他想到了冰箱里那颗哈格多恩的头："所以你刚刚承认了，你拒绝了和作案者的谈判，并决定用雇佣职业杀手的方式消灭作案者。"

"什么？"埃皮斯从按摩床上跳了下来，"我可没有这么说！一个人不可能会为了一个配方去杀人的！这太蠢了！"

"但是你刚才不是说，你们研究出来的抗老配方对化妆品市场有革命性的作用吗？你不是说它开创了皮肤抗皱的新纪元吗？难道这还不值得你为了这个配方去杀人吗？"凯－乌韦这个从未出过远门的人觉得，法国人的血管里流淌的都是滚烫的鲜血。他们会为了争夺女人的爱情，乃至为了争夺一只小小的牛蛙腿而决斗。所以对他们而言，为了一件能够轰动一时的产品杀一个人，几乎算不了什么。

"没有什么东西重要到可以让一个人去杀人！"埃皮斯义正词严地说道。他是耶稣会会士的孩子，父母给他的教育至今还在影响着他。

不过在凯－乌韦的眼里，他只是假仁假义罢了。

埃皮斯接着说道："即便是在最坏的情况下，这些纠纷也能够通过漫长的法律途径去解决。虽然这可能要持续很长时间，但最终我们还是能战胜对方的。我们可以一步不差地向法院提供我们产品研发的所有步骤和过程记录。"他满面笑容，像是一位骄傲的父亲在别人面前夸耀自己刚刚降世的孩子，"没错，我们的产品将会彻底地撼动整个化妆品市场。调查研究表明，我们产品的效果可谓是现象级的。连我自己都在用它。"埃皮斯的手提包还在他的手腕上摇晃，他走到他随身带来的双肩包前，从里面拿出了各种皮制玩具，然后掏出了一只盖子上雕有维纳斯形象的梨形瓶，"这个给你，可以先试用一下！你一定会为它的效果而兴奋的！"

凯－乌韦谢绝了埃皮斯的礼物。他的皮肤只接触过水和肥皂。

埃皮斯倒了一滴乳液出来，抹在自己的脸上，用手将它慢慢抹开。至于他到底倒了多少，那就只有借助显微镜才能看清了。

"我们预计推出这款乳液的第一年，就能在全球市场上取得十倍于配方赎金的收益。其实要我付三倍的赎金，我也不是付不起。但是，这不是钱的问题。"埃皮斯抚摸着自己脸上的皮肤，他的皮肤看起来确实很年轻紧致。不过伯尔妮怀疑，这不仅仅是乳液的功效，更可能和埃皮斯的基因有关，但也有可能只是和巴黎的整形医生有关系罢了。

"我在接到了第二通勒索电话之后立马和朔恩通了电话。我告诉他，我知道那个打电话来勒索我的人就是他。我说，我要立刻拿回我的U盘，不然我不仅要报警，还会通知媒体。这关乎他的彩妆事业和个人声誉。如果他不把 U 盘还给我的话，就会成为这个行业里为众人所不齿的罪犯！"

凯－乌韦，这位要靠着自己背包里的钱才敢想象与世隔绝的太平洋小岛生活的男子，有点共情雷吉纳尔德·朔恩了："这肯定让他很害怕。"

埃皮斯点了点头："不过我还是觉得，他肯定会再来找我重新商讨之后的交易。要么是他自己来找我，要么是委托一个中间人。"他仔细地打量着凯－乌韦，"你真的是私家侦探吗？"

凯－乌韦的脸红了起来，他就是说不了谎："我还在学。"

等等，跟着朔恩去谈判的第三个人是谁？伯尔妮问道。虽然她能猜到那个人是谁，但她还是希望能听到眼前这个法国人能亲口说出那个人的名字。快，问问他。

凯－乌韦瞟了一眼伯尔妮。埃皮斯顺着他的目光看过去，皱了皱眉头。

快点呀，你问呀！

"和朔恩先生一起来同你谈判的都有谁？"凯－乌韦脱口而出。

"哈格多恩、一个男的……呃……叫博尔曼，还有朔恩的化学师克兰茨。"

也就是说，要么是朔恩，要么是克兰茨，要么就是他们两个一起干的。我们现在得走了！

"谢谢你，埃……呃……埃先生……你真是帮了我们大忙了……mersi bokupp[1]。"说完，他看向伯尔妮。

在伯尔妮看来，凯－乌韦的礼仪学得比他的法语要好。

埃皮斯顺着他的目光望去，但什么也没看到，眼前只有那个摆放着按摩精油的柜子。

---

1 这里和前文的问候语相同，是凯-乌韦说错了。正确的拼法应该为 merci beaucoup，是法语中"非常感谢"的意思。

*快，快，我们现在就走！*伯尔妮命令道。

凯－乌韦听话地转过身来，面朝着门，他……

……惊叫了起来。

"啊——！"

就连伯尔妮也吓了一跳。

他们两个都不知道，门口的那个女人是什么时候出现的，只有埃皮斯看上去好像不为所动。他和刚才一样，依然心事重重、若有所思地打量着凯－乌韦。

伯尔妮不知道这个女人的出现，是不是因为埃皮斯还预订了按摩之后的"服务"。关于品位的问题，一般是争论不出什么结果的。但是眼前的女人年纪已经不小了：她烫着一头老式的卷发，穿着苏格兰格子裙和女式衬衫，脖子上系着领带，脚上是一双系带皮鞋。她正站在门口，一脸苦大仇深地朝里面张望着。

难道埃皮斯喜欢这种风格吗？这算是另一种类型的御姐吗？她并没有穿着典型的皮衣皮裤，反而穿得像一名经验丰富的中学教师。她不会用直尺当作皮鞭来抽打埃皮斯吧？不管怎样，伯尔妮还是决定不予置评。每个人都有自己的想法和生活方式，可能埃皮斯对自己青春期时期的物理老师有一种特殊的情结，只是他现在想把这种情感释放出来罢了。伯尔妮在青春期的时候就暗暗喜欢过自己的体育老师——如果现在有一个长得和他一模一样的克隆人出现在她面前，她觉得自己应该不会拒绝。

"不好意思，"凯－乌韦对着门口的女人道歉说，"我没有听到你过来的声音。呃……祝你们晚上愉快。"他笨拙地朝她和埃皮斯招了招手，赶忙离开了。

埃皮斯还是就这样若有所思地望着他。

和埃皮斯一样，这位"教师"就这样看着凯－乌韦离开了。

到了千喜宫的接待室，也就是那位"龙女"所在的位置，凯－乌韦叫了一辆出租车。

"你对我们的服务不满意吗？"那位"龙女"的语气听上去有几分责备。

"没有没有，很满意，真的，真的……呃……特别好！"

"哼。"她噘了噘嘴，看上去有点忧虑。她似乎觉得，凯－乌韦可能会在旅行软件上给她的店打差评。

很快，他们三个"人"又坐在出租车上了——令伯尔妮惊讶的是，那只背包竟然幸存了下来。

出租车司机对着后视镜里的凯－乌韦挤眉弄眼地问道："很刺激，对不对？"

*点点头，别说话！*伯尔妮指示道。

凯－乌韦点了点头，保持沉默。他甚至一直在点着头，直到出租车把他们送到了朔恩彩妆公司的总部大楼前。

其实，出租车司机并没有真的把车停在大楼门口，因为警察已经把大楼入口和马路之间的道路封锁了。所以司机让他们在路口街角的位置下了车。他们三个"人"步行到了警察设置的路障前，朝里面望去，看到警察们正在想办法把什么东西挡住。那是一辆停在大楼门口的车，可以看到车顶上隐约躺着一个死去的人的四肢。那个人把车顶撞出了一个很深的凹痕。

那是一个男人。

他穿着一双编织鞋、一双漫画图案的彩色袜子。

"天哪，这砸得可不轻。"街角烤肉店的埃尔坎说道。他也站在路障前，身边还有一些来看热闹的人。"那个声音一直传到了我们这里。你们看，那些从车子上流下来的液体，该不会是脑浆吧？这也太野蛮了！"

凯－乌韦并不像埃尔坎那样兴奋。他的身体看上去似乎还在纠结，到底是要呕吐还是要晕倒。

结果他还是晕了过去。

21

死亡循环

▶ 烤肉使人"美丽"

在当地城市杂志的美食专栏，埃尔坎经营的土耳其烤肉店常常能够获得五星好评推荐。在这家店里，人们不仅能够品尝到土耳其烤肉，还能吃到中国春卷——两者都是经典的他国美食。不过自从埃尔坎和他亲爱的纪美子结婚之后，土耳其—东亚融合菜就成了他们小吃店的主推菜品。

附近一片的美食爱好者们，没有一个不知道这家店的。每个工作日的中午，周围大厦里的打工人就会来到这家店门口，排起无穷无尽的长队，店里面也总是热闹非凡。不过，出于工作压力过大的原因，埃尔坎已经很久没上白班了，他雇了家里的几位表亲白天到他店里上班，而他只有在晚上才会到店里亲自看着那些烤肉机。晚上的顾客比较少，所以他的工作也轻松了很多。在这种高楼林立的街区里，几乎没有什么人会在晚上步行外出。不过他还是有活可干的——常常会有从其他地方远道而来的汽车停在他小吃店的门口，不论是警车还是那些载着游客的大巴，总之各种各样的车都有。由此可见，埃尔坎的烤肉店无疑是一个可以提供美食享受的中立地带。

有时候，很多社会名流也会为美食所诱惑，光顾他的店铺。比如著名的书商、主持人麦克·阿特威克[1]。他经常在做完节目之后到埃尔坎的店里吃寿司，而且他不仅自己来，还会带来一些影视明星和文学巨匠。因此，烤肉店最近推出了以他名字命名的寿司拼盘，由三文鱼细卷寿司和金枪鱼细卷寿司组成，盘子上还会用黄瓜或者牛油果摆出一个代表麦克的字母"M"。

凯-乌韦感觉自己已经昏迷了好几个小时。他刚醒过来，脱口而出的第一句话就是："哇，好香啊！"

埃尔坎，这位强壮的奥斯曼人后裔，在凯-乌韦晕倒的时候，直接把他扛在肩上，扛进了烤肉店的休息室。休息室里有一个皮沙发，沙发上还罩着印有花朵纹路的塑料罩子。埃尔坎就把凯-乌韦放在了沙发上，让他就这样睡着，自己回到大堂招待客人去了。照现在的情况来看，店里的客人基本上都是医护人员、保护现场的工作人员、看热闹的人以及刑侦警察。

"好一点了吗？"耶妮满脸担忧地问道，"你没事吧？"

你不要老是这样溺爱他，不然他以后就只会向你索取了。

尽管伯尔妮从来没有和别人谈超过十二个月的恋爱，但还是以惊人的自信提出了她的恋爱建议。*而且他肯定没什么事——埃尔坎在他的头碰到柏油马路之前就已经接住他了。*

"你的冷漠真的很让人震惊。"耶妮给伯尔妮这个人下了个结论。

凯-乌韦从沙发上爬起来。

"我在哪儿？"他闻了闻身边的味道，"怎么有一股烤肉的味道？还是春卷的味道？不过无所谓了，我已经很饿很饿了！"他还没有把话说完，双腿就已经离开了沙发。他站起身，朝烤肉店大堂跑去。

你看到了吧？我就说他没事。只要患者还能感觉到饿，就说明他的求生欲望还在。

1　麦克·阿特威克（Mike Altwicker），卢克雷齐娅·博尔贾西德广播公司（WDR）主持人，多主持读书、访谈等文学类节目。

耶妮抿了抿嘴，严肃地看着伯尔妮，双手叠在一起，放在腹部的位置。显然，这是一个人准备发表长篇大论的前奏。"话是这么说，但是我们是时候说再见了。你现在已经知道是谁杀害的你了，通往彼岸的通道随时随地都能在你面前打开，你完全可以走到那束光芒里去了。"

*但是这件事还是很奇怪，我总觉得真相应该不是这个样子。*伯尔妮朝天花板望去。*而且你说的那束光也没有出现。*

她又开始来来回回走动了起来。这次，她得翻越大大小小的运货箱，以及埃尔坎小女儿的各种玩具。烤肉店的休息室算不上宽敞，也并不整洁，墙上挂着的音箱播放着音乐，声音很轻。这首歌并不属于土耳其或者东亚的传统音乐，而是那种私人广播电台会在夜间播放的大众流行歌曲。

"你要有点耐心，那束光肯定马上就出现了。"耶妮说道，"就像你那辆保时捷上导航说的那样：您已到达目的地。那位'美丽'朔恩[1]偷了配方……"

*谁？*伯尔妮停下了脚步。

"'美丽'朔恩，这是我们大家给他起的绰号。"

可是我根本都不知道他有这个绰号。

"因为你从来没有跟别人说过话。真的，你对事业的专注有点过于夸张了。"

但是他长得也一般啊。

"起绰号又不在乎他是不是真的长得好看。"耶妮拾起了刚才的话头，接着梳理那些解释得通的线索，"我刚刚说到哪儿了？啊对，朔恩先生偷走了配方，然后杀死了所有知道这件事的人，同时对埃皮斯先生进行了电话勒索，而他第二次的电话勒索行动失败了……"

---

1 "美丽"朔恩（Der schöne Schön），schön 是一个德语形容词，表示"美丽的"，作者将彩妆公司的老板命名为"朔恩"，也是借了这个单词。与之相对的，对手公司的名字"萨克彩门特"在德语中写作 Sackzement，直译为"袋装水泥"。

也不能算是失败吧，他已经捞到几百万了。

"但在朔恩先生自己眼里，他的行动肯定是失败了。可能在此之前他仔细计算过，度过余生还需要多少钱，而且，他并不甘心在接下来的五十年里单纯地躺在巴厘岛的海滩上晒太阳。可能他还想在海岸边驾驶豪华游艇来回巡游，或者请窈窕的美女游客吃鱼子酱。当然，我也不清楚。"耶妮让自己倒在沙发上。不过她做的不是那些危险动作——某些人会把沙发上盖着的塑料罩子当成滑雪的雪道，从上面一跃而下。耶妮没有这么干，她似乎深谙塑料这种材质的特性，所以只是从容地瘫坐在沙发上，稳如泰山。

"不管怎么说，埃皮斯先生肯定因为二次勒索的事情威胁过朔恩先生。不过他可能并不准备像他说的那样要让朔恩先生身败名裂，而是派法国杀手把刀架在朔恩先生的脖子上，逼朔恩先生归还配方。"耶妮晃动着自己搁在沙发扶手上的左腿，"我敢打赌，埃皮斯先生刚刚的无辜是装出来的。就算他否认自己对朔恩先生有杀心，私底下也有可能真的这么做——他让雇来的杀手随意处置对方，于是那个杀手就直接把朔恩先生从天台上扔下来。你还记得吗？我们当时匆匆忙忙地离开了总部大楼，就是因为我们以为，当时坐电梯上来的人是执行巡逻任务的安保人员。很可能当时坐电梯上来的不是别人，就是埃皮斯先生雇的法国杀手。不过还有一种可能，那就是朔恩先生太害怕自己勒索行为的后果，以至于他最终选择从楼顶跳了下去。"

我也不是很确定，但是你说的那些听起来不是很可信。

伯尔妮又开始了她来来回回的"闲逛"。要不是她的手机已经不在身边了，她今天走的步数准能在手机计步器里创下新纪录。

还有一点需要注意的是，克兰茨也是朔恩彩妆公司的股东，公司收购的事情是他们两个人一起策划实施的，所以勒索的事情也有可能是他们两个一起干的。这件事可能是克兰茨在准备分赃的时候出了分歧，然后他把朔恩骗到了天台上，又将其从栏杆的另一侧扔了下来。也就是

说，根本没有所谓的雇佣杀手，只有克兰茨独占了他们一开始勒索得到的那几百万欧元。伯尔妮又停了下来，举起了食指。是的，肯定就是克兰茨了，而且哈格多恩的头也在他的冰箱里。

"所以你就是不愿意走，对吧？"耶妮笑了起来，"你就承认吧，你很享受这种追踪罪犯的感觉，而且你根本就不想死。"

我已经死了！你忘了吗？

"你知道，我是什么意思。"

难道每个人都能死两回？双重死亡？这听上去倒是能当 007 电影的标题。

"最开始的死亡叫作初步死亡，而接下来的二次死亡才是真正的死亡。初步死亡就像是人们家里入户换鞋的门厅，而二次死亡才是真正的生活空间。这是真的！你就是这套理论最好的实证，只是你自己不相信这种说法。"

她们怒视着对方，就像美国西部片中正在对峙着的两位主角。只不过耶妮现在仍然瘫坐在沙发上，而伯尔妮的一只脚正以高跟鞋的鞋跟为支点来回摆动。

"凯-乌韦现在必须得安安静静地吃点东西，然后好好地睡一觉。而且我已经照顾他这么久了，也需要休息一下。如果你觉得克兰茨先生真的有嫌疑，那你就自己去调查这件事。你只要去看看，他现在在忙什么就行了。"

*你的意思是，我得一个人……*伯尔妮突然不作声了。

耶妮说得并不是完全没有道理。现在她一个人就能组成一个坚不可摧的单人女子探案小队，而且她还能随意进入任何她想去的地方。为什么不好好利用一下自己的优势呢?！

伯尔妮闭上了眼，想象着克兰茨的模样。

什么也没有发生。

她的眼睛闭得更紧了，连鼻子上的皮肤都皱了起来。

依然什么也没有发生。

这也太蠢了。为什么这个瞬移的技能有时候用得了，有时候又用不了了？

耶妮撇了撇嘴："你得更专注一点才行。"

再专注下去，我脑子里的血管就要爆炸了！

"灵魂又没有血管，灵魂也没有脑子。"耶妮笑了起来，"你平时和克兰茨先生很合不来吗？"

那当然！

"那就对了，这就是你没法瞬移的原因。这是一种大自然的保护机制，目的是不让死人再为那些混蛋傻瓜生气。"

伯尔妮板着脸看着耶妮。*要是这条规则对所有混蛋都适用就好了！*

"随你怎么嘲讽，你的话伤不了我。"耶妮把头靠在沙发靠背上，"那你再试试想象那位警长呢？你不是可喜欢他了吗？"她一脸坏笑。

伯尔妮气到找不出话来回应耶妮的冷嘲热讽。于是她想象着亚历山大·温考的形象，闭上了眼睛……

接着，她出现在一个她一眼就能认出来的地方，按照这里的陈设，这里是那家法医鉴定所的某间解剖室。

亚历山大正拿着手机打电话，他站在窗口，朝窗外的夜色中望去。伯尔妮发现，他在接电话的时候总是喜欢站在窗口。总之，这已经不是她第一次像这样观察亚历山大接电话时的样子了。他依然穿着那件皮夹克，不过这次夹克里面搭配的是一件格子花纹的法兰绒衬衫。伯尔妮一直觉得穿格子衬衫的男人很老土，不过对她而言，亚历山大可以是一个例外。

"没错，他的员工刚刚已经辨认出来了。死者肯定是雷吉纳尔德·朔恩。"

伯尔妮朝那张带轮子的不锈钢解剖台望去。幸运的是，解剖台上的尸体被一张裹尸布盖住了，要不然伯尔妮可没法保证会发生什么。灵魂当然也会呕吐，只不过吐出来的是一些飘浮的灵体物质罢了。

就在几个小时前，朔恩还活着，还能饮酒，还能痛骂他的对手 ——可现在他已经死了。尽管伯尔妮自己也是死去之人了，但她还是为朔恩感到惋惜。而裹尸布下面的那具尸体更是让她感到恐惧。

*雷吉纳尔德？*她试探性地喊了一声，四处张望着。*朔恩先生？*

没有回应。

为什么在被谋杀的几个人里，只有她还能够作为灵魂存在？难道他们这群人都像旅鼠[1]一样迫不及待地跑到那束光里去，集体二次自杀了吗？

能作为灵魂存在，难道是上天对她的恩赐？又或者说是上天对她的惩罚？

"案件的数量多得快爆了。"亚历山大揉了揉他那双满是睡意的眼睛，"就像第一位受害人，也就是海思的保时捷一样。那辆车就是在这座法医鉴定所隔壁的停车场被炸成灰烬的。"他听了一会儿电话那头的人说的话，接着说，"不，这辆车显然是在她被害之后被人开出来的。这里的安保人员抓到了一位女士，而那位女士声称她看到过一名可疑的男子……啊对，是的，刚才还有一个法国人打电话到警察局来报案，警察局把他的电话转接到我这里了，他说朔恩之前勒索过他。另外还有一个比较有趣的细节，那个法国人还说，刚刚有一个自称罗杰·封·格尔德恩的假侦探和他在一起……对，没错，就是那个最后一个见到活着的博尔曼的人。那个法国人描述了一下他的外貌，和博尔曼邻居描述的外貌完全吻合 ——很瘦，衣服上的花纹像是蛇纹。不过只有那个法国人提到了他脸上的伤，博尔曼邻居忽略了这个细节。"他又听了一会儿，"没错，线索越来越清晰了。我会留在这里……不，我不回家。我不用睡觉，反正死了以后有我睡的呢。"

---

1 旅鼠，传闻称当旅鼠的数量过多而天敌数量有限时，旅鼠会突然聚集到海边，集体跳海自杀。然而这一传闻并未得到证实。

可惜你想多了，伯尔妮心想。

他是在和他的上司打电话吗？还是和他的妻子？难道说是和他的丈夫？

在此之前，也就是在她生前，她一定会立刻采取行动，把亚历山大的这些情况都调查清楚。现在，她低头看了看自己。那条贴身的礼服裙和那双高跟鞋，将她身材上的优点展现得淋漓尽致。还是在很久以前的时候，她会把自己的运动外套脱下来，随意地甩到肩膀上，一边用舌头舔着自己的下嘴唇，一边轻轻地歪着脑袋……没错，她以前也试着当过街溜子，觉得自己是一个调情大师。当然了，在伯尔妮眼里，这和她一生当中"稀少"的对象数目并不冲突。即便她几乎从没有给别人上过"主菜"，她也会用各种消遣的小游戏让那群男人兴奋起来。不过现在，一切都已经成为过去了。

灵魂可以和活着的人结婚吗？谈恋爱呢？是不是有什么特殊的方法？她不懂也不知道。难道是让自己的灵魂和对方的肉体结合？但不管怎么样，亚历山大都得先知道她的存在才行。唯一知道她存在的男性是凯－乌韦，但是伯尔妮对他着实是一点兴趣也没有。

可怜的凯－乌韦。 他——以及他作为罗杰·封·格尔德恩的第二个人格——现在已经成了头号嫌疑犯。伯尔妮叹了一口气，是她把他带到这种不幸当中的，现在她要想办法，帮凯－乌韦从这种不幸中脱身。

伯尔妮看着那个不锈钢解剖台，朔恩的尸体躺在解剖台上。与此同时，这个解剖台也是一辆推车：解剖台的轮子上方有一个小架子，架子上放着一个盆子，盆子里是朔恩随身的一些东西——一部手机、一只名牌手表、他最喜欢的有漫画图案的彩色袜子，以及他那满是血迹的领带。这种自带储物功能的解剖台确实很实用，不然很容易把装着不同遗物的盆子搞混。

一种不安的感觉朝伯尔妮逼近，像是身体里涌上来的一股气，再次出现在了她的意识中。这种感觉告诉她，她必须赶紧离开这里。可到底是为什么呢？

很快，事情就变得一发不可收拾了起来。

一只仿佛从地狱而来的恶犬双腿直立，站在伯尔妮面前 —— 它毛发竖起，上唇自然下垂，不停地吠叫着。它叫得太过用力，以至于它的嘴边都吐出了白沫。

他就是保安养的那只牧羊犬，只是保安现在并不在它身边。可能是它自己挣脱了保安给它拴的绳，也有可能是保安放它在法医鉴定所里四处走动，进行巡逻的。不管怎么说，它现在的行为就是想引起主人的注意，让别人知道它找到了一个灵魂。

没错，它就是因为看见伯尔妮才会这样吼叫的。没有别的可能了。

当伯尔妮朝着亚历山大跑去时 —— 她就像是英雄救美那种老套桥段中的寻求保护的少女 —— 那只狗也跟着她跑了过去。

亚历山大显然以为这只狗想要袭击的人是他。"可恶！"他大吼着，声音中还带着一丝恐惧，"这是谁家的野东西？"

一个穿着制服的人走了过来，站到了法医的人群当中。但是，在场的人都不敢朝这只完全没有束缚的牧羊犬靠近。毫无疑问，眼前的这只几近疯狂的野兽丝毫不逊色于那只守护冥界的地狱三头犬刻耳柏洛斯[1]。给这样的一只动物起一个爱好和平的爱尔兰歌手[2]的名字，显然是完全不合适的。

那个保安终于跑了过来："波诺，出去！波诺，你在发什么疯？出去！"

亚历山大已经逃到了放着朔恩尸体的解剖台后面。伯尔妮跟着他一起躲了过去，因为她不想让别人意识到她的存在 —— 如果波诺一直只是

1　刻耳柏洛斯，古希腊神话中看守地狱的三头烈犬。

2　这里指的是牧羊犬的名字波诺（Bono）。波诺同时是爱尔兰歌手保罗·大卫·休森的艺名，他不仅是爱尔兰摇滚乐队 U2 的主唱兼旋律吉他手，同时也是一位社会活动家，曾获诺贝尔和平奖提名。

对着空房间吠叫，大家一定会以为是解剖室里有别的什么"人"让波诺兴奋起来了。

可是波诺还是跟着伯尔妮。

保安跟在它的身后，依然大喊着："出去！"

亚历山大又后退了几步。这样来看，他很怕狗，至少是怕这样行为怪异的狗。但是谁又会因为这个责怪他呢？

亚历山大迫不得已掏出了他的武器："你要是管不好你的狗，我就不得不对它开枪了！"他威胁着保安。

*你疯了吗？别叫了！*伯尔妮对着波诺喊道。

但波诺对此毫无反应，只是叫得更响了。为了保证狗的安全，伯尔妮朝门口跑去。然而，这只狗只顾着追她，碰到了解剖台的桌角，一下子撞倒了解剖台 ——它被喂得很健壮，这让它有力气撞倒放着尸体的解剖台 ——装着朔恩遗物的盆子翻倒在地。

就在这时，伯尔妮终于想起来，那种隐隐的不安的感觉是怎么回事了。

是盆子！

不是这个盆子，是那个放着她所有东西的盆子。她的外套不见了，但是她是穿着外套去世的，否则她现在作为灵魂，是不会穿着那件外套的。

她恍然大悟地用手拍了一下自己的额头。*肯定就是因为这个！*

伯尔妮知道，凶手想从她的外套里找到什么了 ——那只装着配方的 U 盘。而且她也知道，她可以在哪里找到那只 U 盘。

22 关键证物

▶ **生活就是魔法和食物**

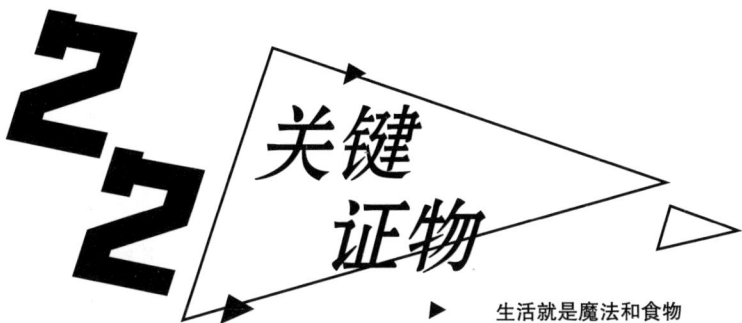

"什么叫已经半夜三更了？为了养家糊口，总得有人出来干活！我需要一个人来送外卖！我这里已经走不开，忙得一团乱了！"

当伯尔妮再次出现在烤肉店的时候，埃尔坎正在大声地打着电话。他显然是在和他家族中的某位员工说话。电话那头的人看来并不想离开他的床。

"行，那你挂电话！有本事你就挂电话！"埃尔坎哼哼了一声，把手机往沙发上一扔，"他真的把电话挂了！"

凯－乌韦的嘴里塞满了烤肉和春卷，他一边狼吞虎咽，一边说道："我能很快帮你把这件事解决。"

埃尔坎看着凯－乌韦，仿佛找到了他失散多年的亲兄弟："你真的愿意帮忙吗？那真是太感谢你了，兄弟！我欠你一个人情。我很快就能把所有东西打包好。"

说着，埃尔坎赶忙跑去了大堂。大堂里现在坐满了饥肠辘辘的各大媒体的记者。他们是来报道彩妆公司老板朔恩的离奇死亡案的。

凯－乌韦，我们现在必须马上去我原来的那间办公室！

"没关系，反正配送的目的地也是犯罪现场。"他说话的时候，羊肉和粉丝的碎屑从他的嘴里漏了出来。

"看来你有什么新发现？"耶妮还是斜躺在沙发上，似乎在过去的这段时间里，她连一毫米都没有移动过，像一只安详的水牛。埃尔坎刚刚扔过来的手机差一点就砸到她了，但她还是一如既往地平静，像一头被砸死的水牛。

不，这项荣誉应该是你的——发现这条线索的人是你。

伯尔妮其实并不吝啬对他人的夸奖，至少从幼儿园开始，她就愿意承认别人的成就了。这是一位优秀的领导应当具备的能力，她也经常有意识地培养这种能力。

我们大家都把这事儿给忘了。铛铛！

她双手指着自己的外套，就像是晚间电视购物节目的主持人一样。

耶妮坐直了身子。安详的水牛突然变成一只鼻子正在抽动的猎犬，正在寻找猎物的踪迹。"这件外套不见了！"

没错。就像你之前说的一样，在我死的时候，我肯定穿着这件外套，不然这件外套现在不会在我身上。但是雅尼克在开始抢救我之前，先把我的外套脱了下来！现在让我们把这两条线索汇总起来，我们就会发现，其实……

凯–乌韦把最后一口夜宵吞了下去，恍然大悟似的喊道："……其实你也参与了配方盗窃的过程！"

显然，有的人连一加一等于几都不会算。

不是，我和他们偷配方的事情一点关系也没有。我是想说，那只存着配方的U盘可能出于某种原因，出现在我的外套里。

"但是你的尸体在法医鉴定所被盗的时候，凶手已经把你的外套一起带走了。"耶妮插话道，"那件外套已经不在那个放你东西的盆子里了。"

*对，就是这样！但是外套真的是他拿走的吗？*伯尔妮再次开始来回踱步了。她走路的节奏恰好和墙上音箱播放的音乐一致。如果埃尔坎在这里放一条地毯，那这条地毯上肯定已经满是鞋跟戳出来的花朵一样的

印记了。

我猜想，那件外套其实本来就不在那个放着我东西的盆子里。凶手把放着我尸体的解剖台和装着我东西的盆子一起推到了花园里，为的是有充裕的时间在那里翻找那只 U 盘，不被别人发现。但他最后只得出了一个结论——槽糕，该死，那件外套不见了！

耶妮同意地点了点头。

"什么外套不见了？"凯－乌韦问道。对他而言，她们的推理有点太快了。

伯尔妮可没时间给他解释。也就是说，毒害我的人既不是雅尼克，也不是哈格多恩。因为他们两个都知道，我的外套并没有和我的尸体一起被运走。真正的凶手一定还在公司里找那件外套。

"我还想确认一点，所以你还是觉得凶手是朔恩先生或者克兰茨先生吗？或者就是他们两个一起作的案？"现在耶妮也站起来了。至少她和伯尔妮一样，非常享受推理的过程。就算她嘴上总是在拒绝伯尔妮，行动却很诚实。

没错。要么他们两个的其中一个人发现另一个人不对劲，要么他们两个就是一伙的。不管怎么说，他们两个人肯定是起了争执，而克兰茨最终决定把剩下的烂摊子都交给了朔恩。

"那克兰茨先生有在这期间找到那只 U 盘吗？如果是的话，他肯定早就逃之夭夭了。"

伯尔妮突然停了下来。为什么那种不安的感觉又出现了？她已经想起来外套的事了呀。难道说这还不是事情的全貌？还缺什么呢？为什么这种感觉一直不肯放过她？

我们必须把朔恩彩妆公司的每一个房间都上上下下地找一遍，把它翻个底朝天才行。

"你说的'我们'，指的是……"

耶妮朝凯－乌韦望去。

……不包括凯－乌韦。我无意中听到，警方的画像师已经画出了罗杰·封·格尔德恩的肖像，那张肖像可能已经随着通缉布告发布出去了，警察认出他的概率是很高的。所以，只能请你来完成这件事了，耶妮。

"不行，没门儿！我是绝对不可能帮你做这件事的！"

为什么不呢？这件事情一点危险性都没有，凶手不可能对你动手，加上这里到处都是警察！伯尔妮突然有了一个想法，这个想法是在她认识耶妮、了解耶妮的忧虑之前从来都不会想到的。而且警方也不会因为歧视之类的原因对你动手，那里到处都是媒体的记者！另外，你是我们公司的清洁工，没有人会怀疑你的。最坏的情况也只不过是有人认出了你，想要把你叫住，届时你也可以干脆不理他们，直接走开。

"我说了我不去！我不会一个人去做这种事！"如果让耶妮去做她并不愿意做的事情，那她立马就会转变成一位高大凶恶的复仇女神，仿佛她头巾下的那些辫子，随时都有可能变成美杜莎[1]头上的蛇。如此令人畏惧的一个人，同时也如此容易感到胆怯和恐惧，可能这就是命运给她开的玩笑吧。"如果我们换一种思路，以追求结果为导向，其实我们还有别的方法。"

伯尔妮哼哼了一声。

"我知道我们可以怎么办，只要我们让别人认不出凯－乌韦就行了！"耶妮回头看了一眼，"那个柜子里是什么？"

当凯－乌韦打开柜子的时候，他像个孩子一样，心中爆发出强烈的对于换装游戏的兴趣。在柜子里的衣架上，挂着一件红色的、长及脚踝的真丝裙子，裙子上饰有互相交叉的领口和腰带；柜子上方的一格里，放着一只红色的土耳其毡帽；而柜子的底部，则放着几双人字拖。一眨眼的工夫，一个穿得像蟒蛇似的花花公子摇身一变，成了中土混血的跨

1　美杜莎，古希腊传说中的蛇发女妖，凡是看到她眼睛的人都会被石化。

性别者。

埃尔坎带着四个装得满满的塑料袋走了进来："拿好了，这里是他们订的外卖。一共是四份烤肉，两份是传统口味，两份是融合口味。还有四份味噌汤，一份蜂蜜香蕉。订餐的人叫穆勒，是个警察。他会在二十四楼通往天台的那个楼梯口等你。"虽然埃尔坎平时对别人的外貌不怎么感兴趣，但他还是注意到凯－乌韦已经换了一身装扮。"你要穿成这样去吗？"

"这样可以吗？"

埃尔坎是个老好人，他深受地中海地区热情好客的文化影响，坚信自己的东西同时也可以是别人的。他对凯－乌韦私自穿上了他们的传统服饰没什么意见。对他来说，最重要的是，凯－乌韦能帮他把餐送到，于是他淡然地点了点头。

"但是你应该知道吧？这其实是一件女士服装，它是我丈母娘的东西。"

"我感觉这条裙子很好看，这看起来就像是一条长袍。我穿成这样，像不像孔老夫子？只可惜，我的胡子被刮……"

他突然不说话了，因为伯尔妮用一声"凯－乌韦"喊住了他。他这种喋喋不休的毛病迟早有一天会害了他的，而且就算是有耶妮，到时候也没法救他了。

"你想这么穿，我倒是无所谓。好了，我再重复一遍顾客的信息——穆勒，二十四楼。"埃尔坎把袋子塞到了凯－乌韦的手里。

就这样，凯－乌韦、伯尔妮和耶妮出发了。首先，他们必须挤过那一大群在周围围观的人，才能走到通往公司大门的主路上。

为什么大家深更半夜地还要跑到这里来？

"喜欢看热闹罢了。光是'公司老板从天台上跳下来'这一件事情，就足够上好几天新闻了。"

当然了，想从这群人当中穿过去，并没有那么容易。

"嘿，你们要干吗去？"

正当凯－乌韦用脚挑起警戒线，准备像表演林波舞[1]的杂技演员一样从下面钻过去的时候，一个年轻的警察快步向他走来。尽管从他的眼神里看不出什么调查谋杀案的兴致，但他依然看起来十分专业。

"这里是犯罪现场，没有你们要找的东西。"

必须指出的是，警察这话说得其实并非没有道理：就在他们站着的地方，真的有许多人弯着腰，把身子探过警戒线，不知羞耻地对着悲剧的发生地拍照片。

"但是我得进来送餐。是穆勒警官的外卖，在二十四楼。"凯－乌韦又轻轻地抬了一下警戒线。

"等——一下！把脚放下去！我先确认一下！"那位警察在手机通讯录里选出了一个号码拨过去。"我是奥拉夫。我想确认一下，你们点外卖了吗？"他看着凯－乌韦，"你的袋子里装的都是什么？"

凯－乌韦的脸上顿时愁云密布。他的大脑就像是一块刚刚被擦过的黑板，上面只剩下一点粉笔印子了。

*四份烤肉，两份传统口味，两份融合口味；四份味噌汤；还有一份蜂蜜香蕉。*伯尔妮在他耳边小声说道。

凯－乌韦的眼神一下子亮了起来："烤肉、汤，还有放了蜂蜜的香蕉。"

警察重复了一遍他的话，点了点头。然后他又放下手机，接着问道："背包里是什么？"

凯－乌韦，这个一刻都不愿意和装着钱的背包分开的人，就算是在帮烤肉店送高油高热食品的时候，依然把它背在真丝裙子的外面。带着粉色装点的红色系穿搭，似乎就像是他的时尚宣言。"这里面是……我准备的找零。"

1　林波舞，一种起源于西印度群岛的杂技性质的舞蹈。在舞蹈过程中，舞者通过下腰等方式穿过横向放置的障碍物。

这从某种意义上来说，确实有可能是真的。

尽管这位警察选择相信凯－乌韦说的话，但他还是怀疑地打量着他——主要是在观察他的脸。"你是在来的路上撞墙了吗？"

"为什么这么说？"

你脸上的瘀青！

伯尔妮意识到，自己忘了凯－乌韦现在的容貌就像是弗兰肯斯坦的怪物，甚至比那只怪物更恐怖。她也忘了，凯－乌韦还穿着女装。此外，她常常忘记自己已经是个灵魂了。不过总的来说，她这个"健忘的毛病"正在慢慢地改善过来。

"啊，原来如此……呃……瘀青是因为……"凯－乌韦的想象力抛弃了他，因为他完全没有准备过这个问题。他的目光在警察、伯尔妮和耶妮三个"人"之间来回逃窜。终于，他吐出了一句话："我的妻子打了我一顿。"

警察撇了撇嘴，点着头说："我知道了。看来这种情况比人们想象的还要多一些。你过来一下……"他从裤子口袋里掏出了一张卡片，"……这是男性求助热线。不用感觉羞耻，遇到问题直接打电话就行，这是帮助你对抗痛苦的电话。哪怕只是把你的痛苦说出来，对你自己也有帮助。"他像一位兄长一样用拳头捶了捶凯－乌韦的肩膀，"不要担心，你能挺过来的。"

他用脚把警戒线踩低了一些，凯－乌韦和耶妮从上方跨了过去，伯尔妮则直接从警戒线和马路的缝隙中间飘了进去。她已经好久没有体会到这种做灵魂的快乐了。她也尝试过，想象那位点了烤肉的穆勒警察的形象，然后大变活人似的直接出现在他面前。不过显然，瞬移的技能既然对自己不喜欢的人没用，那就更不可能对自己不认识的人有用了。

在大楼的前厅，他们三个"人"还是分开了。耶妮因为有幽闭恐惧症，没有办法坐电梯，所以选择去爬楼梯。凯－乌韦决定陪耶妮一起。

不过耶妮并不想让凯－乌韦陪她上楼："这样不行，等你到顶楼的时候外卖都凉了。我们到顶楼再碰头。"

就在凯－乌韦和伯尔妮在楼下等电梯的时候，伯尔妮看到一辆民用车停在了大门口，从车里走出来的人正是她那位警长亚历山大·温考。

*喂，你先自己坐电梯上去，把烤肉什么都交给他们，我在……*伯尔妮顿了一下。*朔恩的办公室现在肯定只有负责保护现场的人能进，但是警方应该还不知道克兰茨和这起案件的关系。……我在克兰茨的办公室等你们过来碰头。*

"但是我要怎么样才能溜进克兰茨先生的办公室呢？楼上的人肯定比周末赶集的人还多，我又穿了这么一条显眼的亮红色裙子！"

你应该已经知道要怎么做了。

"叮"的一声，电梯到达了顶楼。伯尔妮示意凯－乌韦进去，自己则让高跟鞋离地，朝着她那位触摸不到的男主角瞬移了过去。在经历了那只牧羊犬的狂热追逐后，亚历山大看起来有些疲惫。他对着门口的警察说了几句话，然后走进了这栋大楼——凯－乌韦刚刚坐过的电梯的门又打开了，可能晚上只有一部电梯能开放使用吧——他正在和他的搭档交流，而那位搭档出现在伯尔妮视线里的时候，正急急忙忙地朝大楼门口跑去帮亚历山大开门。

"哈索，说说吧，有什么新发现？"

哈索今晚穿着一条格子花纹的灯芯绒长裤和一件花衬衫，这种搭配可谓十分大胆。伯尔妮不禁好奇，做案件侦查的时候有没有着装要求，如果没有着装要求，穿成这样又是为什么呢？

"我们没有找到任何医嘱，也没有发现打斗的痕迹。在死者办公室发现的毛毡拖鞋显然不是死者的。阿尔布罗德博士说，穿着这双拖鞋的人并没有穿袜子。他在上面提取到了DNA，应该可以进一步提供一些信息。"

*该死。从脚汗里面也能提取到DNA吗？*伯尔妮在嘴里咬了下自己的舌头，弄出了声音。毫无疑问，那就是凯－乌韦的DNA。这个可怜的人

正在一步步地走向毁灭，是她把他带到深渊里去的；是她，让他对她的存款产生了令人震惊的迷恋；可能还有他对耶妮的爱吧。

"好的。一会儿我亲自到楼上看看。"他们三个"人"一起走进了四面装满了镜子的电梯里。非常好，镜子里照不出伯尔妮的影像。

亚历山大闻了闻："这味道怎么闻起来像烤肉？"

电梯停在了二十楼。一个全身穿着防弹衣的人对他喊道："嗨，亚历克斯[1]，你要不跟我们一起直接上顶楼？弗里德里希他们在天台找到了不属于死者的头发。"

伯尔妮希望那不是凯-乌韦的头发。凯-乌韦很有可能在顶楼迷路了——没有人知道他究竟有多倒霉。伯尔妮最后看了一眼她那可爱的警长，趁着电梯门还没有关，从电梯里离开了。

朔恩彩妆公司的每一个房间里都亮堂堂的，只有老板朔恩的办公室里挤满了保护现场的工作人员。

伯尔妮觉得，凯-乌韦这时候应该还在送餐，或者正在想办法溜过来；而耶妮可能还在爬楼梯。所以她决定先在走廊里的画像下站一会儿，这张画像的内容同样也是这个家族公司过去的某位老板。站在这里，伯尔妮可以很清晰地看到整层楼的情况——独立办公室的门和集体办公室的门都对着她敞开着。

"嘘！快过来！"

从总化学师克兰茨的"实验室"门后伸出了一只绿色的手，在朝伯尔妮挥舞。

伯尔妮吃了一惊。难道是火星人想要抓她，所以正在骗她过去？她从墙体里穿了过去。

那只绿色的手是凯-乌韦的。他给自己换了一身衣服，不仅把自己的手弄成了绿色，还给自己套上了一件白大褂。看来，他其实不应该把

1　亚历克斯（Alex），亚历山大（Alexander）的昵称。

那条蛇纹的裤子留在埃尔坎那里。这件大褂只能将将遮住他的膝盖，别人能看到他小腿上茂盛的腿毛。还有他脚上的拖鞋，一只是蓝色的，另一只是黄色的，连大小都不一样。伯尔妮觉得，凯－乌韦一个人应该是活不下去的。不过不管怎么说，他现在有耶妮的陪伴了，耶妮会照顾好他的。

为什么你的手是绿色的？

"我从楼上下来的时候坐了货梯，里面有一个水桶。"接下来发生的事就不用凯－乌韦说了。他很可能把水桶里的绿色物质当成布丁了。

这里还有货梯？

"是的，显然没什么人知道货梯的存在，这是最隐秘的一条路线了。"

突然，伯尔妮又被吓了一跳。她没有听见耶妮走过来的声音。

"我不明白，为什么没有人出于好奇仔细地检查一遍这个人的办公场所。"耶妮说道，"从楼道到'实验室'的这段路上一个人都没有，这么容易就让我们溜进来了。而且很明显，还没有人开过冰箱，所以根本没有人发现冰箱里的那颗人头。"

人们当然不能因为这种事情而责备警察，毕竟他们现在所在的大楼，是一栋刚刚发生了坠楼事件的大楼。当然不会有人想到要把每一个冰箱都打开检查一遍。

迟早会有人知道哈格多恩被藏在这里的事情，这不是我们要关心的事。没有人会怀念哈格多恩的，而且她的猫现在也有人照顾了。好吧，只是可能有人照顾了。我听说，那个负责宠物托管的人被拘留了。 伯尔妮长吁了一口气，打起了精神。*行了，我们现在的首要任务是找到那件外套。*

"我们已经上上下下找过一遍了，你的外套不在这里。而且我可以很确定地说，它之前也不在朔恩先生的办公室里。"

耶妮做事非常注重细节，所以在这方面伯尔妮很相信她。

我再去我的办公室看看。雅尼克是在那里把我的外套脱下来的，可能他当时随手就把它扔在了附近。你们在这里等我。

伯尔妮选择了从克兰茨办公室到她自己办公室的最短距离……是的，就是从空中飞过去。或者应该说是从墙里穿过去的?

尽管从耶妮帮助她离开办公室开始到现在，办公室里什么都没有改变，但伯尔妮却认不出自己的办公室了。她只是觉得，自己已经不再属于这个地方，可能让她和这个世界分离的某种程序慢慢地被启动了。她叹了一口气，重新专注于她眼下的任务。

没有，一件外套都没有。她毫不犹豫地一头扎进她的衣柜里——这显然是一种更为高效的搜寻方法——但仍然一无所获。

直到伯尔妮想要离开的时候，她才意识到，有人把她办公室门口的名牌换了。

上面的名字不再是伯恩哈迪娜·海思了，而是萨比娜·舍林[1]!

---

1 萨比娜·舍林（Sabine Schelling），比娜（Bines）的全名。

23 "误会" 害死猫

▶ 在鼹鼠的巢穴里

肯定是她拿了我的外套！她把它连同我的未婚夫、我的办公室一起抢走了！我还一度那么欣赏她！我恶心得想吐，可惜我再也吐不出来了！

伯尔妮一边怒骂着，一边跟凯－乌韦坐着货梯去了地下车库，当然耶妮还是走的楼梯。他们从地下车库的后门溜了出来，拦了一辆出租车，坐车前往萨比娜·舍林的家。

可能她就是这一切的幕后主使。每一个被完美实施的邪恶计划背后都有一个女人。她就是那个祸水！

"我知道你很生气，但是你就不能在心里悄悄地骂别人吗？"凯－乌韦往前探着身子，向伯尔妮央求道。他坐在汽车后排，因为他坐在副驾上会晕车。"你应该知道，作为女性，不能总是把气撒到其他女性身上。这就像是在自取其辱。你应该把她的皮套在你自己身上……不是让你真的这么干，这是违法的。我是说……你应该去试着理解……就是换位思考一下，如果你是她，你会怎么做。"

出租车司机时不时地瞟着车上的后视镜。他偷偷地看着肩膀后方的凯－乌韦，似乎以为这个鼻青脸肿、有着一双绿色的手、穿着白大褂却露着膝盖的人是在和他说话。因为这个时候，耶妮正双手抱胸，一言不发地坐在后座上。这位可怜的司机肯定在暗暗发誓，以后只在白天出来接单，半夜出现在外面的疯子实在是太多了。

"不过我确实不敢相信，舍林女士竟然会有犯罪的念头。"耶妮开口接过话说，"在我上晚班的时候，她有时候也会加班，我们经常聊天。我感觉她从来没有什么恶意。"

*如果你觉得"没有恶意"可以解释成诡计多端、擅长谋杀、既会抢男人又能抢配方的话，那我才能勉强同意你的意见。*伯尔妮对后座上的这对"情侣"感到厌烦。当调查小组中的两个人互相爱慕时，整个团队的合作氛围就会变得非常不愉快。

出租车司机把车停在了市中心的一座混凝土建筑前，萨比娜·舍林总是在这栋房子的公共天台上办她的生日派对，有一次伯尔妮也过来看过一眼。她对此不是很感兴趣，但她觉得过来看一眼是她的职责——她要维护好自己和其他员工的关系。这是作为公司管理层的职业修养。因此，她也顺理成章地知道了比娜的家庭住址。

凯-乌韦摁响了门铃。

门没有开。其实这也不难理解——在凌晨四点的时候自己家的门铃被突然按响了，哪个独居女性敢贸然开门呢？

*你直接把门踹开，*伯尔妮要求凯-乌韦说。

"你脑子是气糊涂了吧？他用什么踹？他连正经的鞋子都没穿——这样踹一下很疼的！"灰熊一样的耶妮正在保护她的孩子。"把脚放下！"耶妮对凯-乌韦说道。

而此时，凯-乌韦已经抬起了那只穿着拖鞋的脚。

"你直接把其他人的门铃都按一遍。一旦有人应答，你就说有急事找舍林女士。"

不过，比娜的邻居们是幸运的——他们不必被恼人的门铃声打扰、从甜甜的睡梦中醒来了。一个老嬉皮士已经笑嘻嘻地带着一串钥匙，朝门口的凯-乌韦走过来。他穿着花花绿绿的宽松衣服，留着齐肩的灰色长发，身上散发着一种大麻的臭味。

"你需要帮助吗？"

"我……呃……我是最近新搬到这里的。我家里有客人，我本来想出来送送她们，但是她们走了才发现我把自己关在外面了。"凯－乌韦扯了扯身上的白大褂，用这件衣服紧紧地围住了自己瘦削的身体，"是几个女孩，你懂的。"他编故事的能力似乎又回到了巅峰。

老嬉皮士心领神会地咧嘴笑了起来："我懂！"他朝凯－乌韦眨了眨眼，打开了大门，"那就进来吧，欢迎回家。"

电梯上贴着一张纸条，纸条上写着"故障"的字样。有人在这张纸条下贴了一张便利贴，表达着他的愤怒："一个月能坏三回——干什么吃的！"

所以他们四个就走楼梯上了楼。

这个人怎么还不走？ 伯尔妮抱怨道。

原来，这位老嬉皮士和比娜住在同一层楼。"晚安！"他向凯－乌韦告别道。

凯－乌韦在楼道里又等了一会儿，直到老嬉皮士消失在自己的公寓里。

在最右侧的那扇门， 伯尔妮催促道。天台上没有厕所，所以伯尔妮知道去比娜家的路。

凯－乌韦刚把食指对准房门口的门铃，耶妮就发现了什么，她说道："这扇门也只是虚掩着的。"

又来了！该死，这可不是什么好兆头。这从来都不是什么好兆头。

"我觉得，凯－乌韦应该打电话叫警察。"耶妮说。

你每次都这么说——像唱片跳针了一样[1]。凯－乌韦比你想象的更有毅力，也更有恒心。我觉得，我们应该先进去看看里面的具体情况。

1　唱片跳针通常是指在播放黑胶唱片时，唱针无法平稳地跟踪唱片上的沟槽，导致音乐播放出现断断续续或跳跃的现象。

"不行，要是这样我就不进去了。不然别人会觉得我是在私闯民宅。"耶妮又把双臂交叉到胸前，这是她每次争辩时都会做的终极动作，"再说了，凯 – 乌韦又不是查克·诺里斯[1]。他还是有可能出事的。"

耶妮看了看凯 – 乌韦身上"装点"着的千奇百怪的伤口，改口说："肯定还会有什么不好的事会发生在他身上。我们真的应该等警察来。"

所以你想要丢下我们不管？

"我不是要丢下你们不管，但这也是出于理性的考虑！我们现在需要的不是这种'脑子一热就开干'的鲁莽行为，我们需要的是警察的介入。他们训练有素，专业就是干这个的！"

等他们来了，可能就太晚了！

就在两位女士争吵之际，凯 – 乌韦已经用手指轻轻地推了一下门。

门静悄悄地滑开了。

伯尔妮和耶妮立马不作声了。

穿过这扇门，就可以直接进入一间大小适中的厨房。厨房里的陈设一目了然，屋顶的灯还亮着，但一个人也没有。门后的地上躺着一件聚酯纤维材质的白色仿缎面居家服，仿佛可以听见静电在空气中发出的滋滋声。

*你们先不要动！*伯尔妮一边命令着，一边自己"走"了进去。当躯体和生命已经跟她完全没有关系的时候，她就会比往日更加勇敢。

凯 – 乌韦和耶妮就这样看着她朝屋里走去。

"不要，求你了！"他们三个听到了一个充满了恐惧的女人的声音。那个声音是从左侧卧室传来的。

"凯 – 乌韦，打电话报警！"耶妮命令道，"现在！立刻！马上！"

你们等我先去确认一下，这也有可能是她的某位情人在床上对她做着什么下流的事。

1　查克·诺里斯（Chuck Norris），美国演员、武术家，出演过由李小龙执导的电影《猛龙过江》（*The Way of the Dragon*）。

"开着门做这种事吗？"

这个时候伯尔妮已经穿过了厨房，正偷偷地从卧室的门缝朝里面望去。

其实她已经猜到了一切——只有一点出乎她的意料。

"所以发生了什么事？"凯－乌韦朝她喊道，好奇地走了过去。他的那双拖鞋自然而然地发出了"噼噼啪啪"的噪声。这原本只是炎热的夏季里，人们常常会听到的一种声音，但现在，这种声音象征着凯－乌韦的愚蠢。

因为这样一来，卧室里的那个男人就会发现，他和比娜已经不是单独的两个人了。他带着他的人质转过身来——那个人质就是比娜——凶狠地盯着门口。

"但是……但是，这是……"凯－乌韦结结巴巴地说着，奋力地从卧室门口朝公寓门跑去。就在还差最后一米的时候，他的两只拖鞋全部滑落了下来，把他绊了一跤，他直接撞在了门框上。

*耶妮说得对，*伯尔妮心想，*凯－乌韦逃不过这一劫。*

回过头看卧室里的情况，除了一条白色的三角裤，比娜什么也没穿；而那位劫匪则穿着一条白色的工作裤和一件白大褂，让人一下子就能联想到化学实验室。他的一只手臂像一条巨大的蛇一样环绕在比娜的脖颈上，而另一只手上拿着一只没有软木塞的半满的圆底试剂瓶，瓶口对着比娜的脸。

"别过来！你要是靠近一步，我就把强酸泼到她脸上！"

"……但是，这是……"凯－乌韦已经完全糊涂了，他只是重复着嘴里的话。他转过身来看着伯尔妮，大喊道："但是这是朔恩先生！"

伯尔妮点了点头。

那不是主管化学部门的克兰茨，那是管全公司的老板朔恩。他原本应该从二十四楼坠落下来，带着自己碎裂的骨骼、变形的大脑和严重内出血的身体死亡，直挺挺地躺在法医鉴定所里！

24

好戏
登台

▶ 死亡之后还是死亡

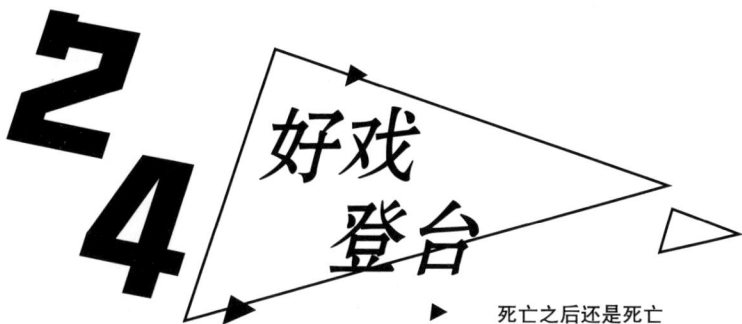

"我现在有点糊涂了。你不是已经去世了吗？"

呵，就算面前站着的是一个手里拿着剧毒物质的疯癫杀人犯，就算那位美丽的人质已经被贴在她脸上的试剂瓶吓得表情僵硬，凯－乌韦说话时还是一如既往地礼貌。

不过，在去了一趟千喜宫之后，凯－乌韦的意志力似乎更加坚定了一些 —— 比娜大面积裸露的身体并没有使他分心。至少现在没有。

"救救我！"比娜尖声喊道，"求求你不要让他伤害我！"

"啊，原来是那个把我打晕的偷酒贼！"朔恩笑了起来，他笑得凶狠极了，像是鲨鱼露出了牙齿，"你是单纯吃饱了撑的要来这里自讨苦吃吗？我可不信！"

凯－乌韦确实还在消化，只不过他消化的是脑海里过量的信息。这对他来说要耗费很长的时间。"但是你已经去世了。"

朔恩笑得更大声了："你真是个奇怪的小孩。要是我变成灵魂了，你还能看得见我吗？"

"能啊，只不过那样我就触碰不到你了。"

朔恩皱了皱眉头，一条条皱纹就像是一个个问号刻在他的脸上。

"我可以掐你一下吗？"凯－乌韦伸出了手臂。

朔恩下意识地拖着比娜，往后退了一步。

"帮帮我。"比娜用尖细的声音央求道。这个时候，朔恩已经快把她的脖子勒断气了。

凯－乌韦，你必须离开这里。伯尔妮警告道。你先回到安全的地方，然后打电话报警。

楼道里传来耶妮的声音："我早就这么说了！"她仿佛长着一对蝙蝠耳朵，什么都听得见。

"我不能离开这里，不然他就会对她下手了！"凯－乌韦反驳着，用谴责的眼神看着伯尔妮。

"你在和谁说话呢？"朔恩的眼睛眯成了一条缝。他的眼珠子在那条缝里骨碌碌地转着，但就算他再怎么努力，也看不到别人。

"救命！！"比娜大声喊着。

朔恩用手捂住了她的嘴："闭嘴——不然我马上就让你毁容！"

比娜马上不说话了。她的眼睛瞪得大大的，僵在了那里。

就连凯－乌韦也似乎因为内心的担忧而僵直地站在那里不动了。

毫无疑问，只有伯尔妮可以自由地行动。*如果他没死的话，为什么看上去一点醉意也没有？他几乎喝掉了整整一瓶威士忌！*

"你不是*应该*已经喝得烂醉了吗？"凯－乌韦把伯尔妮的话说了出来。

"你是在说，你在我办公室里碰到我的那件事吗？"朔恩冷笑着，"没错，我要了个小把戏，骗过了所有人。我跟你说过，我的心里沉睡着一个艺术家的灵魂，一位舞台艺术大师！我会随随便便把自己的秘密透露给你吗？那个威士忌酒瓶里装的只是苹果汁而已。这在谈生意的时候可有用了，因为对方可能到时候就没法认真思考了。不过我给别人喝的当然都是真的酒。"

*天才！*伯尔妮有点佩服他了。

"之前在办公室里碰到你的时候，我就知道，我得演一出好戏了。"

朔恩表情扭曲，一脸轻蔑，"这么说，你和我们的舍林女士住在同一屋檐下？"他松开了那只遮住比娜嘴巴的手，只是为了能把比娜的脖子勒得更紧一些。与此同时，他微微推了推比娜，让比娜面朝凯－乌韦。"我一开始还以为，她只是背着毫不知情的海思，勾搭上了那个'优雅'的博尔曼，和他成了一伙。"

伯尔妮的鼻腔喘着粗气，她现在很火大。难道真的所有人都知道她和博尔曼的秘密关系？他们都是怎么发现的？难道是因为她那不隔音的办公室里时常传出的清晰"噪音"？

"不管他们三个怎么样，现在这个游戏要按照我的规则玩！我只要那只 U 盘！马上把那只 U 盘给我！"朔恩把颤抖着的比娜又朝前推了一点。

比娜呜咽着。

小心，伯尔妮提醒道，*他要准备倒强酸了！你快往后退，不然他往比娜身上泼强酸的时候，也会溅到你的。*

凯－乌韦往后退了几步："这里面真的是强酸吗？你不能这么干！"

"那你就告诉我，那只该死的 U 盘到底在哪儿！"朔恩说话的时候口水四溅，那是他太过激动导致的，"我要拿到海思外套里的 U 盘！那只 U 盘是你拿走的，对吧？我不关心你是什么时候拿走的，也不关心你是怎么拿走的，但是它肯定在你手里。我要拿到那只 U 盘——现在！马上！"

"外套里本来也没有 U 盘！"比娜尖声喊道，她的声音比平时至少高了十个八度，"我发誓！"

直到现在伯尔妮才看到她的那件黑色外套。那件外套此刻正躺在卧室的地上，已经被撕成了碎片。

她肯定拿了那只 U 盘，我刚死不久，她就到我办公室里拿走了我的外套。那件外套跟你明明一！点！也！不！配！

"你是在开玩笑吗？在这个时候，为了这种事情，在这里发火？"

耶妮现在已经进了厨房。如果她不走进来的话，就看不到里面的情况了。她从来没有发过火，但现在看上去像是被点燃了一样。她吐出来的每一个词都如此有力，像是在抽打着声音所及的每一个人。

"我分明在欢送会上把它放进了那件外套的口袋里……"朔恩接着说。他站在卧室里，看不到耶妮。

"你害怕自己被法国人派来的杀手谋杀，这点已经很清楚了。"凯－乌韦共情地点了点头，"如果我是你，我也会这么做的。"

朔恩的心里仿佛被什么东西刺激了："法国派的杀手？没有这样的事。我只是不想让它落到克兰茨或者博尔曼的手里，特别是克兰茨。他在欢送会上一直催着我下手，显然是一点都不信任我。不管怎么样，我必须赶快把 U 盘销毁。"他撇了撇嘴，"看来，你已经知道发生过什么事了。我猜得果然没有错，你和舍林就是一伙的，你们想要从我们这里分好处。"他哼了一声。

"我完全不认识这个人！"比娜尖叫着。从她的眼神里可以看出，她快疯了。就算她今天有幸活下来，也不可能没有后遗症。

朔恩无视比娜的反驳："你们找到了那只 U 盘，想自己用里面的配方大把地捞钱。但那些钱应该是我的！"

他的语速太快了，以至于凯－乌韦没能跟上他的思路。在凯－乌韦内心的画面里出现的，还是他想象出来的那两位带着重型武器的雇佣杀手，他们的外貌像是阿斯泰利克斯和奥贝利克斯[1]，而且这两位法国杀手肯定对车顶上的那具尸体负有责任。

"如果那个从楼顶跳下来的人不是你，那会是谁呢？"

"你还猜不到吗？那当然是克兰茨了。与其说他是自己从楼顶上跳下来的，不如说他是被迫跳下来的。我……有好好地劝过他。"他露出了橡皮艇一样的嘴唇后面亮闪闪的白牙，又恢复了一开始那个鲨鱼般的

1　阿斯泰利克斯和奥贝利克斯，是由法国漫画家勒内·戈西尼和阿尔伯特·尤德佐创作的系列漫画《高卢英雄历险记》（Astérix）中的人物。

笑容。

*这张嘴肯定做过医美。*伯尔妮评价道。

"那你就是布洛菲尔德[1]，是这一切背后的那个犯罪天才。"凯－乌韦似乎被朔恩的话震撼到了。

朔恩觉得凯－乌韦是在夸奖他，应和道："那是当然！克兰茨、博尔曼和我一起去把配方偷了出来，但我可没打算和他们分享这个配方。我的那艘太平洋上的游艇只有一个座位——那就是我的座位！"

凯－乌韦非常理解朔恩的想法。就像他会用背包里的钱买一个吊床，挂在纳布布岛[2]的沙滩上，一个人享受生活一样，但这只是他刚开始的想法。在这次探案冒险的过程中，这样的场景只在他的脑海中存在过几秒。渐渐地，他心中出现了一位扎着脏辫、说着鲁尔区方言的身材高大的加勒比美女，他愿意和她分享自己的吊床……"但是你是怎么……"

"你给我听好了，我现在没空跟你聊我的人生经历。那些警察过不了多久就会发现我不是克兰茨，到时候他们就会意识到法医鉴定错了死者的身份。现在马上把 U 盘给我，不然你就再也亲不到你女朋友的这张脸了！"

伯尔妮发现，朔恩的眼神里流露着疯癫，只不过这种疯癫和比娜的疯癫不同。

"这不是我的……"凯－乌韦刚开口，伯尔妮就打断了他。

*你问他，为什么要杀我，快点！*她要求道。*我和他们偷配方的事一点关系都没有，我甚至都不知道还有这回事！*

凯－乌韦清了清嗓了："啊对，我想说的其实是，你为什么要谋杀伯恩哈迪娜？她完全没有参与你们的行动，更不知道有这回事。"

"是吗？"朔恩的语气中带着挖苦和鄙夷，"博尔曼在欢送会上对

1　布洛菲尔德，"007"系列小说、电影中的反派角色。
2　纳布布岛，一座虚构的由动物统治的岛屿，出自迪士尼电影《飞天万能床》（*Bedknobs and Broomsticks*）。

她说，他有特别重要的事要马上告诉她。我当时在走廊里可是听得清清楚楚！"

呵呵，当时雅尼克要找我说的事肯定不是别的，而是要和我解除婚约，因为他现在只对比娜感"性"趣了！伯尔妮无语地把双手甩到空中。我竟然是死于别人的误会，这种老套的桥段竟然愚蠢地发生在我的身上。

凯－乌韦还没问完他那一长串的问题："所以你就给伯尔妮下毒？为了让她永远闭嘴？"

"不，是克兰茨下的毒。"

"你枪杀了伯尔妮的未婚夫？"

"那也是克兰茨干的。"

"哈格多恩女士呢？"

"我从来没有杀害过任何一个尊重我的人。我只想给他们一小笔补偿，把他们解雇，这样就可以了。对，这些事情绝对都是克兰茨干的。他还把哈格多恩的头锯了下来……肯定是他，他想把这些谋杀的罪责都推到我身上！克兰茨不肯放过任何一个知情的人，就连那些仅仅对这件事有所察觉的人都是他的谋杀对象！他的座右铭就是——清空一切！所以他给海思下了毒，这对我来说就是在添乱！有那些警察的介入，我就再也拿不到那只 U 盘了。他还给那辆保时捷装了定时炸弹，他想把你连同那辆车一起炸飞，而这一切只是因为他在博尔曼的花园里看到过你。我觉得，从第一次谋杀成功开始，他就已经品尝到鲜血的滋味。他可能想把整个公司的人都从这个世界上抹去，包括那些保安、清洁工。好好好，好一个克兰茨，一个天才化学家，一个天才疯子，从来没有人能像他这样把天才和疯狂结合得这么紧密。真的，在这方面他确实没有屈才。"朔恩耸了耸肩。

呵呵，他现在把所有的罪责都推到克兰茨身上了。但是克兰茨一个人肯定办不了这么多事。一个只会看着我的领口，却不敢请我去喝杯咖

啡的色鬼，不可能把朔恩的秘书分尸了。他没这个胆子。而且……伯尔妮突然想起了什么。克兰茨完全没有参加射击运动的经验，但朔恩有。朔恩经常去野外打猎，甚至为了打猎还特地去了一趟非洲。他肯定在那边参加了很多大型的丛林狩猎活动，射杀了不少大象和犀牛。只有朔恩能隔着绿篱打中雅尼克。朔恩，你就是个混蛋！

"我的耐心马上就要耗尽了。"朔恩此时警告道，"U 盘在哪里？"

"就算拿到了 U 盘，你也没法渡过难关！"凯－乌韦慌了神，他转过了身躯。

"我已经渡过了难关。第一次勒索的钱已经打到我在开曼群岛的账户上……"朔恩笑得像个魔鬼，"这笔钱已经足够我支撑到把配方卖掉了。到时候，我会把 U 盘里的配方低价卖给中国、印度或者巴西的日化用品生产商，但我更想找一家不在乎那些狭隘的道德观念的医药行业巨头。"

"真的有有良心的大型医药公司吗？怎么可能找不到缺德的公司呢？这不是自相矛盾吗？"耶妮不禁插话道。

伯尔妮不停地摇头。嘘！

"好了，既然这样的话……"朔恩低下头，就像是一只战斗状态的公牛，两角平行于地面，正准备向前飞奔，用角刺穿敌人。只是和这样一头公牛相比，朔恩还差几只蹬着地面的牛蹄。"我现在再重复最后一次——把！U！盘！给！我！"

"如果它不在外套里，那我也不知道它在哪儿。"凯－乌韦大喊道。

这时，那种不安的感觉又出现了！它再次敲响了伯尔妮清醒意识的大门。

"那就是在你手里！你这个贱人！"朔恩朝着比娜怒吼道，"把 U 盘交出来。这是我最后的警告！"他举起了手里的那只试剂瓶。

比娜开始尖叫起来，她的声音几乎能震碎耳膜。

"不要！"凯－乌韦也大喊了起来，他带着一种无私无畏的骑士精神向朔恩扑了过去。

朔恩在最后一秒躲开了凯－乌韦的袭击，但试剂瓶里的棕褐色液体全部洒了出来，倒在比娜的脸上。

比娜凄厉地叫着……晕了过去。

凯－乌韦绊到了自己的拖鞋，一脚踩到了地上的居家服，滑了一跤，摔倒在床上。

楼道里有人在朝里面喊着："比娜？"

而在卧室里，朔恩也在叫喊："你这个白痴！你这个混蛋！！"他迅速转过身，面对着凯－乌韦，高高地举起了那只试剂瓶——没有一点犹豫——想要让它自由落体，重重地砸到凯－乌韦的后脑勺上。

但就在此时，只听到一声"嘿呀！"，那位老嬉皮士伸着一条腿，另一条腿弯曲着，像一位忍者一样朝着朔恩飞踢过去。

他的脚后跟正中朔恩的下巴，发出了倒人胃口的"咔嚓"声。这是下颌骨碎成两半的声音。

朔恩跪倒在了地上。在他还没有意识到发生了什么事情的时候，凯－乌韦从床上挣扎着爬起来，用他那个装着钱的背包朝着朔恩的后脑勺砸去。在又一阵难听的噪声后，朔恩被打倒在地。他人生的灯光熄灭了，不是真正地永远地熄灭了，这只是朔恩第一次经历这种黑暗。

伯尔妮和耶妮站在远处，她们的头来回摆动着，看着凯－乌韦他们你一拳我一脚地揍着朔恩，就像是温布尔登网球比赛[1]的观众。

"比娜，你没事吧？"那位老嬉皮士跪坐在比娜身边。

"快，我们得往她脸上倒清水！"凯－乌韦呼喊着，"得赶紧把她脸上沾到的强酸冲淡！"

他急急忙忙地跑进浴室，拿出一只装满水的刷牙杯，把杯子里的水一股脑儿地倒在了比娜脸上，就连牙刷也一起砸在了比娜脸上——他忘

1　温布尔登网球比赛，指温布尔登网球锦标赛（Wimbledon Championships），简称"温网"，是网球运动最为重量级的赛事之一。

记把它拿出来了。

比娜恢复了意识，痛苦地呻吟着。

凯－乌韦又这样重复了几次。不过这回他没再把牙刷倒出来了。

"为什么还要这么做？她已经醒了！"那位老嬉皮士一边说，一边像一位值得信赖的绅士一样，把他身上那件皱巴巴的亚麻衬衫盖到了比娜身上。

"你不知道，刚刚那个人往她脸上倒了强酸！"凯－乌韦的声音听上去非常慌张。

老嬉皮士把手腕上的发绳取了下来，把自己的头发扎成了马尾辫，弯腰凑近比娜，闻了闻。"可是我只闻到了苹果汁的味道。"

看来朔恩不仅仅会在应酬的时候耍小聪明，他在挟持人质的时候也玩了花样。

凯－乌韦悬着的心终于放了下来。比娜的皮肤上没有冒着气体，也没有任何受到伤害的痕迹。

"谢天谢地，朔恩先生原来只是想骗骗我们。"耶妮长吁了一口气，"你干得真棒，凯－乌韦。"她并没有说"你是我的大英雄"之类夸张的话，但这几个字已经明晃晃地悬在凯－乌韦头上了。

凯－乌韦高兴地笑着，整张脸上洋溢着骄傲和喜悦。

他找来一条比娜的围巾，跪坐在朔恩身边，把朔恩的双手牢牢地绑在了背后。

这时，伯尔妮已经出现在比娜的书桌旁了。书桌上放着一个本子，看样子是比娜的子弹笔记——一种当下流行的日记形式，桌面上到处都是彩色的笔和贴纸。在本子摊开着的这一页上，可以看到比娜画的眼泪和一张哭丧着脸的表情贴纸，贴纸上方是她用书法字体写的一句带着哭腔的话——"我的雅尼克走了"。而就在这行字的旁边，写着比娜今日的代办事项：采购指甲油、为比比庆生。

伯尔妮不想再在"我的"这两个字上浪费时间了，一切都过去了，她活着的那些时光都已经远去，而当时觉得重要的东西，也跟着她的生命一起离她而去了。现在，她作为灵魂存在着，有更重要的事情要做。

她要找到那只 U 盘。她现在非常清楚那只 U 盘在哪里，因为她想起来了，这是她关于欢送会的最后一个记忆片段——她在洗手间里用洗脸巾擦掉眼角残留的睫毛膏后，随手就把洗脸巾塞进了西装外套的口袋。当时她在口袋里摸到了一只 U 盘，可是她当时已经有点醉了，就没管口袋里的东西是什么，径直回到了办公室，把它放在办公桌上的笔筒里。所以被盗的那只 U 盘原本应该躺在她的笔筒里。

而那个笔筒，就是见证了比娜和雅尼克两人云雨的笔筒。显然，比娜没有偷走伯尔妮的钢笔，而是拿走了那只小巧精致的 U 盘。

伯尔妮已经看到那只 U 盘了。那是一只黑色的 U 盘，上面绘有埃皮斯公司标志上的维纳斯。此刻，它正直挺挺地躺在笔记本电脑上。

突然，记忆如同沼泽中的怪兽一般在遗忘的迷雾中抬起了它的头颅——伯尔妮想起了欢送会上，朔恩是怎样搂着自己腰的。从表面上看，他只是想拍一张自拍，但实际上，他是想把那只 U 盘神不知鬼不觉地塞到自己的口袋里。在开派对的那晚上，他可能就已经想好了，要怎样骗过他的同伙，把他的"王牌"藏在一个没有人能找到的地方。所以说，当他在走廊里，听到雅尼克对伯尔妮说"特别重要的事"的时候，他首先想到的是偷配方的事，而不是他们解除婚约的事。从那一刻开始，雅尼克就被朔恩宣判了死刑。她也一样。

*烂人一个！*伯尔妮咒骂道。

可惜他还没死，伯尔妮真想狠狠地踢他一脚，踢得他灵魂出窍，踢得他魂飞魄散！

25 最后一位死者

▶ **若想老练智慧，
必先年少轻狂**[1]

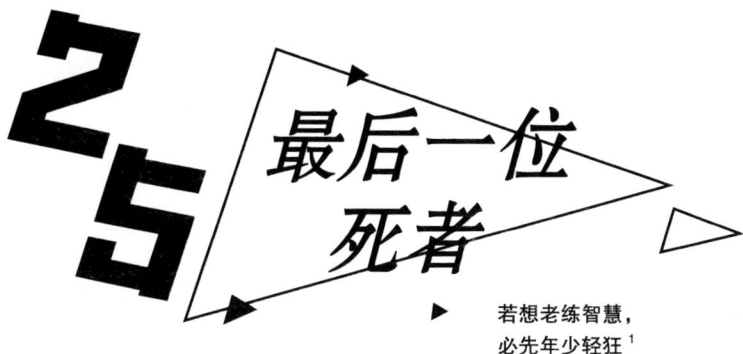

耶妮坚持要步行回家。这里离她住的小屋不远，沿着河走就能到。而且这样的话，她和伯尔妮可以迎着升起的太阳散散步。

"趁你还能看到日出的时候，好好享受吧。"

她们让凯－乌韦留在比娜的家里了。亚历山大和他那些勇敢的下属会保护凯－乌韦的。

"呃，你就和那些警察说，是你把这个讨厌的家伙打晕的。最好不要让他们看到我，更不能让他们闻到我身上的味道。"老嬉皮士抬起手臂，闻了闻自己的腋窝。但他这么做其实是多此一举，他只要站在那儿，别人就能闻到他身上的大麻味，就算是站在十米开外的下风口，也能轻易闻到他身上的这种味道。

你绝不能告诉他们你是灵媒，懂吗？ 伯尔妮在动身之前一遍又一遍地嘱咐着凯－乌韦。*不然他们是不会相信你说的话的！还有可能会把你送进疯人院。*

"别再说这么晦气的话了！"耶妮打断了伯尔妮的唠叨。

---

1 Um alt und weise zu werden，muss man erstmal jung und dumm sein. 这是一句德语谚语，直译为"若要变得年长且智慧，必须首先年轻和愚蠢"。这句话总结和肯定了人的成长过程，指出人总要先经历年轻时的无知和错误，才能渐渐积累起经验和智慧。

你就跟他们说，你是我的一个朋友。我们两个在欢送会上碰了面，我当时就把盗窃配方的事情告诉了你。你在我死后觉得作为朋友有义务查明我的死因，向世界证明我不是自杀而死的。

"但是这样的话别人就会觉得，你参与了配方的盗窃！"凯－乌韦并不想这么做。

那都无所谓了。最重要的是，你能从这件事里脱身。伯尔妮说出了自己的真实想法，她并不关心自己死后的名声。一旦他们放你走，你就马上到耶妮这儿来。我们在那儿拟定一封遗嘱，我的签名是很好模仿的。这样，我的钱就能名正言顺地归到你们名下了。

凯－乌韦感动得热泪盈眶。

连耶妮也忍不住抽泣了起来。

现在，伯尔妮和耶妮正迎着升起的太阳往前走。

还有多远？

"你不要跟我说，你的脚底已经开始疼了。"耶妮坏笑着。

伯尔妮哼哼了几声。

"前面就是了。"

什么？这一片史莱伯花园[1]吗？

耶妮点了点头。

原来是可以常住在史莱伯花园里的吗？

"不行，这是不允许的。"

---

1 史莱伯花园社区，是一种德国的居住形式，由莫里茨·史莱伯开创。史莱伯花园一般包括一栋小屋和一片菜园，住户使用雨水灌溉、生物堆肥的方式进行有机种植，能够通过菜园实现自给自足，类似于我国的农家乐。这类民居大多坐落于郊区，房租极为低廉，房屋的租用由民间的花园协会进行统一管理。不过申请史莱伯花园居住权的条件十分严苛，需要证明自己有稳定的工作以长期支付房租。对于富人而言，史莱伯花园条件一般，是度假休闲、亲近自然的临时处所；而对于经济实力不那么雄厚的人而言，史莱伯花园是维持生计的一种手段。

这一片的花园社区十分惹人喜爱。它坐落在河边，已经有将近两百年的历史。周围的树木都是建造社区时留下的，一排排白色的木屋看上去十分舒适宜居。这些形态各异的花园都得到了精心的打理，个个都能拿来当作园艺典范。花园里，观赏植物明显比经济作物要多得多。伯尔妮对园艺并不感兴趣，但是如果休息日时坐在这绿意盎然的花园里，欣赏着河岸的美景，呷一口金汤力酒的话，她不得不承认自己对这里确实有些心动。

耶妮停在一栋门前摆着蓝色雨水桶和蓝色长椅的白色小屋前。

"就是这儿了，这是我一个朋友的房子。我刚来这座城市的时候，是他让我住在这里的，因为他正好因为工作的原因需要在瑞典住一年。"

这儿真的太美了！

的确如此，这栋屋子就像是镶嵌在似锦繁花中的一颗珍珠。伯尔妮一直对史莱伯花园有些成见，现在她不得不承认眼前这栋房子的精致美丽了。

"是的，特别好看。不过我的朋友下个月就要回来了。"

那你有找到新住所吗？

耶妮摇了摇头，没有作声。

你可以搬到我的公寓里。凯-乌韦反正有他姑姑的房子，他不需要我的公寓。我公寓的房贷已经还清了，这样你也能有个稳定的住处。而且你肯定能搞定住在隔壁的瓦提希一家。啊对了，我们可以把它写在遗嘱里——凯-乌韦继承我的钱，你来继承我的房产。

伯尔妮现在很兴奋。当一个人一生都没有为他人无私奉献过的时候，一旦这个闸门开启了，就会沉浸在做好事的欲望之中无法自拔。

我能看看这个房子里面的样子吗？

"当然可以，你直接飘进去就行。"

耶妮住的这栋可爱的小屋呈 L 形结构。伯尔妮走进了房子长长的大厅中，这里装修得非常温馨。尽管伯尔妮觉得这里的颜色有点过于鲜艳丰富了，可她依然认为这是一个能够带来好心情的、舒适宜居的家。

伯尔妮环顾四周。在一块最小的区域里，放着一切人们需要的东西：一个野炊炉、一个便携式洗碗机、一条放在墙角的长凳，以及那些堆满了耶妮数不胜数的书籍的高高的储物架。

不过这里也有很多蚊虫。这是在河边生活的人真正需要关心的问题。如果没有纱窗挡住蚊子的话，日子是很难过下去的。但是这里并没有纱窗。

伯尔妮讨厌这些吸血的虫子。

啊，她想到，当灵魂还有一个好处，那就是再也不用管这些讨厌的虫子了！

伯尔妮笑着转了个弯，到 L 形较短的那一部分空间里去了。那是一间放着床和电视的卧室，床边的落地灯开着。不过吸引蚊虫的并不仅仅是这盏灯。

还有床上躺着的那个人。

那是个高大、健壮、有力的女人，穿着朔恩彩妆公司清洁工的工作服。

那个女人显然已经用猎枪自尽了，子弹打穿了她扎着脏辫的头颅。枪管横在双腿之间，她的右手扣着扳机。

到处都是血迹，干透了的血迹。距离她把枪口对准自己的时候，已经过去很多天了。

如果伯尔妮还活着，现在肯定连胆汁都吐出来了。她干咽了一口唾沫，仔细地看着那件工作服，那双笨重的鞋子，还有那只男士腕表。没有别的可能了。

她从房子里走了出来，坐在耶妮身边。她们就这样并排坐在蓝色的长椅上。

从那条平行于河流、通往市中心的马路上，传来了上班通勤车辆行驶的声音。但是这些声音并不让人觉得吵闹，反倒更像令人心安的白噪音。

路沿上站着一只乌鸫，正在试着从土里叼起一只肥美的蚯蚓。

你来我办公室的时候，就已经死了，对吗？

"没错。"

伯尔妮的思绪回旋着，像是游乐场的旋转木马，只是没有游乐场广播的声音。

所以你从来都没有帮凯 - 乌韦提过东西，也不会在他晕倒的时候扶住他，更没有帮他一起行动；所以在凯 - 乌韦和我们说话的时候，那些出租车司机的表情都那么奇怪——他们看不见我们两个；所以当时那些烧烤的人没有对你起哄；所以……

"没错。"

所以你一见到凯 - 乌韦就知道他的确是灵媒，因为他能看见你！

"没错。"

伯尔妮看着耶妮。而此时的耶妮正仰着头，闭着眼睛。

但是……为什么呢？

"我没有工作了，接下来就会无家可归。我没有什么未来的希望，也没有朋友。"

但这也不足以成为你自杀的理由呀！

"没有什么理由足以让人自杀，但是我绝望了。"耶妮叹了一口气，耸了耸肩，"一切都太晚了，覆水难收。再为这件事哭泣，也改变不了什么。"突然，她的神情又变得愉悦起来，"我用这把枪来……你知道的……"耶妮突然停顿了一下。她不想说出"自杀"这两个字，想找别的词来替代它。

"就在我决定要永远离开尘世的苦难后，我从朔恩先生办公室的柜子里偷来了这把猎枪。不过说实话，就这样把武器放在柜子里不上锁，确实是他的重大失职。他这样已经算违法了！"她笑了起来，"幸运的话，他还得罪加一等——谋杀清洁工。只要凯 - 乌韦早点过来，把扳机上的指纹擦掉就行。"

他做不到的。他只要想一想这件事，就会马上晕过去的。

她们大笑了起来。这是属于她们的和谐快乐的时刻。

"可能这就是灵魂这么少的原因 —— 只有那些还有事情要做的人才会留下来。"耶妮深吸了一口气，"可能还有自杀的人吧。我并没有看到什么隧道，也没有什么可以让我进入的光。或许这就是上天对我的惩罚吧，自杀是罪孽，人不应该这么轻易地放弃这个名为生命的礼物。"

现在你说的话听起来特别像天主教信徒会说的话了。

"这算是对我的谴责吗？"

不是。伯尔妮撇了撇嘴。我觉得，往往人们坚信什么，就会得到什么。所以你既看不到什么隧道，也看不到什么光。因为你一直觉得，自己不配拥有这些。

两人朝那只乌鸦和那条蚯蚓看去。那条蚯蚓显然并不愿意成为别人的早餐，它正用尽全力地反抗着。

嘿，不管怎么说，我都有点遗憾，遗憾自己没能早点认识你。我们可以做朋友的，你知道的，我也常常会感到孤独。

"我们其实很早就见过了，只不过当时你无视了我。"耶妮咧嘴笑着。

我没有恶意的，伯尔妮为自己辩护道，当时只是……

"……没有人能看得见清洁工，就像别人看不见你一样。我知道的。"

那只乌鸦叼着半条蚯蚓飞走了，而剩下的半条蚯蚓钻到泥土深处去了。

伯尔妮闭上了眼睛。

和朋友一起坐在阳光里，享受着早晨的时光，这种感觉真好。

"我们现在正朝北坐着呢，阳光是不会从北边打到你的脸上。"

伯尔妮睁开了眼睛。*哦，它又出现了。*

"你是说那束尽头发着光的隧道吗？"耶妮朝空中望去，似乎是在空中极力搜寻着什么，"挺搞笑的，每个人都有他们自己的隧道，我却什么都看不到。"

伯尔妮站了起来。*我现在应该怎么办？我并不想离开这里！*

"你不能留在这儿。你想想看，如果没有人离开，这个地球迟早会变成一个挤满灵魂的阴暗球体。而且在你留在这里的时间里，你还想要做什么呢？你甚至没有办法用手拿起别的物体。"

伯尔妮又要开始来回踱步了，耶妮一把拉住了她的袖子。灵魂之间还是能互相触碰的。"你还是坐着吧。你这样走来走去会晃得我头晕的。"

我们能开一家侦探事务所！帮灵魂们查案！我们这个团队本身就很强！

耶妮笑了："你肯定是刚刚在那个老嬉皮士旁边站得太久了，他身上的味道让你的大脑产生幻觉了。灵魂是完全不可能影响到生者的世界的。"

*我敢打赌，凯－乌韦肯定会帮我们的。他是我们的人！这样，我们的三人探案小组里就有了两只实实在在的拳头。*伯尔妮已经开始展望着这样的未来了。*表面上看，他只是一个帮助死者和生者沟通的灵媒，但私底下，我们可以一起帮谋杀案的受害者找凶手。*她看着耶妮。*要是我们能帮助更多的灵魂，我们就能源源不断地积攒功德了。这样一来，你就也能走进那束光里了。因为到那时，你就会相信，凭借着你做的好事，你完全有权到那个世界。*

耶妮一声不吭地看着自己的脚尖。

来嘛，没事的——我们已经知道了彼此的想法。我也知道，你觉得自己还是要和凯－乌韦再讨论讨论这个问题。

一说到凯－乌韦，他就拖着脚走过来了。他还是穿着那件白色的实验室大褂，背着那个粉红色心形的背包，以及趿拉那两只完全不同的硕大的毛毡拖鞋。只不过这次他手里还拿着一只面包房的纸袋子。

走在他身边的是一位闷闷不乐的妇人。她下身穿着一条格子裙，上身穿着一件衬衫，还戴着一条领带。她沿着小路，朝小屋这边走了过来。

我记得这个人。可我是在哪儿碰到过她来着？ 伯尔妮皱起了眉头。

"在千喜宫。"耶妮也站起了身，"这位女士郁闷的表情确实令人难忘。"

没错，我想起来了。是那位穿得像教师的"御姐"。

"嗨，你们好哇，这位是施沃贝尔女士。"

"早上好。"施沃贝尔女士朝伯尔妮点了点头，又对耶妮笑了笑，"我可不是千喜宫里的人。我是不可能去那里干活的！"

伯尔妮惊讶地用手捂住了嘴。*你能看见我们？还能听到我们说话？*

凯－乌韦咧嘴笑着，嘴角快咧到耳朵上了："施沃贝尔女士也已经去世了。有趣的是，你们灵魂之间并不能认出彼此。我是自施沃贝尔女士去世二十五年来第一个在千喜宫察觉到她存在的人。"他脸上洋溢着骄傲的神情，"所以，她一直想办法跟着我，在我被审讯的时候找到了我。"

去世二十五年了？

"施沃贝尔女士当时在枪杀了自己的丈夫之后自杀了，从那之后她就一直在千喜宫里游荡。只是她遇到了一个问题……"凯－乌韦看着她，像是要请她说话。

"我枪杀我丈夫的时候情绪太激动了，不过这也不难理解。可我却发现自己因此杀错了人。"施沃贝尔女士的嘴角垂得低了一些，她看上去更生气了，"当时我只看到了某个男人的背部。他赤裸着上半身，背上长着猩猩一样浓密的毛。我怎么会知道那些男人的后背都长得一模一样？我又从来没有看到过别的男人的后背！"

凯－乌韦看起来似乎想要反驳 —— 可能他并不同意施沃贝尔女士关于"所有男人都有多毛症"的控诉吧。

伯尔妮赶忙插话，*所以现在你想找到你的丈夫，好把过去的错误改正过来？*

"不是！那家伙早就因为肥胖导致的心脏病死掉了。我厨艺特别好，他也很喜欢吃我做的饭……如果我能再有些耐心的话，不用我下手，我做的烤肉和甜点就能带他西去了。"她擤了下鼻子，"但我实在是忍不了这种屈辱了，所以我从写字桌的抽屉里拿走了他父亲参军时用的左轮手枪，到千喜宫去找他了。"

施沃贝尔女士想象着自己举起枪的样子，手指做了一个扣动扳机的动作，然后，她又把手放下，眼神愈发愤怒："对于那个被我杀死的男人，我一点都不感到抱歉。他肯定也有一个被他欺骗了的妻子。只是我当时不小心也杀了那个妓女……那颗子弹穿过了那个男人的身体，正中那个女人的心脏。我在杀死他们之后才知道，那个女人还有一个小儿子。"

"确实很糟糕。不过……我们能为此做什么呢？"

"我答应了施沃贝尔女士，要帮她找到这个孩子！"凯－乌韦插话道，眼睛看向耶妮，眼神里有些犹豫和胆怯，"所以我们还可以一起……呃……一起做一些事情。"他的脸红了起来。

伯尔妮点了点头。

*你看吧，*她对耶妮说，*凯－乌韦也会对"灵魂"侦探事务所感兴趣的。*

"我们要开一家事务所吗？太棒了！"

耶妮歪了歪头："凯－乌韦是我们当中唯一一个需要解决吃穿问题的人。如果他只是给我们这两个'灵魂侦探'干粗活的话，他要怎么过日子呢？"

"不要担心这件事，耶妮。你还记得朔恩先生是怎么说的吗？他不是说第一次勒索的所得已经够他过完下半辈子的吗？"凯－乌韦从背包的侧袋里抽出一张塑封好的卡片，"这上面有他开曼群岛的账户和密码。"

*所以他当时塑封的东西是这个。*伯尔妮喊出了声。她想起了自己第一次尝试使用瞬移技能时看到的场景。

凯－乌韦并没有注意到她的反应，他正忙着劝耶妮放心："这里面的钱肯定就是那个法国人的钱，这至少够我……更不用说……其实够我用一辈子的了。我也花不了什么钱。"

在场的各位能够清楚地看到，耶妮脸上的忧虑渐渐消失，彻底地化作尘埃了。

*你看吧，耶妮，一切都很完美。*伯尔妮决定再加把劲儿，劝劝耶妮。*而且施沃贝尔女士也很需要我们。*

"当然了。"施沃贝尔微微抬起头，伯尔妮看到她下巴上如胡子一般的影子，"我希望能雇佣你们两位以及舒尔茨先生作为我的私人侦探，帮我找到那个孩子。我对那个孩子负有责任！"

他现在肯定已经是一个成年人了。据我所知，到他这个年纪，他的心智已经成熟，无法改变了。

施沃贝尔女士并没有理睬伯尔妮说的话："当年，我在行动之前处理好了我的个人财物。因为我不想让那些家传的首饰在行动失败后落入我丈夫手里，于是把它们都藏在了一个非常隐秘的地方。除此之外，我还在那里放了一张所有权的证明。那些首饰还在那里——我经常会回去确认那些首饰的存在。"她深深地吸了一口气。"我想让你们帮我找到那个女人的孩子，这样我可以把这些首饰都给他。这不能完全抹去我的罪过，但它们能在那个孩子未来的生活中帮到他。而且我的良心也不会这么痛了，同时还希望这能为我带来最终的安宁。"

"这确实是一个令人钦佩的要求……"耶妮开口了，不过她的语调也变得像施沃贝尔女士一样成熟老练，"但是这……"她皱起了眉头。

这是我们正式接下的第一个案子。

伯尔妮满脸兴奋地看着耶妮，凯－乌韦也满脸兴奋地看着她。

伯尔妮抬头望去，看着那条隧道尽头的光。它再次变得微弱起来，无力地闪动着。在那束光永远熄灭、不再出现之前，人们还能再无视它多少次呢？

"好吧。但是我们只接一次案子！"耶妮说。

"太棒啦！"凯－乌韦欢呼道。

伯尔妮再次转过身去，背对着那束光，表明了自己的态度。

（全书完）

致谢

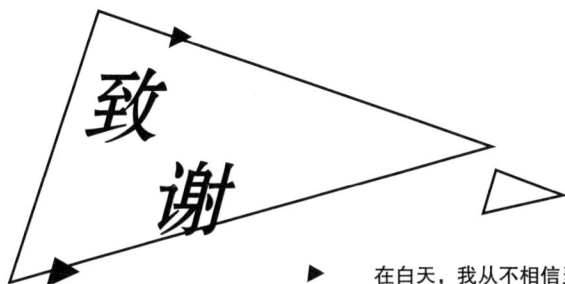

> 在白天，我从不相信灵魂的存在——但在夜晚，我似乎更愿意接受新鲜的事物

　　和往常一样，我要感谢"嫌疑人们"，也就是参与到本书工作中的各位。我尤其要感谢我的编辑琳达·穆勒（Linda Müller）。一把年纪的我，在面对技术问题时难免会陷入恐慌，而她自始至终都能保持着一颗清醒的头脑。谢谢你，琳达！

　　我还要感谢两位同事，是她们在那段居家办公的"特殊"时期，一直陪伴着我，支持着我：感谢伊莎贝拉·亚昌（Isabella Archan）以及埃伦·邓恩（Ellen Dunne）。

　　我特别要感谢我的朋友、同事：来自瑞士的苏尼尔·曼（Sunil Mann）。没有别人能理解他的行为：就在我即将要提交手稿的时候，他会给我看一些动图让我分心；他会为我们私下的聚会准备香槟，还会在我不小心喝得有点多、昏昏欲睡的时候拍下我的"犯罪现场照"。我喜欢这个到处捣乱的家伙！不过他也是一名优秀的作家。

　　在疫情期间，我特别喜欢听戏剧演员西蒙·斯坦诺普的节目。他在"油管"上会朗读一些维多利亚时代的鬼怪故事。我一边听着，一边想：嗯，我是不是也可以写一个和超自然现象、和人的灵魂有关的故事呢？

　　不过，我最要感谢的，还是我童年时期的那个无名灵魂。我是在一幢建于 14 世纪的木屋 [1] 里长大的，我住的那间儿童房的房顶上有一只裸露的脚踩出的脚印，而房顶和地面之间相差了整整三米，所以"正常"的脚都是够不到那里的。不论那个脚印所在的位置被重新粉刷多少次，它总是会重新出现。渐渐地，大家也就不再管它了。

为什么会有灵魂如此固执地用他裸露的脚，一遍又一遍地在房顶上踩出脚印来呢？为什么那个灵魂的脚印怎么抹都抹不掉呢？不清楚，但它提供了一个大胆想象的机会。而正是这个机会，最终让我写出了这样一本书。

1　半木结构房屋，是一种传统的德国民居。营造者先用大型木材搭建出房屋的框架，再在框架间填充黏土或木料堆砌成墙。

图书在版编目（CIP）数据

滞留人间 72 小时 / (德) 塔佳娜·克鲁泽著 ; 胡若
宇译 . -- 北京 : 北京联合出版公司 , 2025. 5. -- ISBN
978-7-5596-8277-2

Ⅰ . I516.45

中国国家版本馆 CIP 数据核字第 2025W 5R 528 号

ES GIBT EIN STERBEN NACH DEM TOD by Tatjana Kruse

Copyright © Haymon Verlag, Innsbruck 2022

All rights reseved.

The simplified Chinese translation rights arranged through Rightol Media（本书中文简体
版权经由锐拓传媒取得 Email:copyright@rightol.com）

北京市版权局著作权合同登记　图字：01-2025-0896 号

滞留人间 72 小时

作　　者：[德]塔佳娜·克鲁泽
译　　者：胡若宇
出 品 人：赵红仕
选题策划：雁北堂（北京）文化传媒有限公司
责任编辑：管　文
特约策划：罗　頔　胡月然
特约编辑：胡月然
封面设计：沉清 Evechan
版式设计：冉冉工作室

北京联合出版公司出版
（北京市西城区德外大街 83 号楼 9 层　100088）
北京雁林吉兆印刷有限公司印刷　新华书店经销
字数 195 千字　880 毫米 × 1230 毫米　1/32　7.25 印张
2025 年 5 月第 1 版　2025 年 5 月第 1 次印刷
ISBN 978-7-5596-8277-2
定价：52.00 元